STUMMES OPFER

THRILLER

CATHERINE SHEPHERD

1. Auflage 2021

Copyright © 2019 Kafel Verlag, Inh. Catherine Shepherd, Franz-Radziwill-Weg 12, 26389 Wilhelmshaven

Lektorat: Gisa Marehn / Wolma Krefting
Korrektorat: SW Korrekturen e.U. /
Mirjam Samira Volgmann

Covergestaltung: Alex Saskalidis
Covermotiv: © azerberber / istockphoto.com
© happyfoto / istockphoto.com

Druck: CPI Books GmbH, Birkstraße 10, 25917 Leck

www.catherine-shepherd.com
kontakt@catherine-shepherd.com

ISBN: 978-3-944676-29-6

Über allen Gipfeln
ist Ruh.
In allen Wipfeln
spürest du
kaum einen Hauch.
Die Vögelein schweigen im Walde.
Warte nur, balde
ruhest du auch.

Johann Wolfgang von Goethe

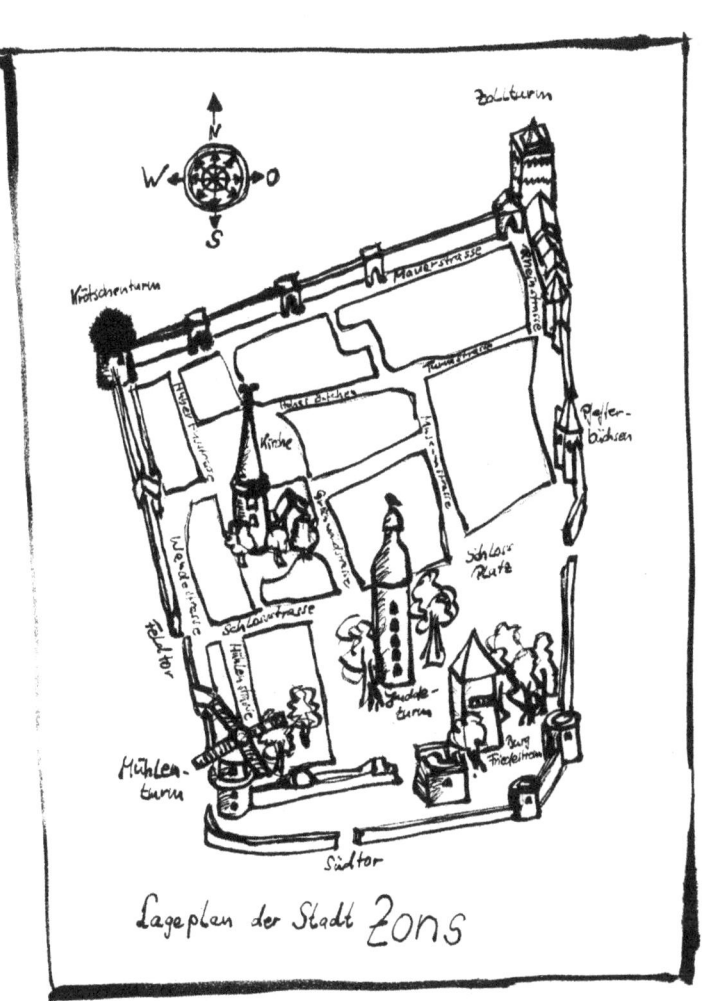

Lageplan der Stadt Zons

Die Dunkelheit erdrückt mich beinahe. Ich kämpfe gegen die Fesseln an, die meine Handgelenke zusammenschnüren. Jede Bewegung schmerzt. Die Wand, an der ich fixiert bin, ist rau und moderig. Etwas huscht über meine Fußspitzen, und ich wage mir nicht vorzustellen, was es sein könnte.

»Beantworte eine Frage«, sagt plötzlich eine tiefe Stimme ganz dicht neben mir. Ich zucke erschrocken zusammen, während der Mann weiterspricht: »Liebst du dein eigenes Leben mehr als das deiner Schwester?«

Seine Worte bohren sich wie spitze Pfeile in mein Ohr. Ich rieche seinen schlechten Atem und mir wird speiübel. Auf einmal geht eine Lampe an und ich schließe unwillkürlich die Lider. Das Licht blendet mich. Trotzdem muss ich etwas sehen. Ich will wissen, wo ich bin und wer dieser schreckliche Mann ist. Also reiße ich die Augen auf und schaue in die abgrundtief schwarzen Pupillen eines Fremden. Sein Blick verheißt nichts Gutes, genauso wenig wie seine Frage. Und dann entdecke ich sie. Meine Schwester. Sie liegt nur ein paar Meter entfernt auf dem Boden. Blass und leblos.

»Annalena!«, brülle ich aus vollem Hals und zerre mit aller Kraft an den Fesseln.

Der Fremde grinst und schiebt irgendwann seine klobige Hand über meinen Mund.

»Psst«, murmelt er und drückt so fest zu, dass mir die Luft wegbleibt. »Wie lautet deine Antwort auf meine Frage?« Er lässt mich los und baut sich drohend vor mir auf.

»Ich ... ich weiß nicht«, stottere ich, während ich krampfhaft nach einer Antwort suche. Ich bin Annalenas großer Bruder. Natürlich beschütze ich sie. Doch würde ich auch für Annalena sterben?

Unser Leben rast wie im Zeitraffer an mir vorüber. Ich sehe ihre tapsigen ersten Schritte in Garten. Ich schimpfe, weil sie meine Legosteine umstößt. Ich lache, weil sie die Küche mit Mehl in eine weiße Schneelandschaft verwandelt hat und unsere Mutter einem Nervenzusammenbruch nahe ist. Ich durchlebe alles noch einmal im Bruchteil einer Sekunde, und ich spüre die Liebe, die ich für sie seit dem Tag ihrer Geburt empfinde. Meine Antwort lautet also Ja. Ich würde mein Leben für sie geben.

Allerdings klingt meine innere Stimme überzeugter, als ich es tatsächlich bin. Ein Zittern breitet sich in mir aus, das ich nicht unterdrücken kann. Ich schaue in die dunklen Augen meines Gegenübers, und plötzlich erkenne ich, dass ich nicht sterben will. Ich bin ein elender Feigling! Was würden unsere Eltern von mir halten, wenn ich Annalena diesem Psychopathen überlasse?

»Lassen Sie uns bitte gehen. Wir haben Ihnen nichts getan«, flehe ich, aber seine Miene ist unerbittlich. Er will eine Antwort von mir, und ich kann ihm keine geben. Ich weiß nicht einmal mehr, wie wir überhaupt in diesen Keller gelangt sind. Der Schock hat meine Erinnerungen ausradiert. Eben waren wir noch im Grünen. Ich sehe die Zelte, in denen wir fröstelnd übernachtet haben. Ich rieche das Feuer, an dem wir saßen, und schmecke die ein wenig verkohlten Würstchen. Die Welt schien völlig in Ordnung. Ich erinnere mich sogar an den Heimweg. Annalena wirkte betrübt. Ich entsinne mich genau, dass wir schon fast zu Hause waren, und an dieser Stelle verwandelt sich mein Gedächtnis in ein großes schwarzes Loch.

Mein Blick huscht erneut zu Annalena. Sie ist so blass. Ich möchte nicht, dass ihr etwas Schlimmes geschieht. Also versuche ich zu nicken. Doch meine Muskeln gehorchen mir nicht länger. Stocksteif stehe ich da und bekomme den Mund nicht auf.

»Ja, nimm mich und töte mich an ihrer Stelle«, möchte ich sagen. Vergeblich. Ich kann die Lippen nicht bewegen.

Der Fremde betrachtet mich mit wachsender Abscheu in den Augen. Schließlich schüttelt er den Kopf.

»Du enttäuschst mich«, sagt er und wendet sich ab.

Ich will ihn zurückhalten, doch es kommt nur ein unverständliches Krächzen aus meinem Mund.

Plötzlich dreht sich der Mann wieder um. Er hält eine Spritze in der Hand.

»Ich muss deine Antwort nicht hören, ich sehe sie in deinen Augen«, zischt er verächtlich. Er drückt meinen Schädel zur Seite und sticht mir in den Hals.

Alles beginnt sich zu drehen. Ich sacke auf die Knie und schnappe verzweifelt nach Luft. Etwas Heißes rinnt durch meine Adern und presst das Leben aus mir heraus. Wenigstens passiert Annalena nichts, denke ich und hebe mit letzter Kraft den Kopf. Der Fremde hockt neben ihr. Seine Finger legen sich um ihren Hals.

»Nein!«, will ich rufen. Doch ich bleibe stumm. Kein Laut dringt aus meiner Kehle.

Und dann umfasst mich die Dunkelheit.

VOR FÜNFHUNDERT JAHREN

»Nehmt die Münze, Gertrude, und kauft Euren Kindern etwas zu essen.« Bastian Mühlenberg gab der Bettelfrau ein Geldstück.

Gertrude entblößte ein paar schwarz verfärbte Zähne und neigte den Kopf.

»Ich danke Euch von Herzen.« Sie tippte auf ein Amulett, das um ihren Hals hing und kostbarer war als alles andere, das sie besaß. »Bei meinem Vater, Gott hab ihn selig, Ihr seid ein guter Mann. Ohne Euch hätte ich sein Andenken längst verkaufen müssen.«

»Das sollt Ihr nicht. Ich weiß, wie sehr Ihr an diesem Schmuckstück hängt.« Bastian lächelte. Er kannte Gertrude seit Jahren und ebenso lange versorgte er die arme Frau hin und wieder mit ein paar Schillingen oder auch Nahrungsmitteln, die sein Weib Marie vorbereitet hatte. Er war für die Stadtwache und somit für den Schutz von Zons verantwortlich. Da ihm die Not der Bettelweiber bewusst war, ließ er sie gewähren. Normalerweise bettelte Gertrude vor den Stadttoren. Sie hatte es auf reiche Händler abgesehen, die etwas Geld entbehren konnten. Doch heute lungerte sie am Rande des Marktplatzes, der sich im Herzen der Stadt befand. Sie hatte es sich an einer Hauswand bequem gemacht und ihre Röcke ausgebreitet, damit der eine oder andere Besucher Münzen hineinwerfen konnte. Zons war ein wohlhabendes kleines Städtchen. Im Vergleich zum benachbarten Neuss oder Köln hatte es sehr viel weniger Bettler durchzufüttern. Trotzdem fanden sich täglich gut ein Dutzend von ihnen vor den Toren ein. Die meisten lebten in notdürftig zusammengeschusterten Holzhütten außerhalb der Stadtmauern am Feldrand. Einige erhielten Obdach im Kloster, und auch Pfarrer Johannes nahm an kalten Tagen immer wieder besonders Bedürftige in sein Haus auf. Nun, da der Frühling nahte, war die härteste Zeit des Jahres vorerst überstanden.

»Wenn Ihr wollt, frage ich auf der Baustelle nach einer Arbeit für Euch. Ich bin sowieso auf dem Weg dorthin. Es gibt da viel zu tun. Das Hochwasser hat das Fundament der Kirche an der Westseite unterspült. Die Maurer und Steinmetze versuchen seit geraumer Zeit, den Schaden zu beheben.«

Gertrude winkte ab. »Schaut Euch meine Hände an«, klagte sie und streckte die Arme aus. »Jeder Knochen ist krumm. Diese Finger taugen nicht zum Steineschleppen.«

Bastian nickte nachsichtig, als er Gertrudes Hände sah. Nicht nur ihre Finger waren verformt, auch ihr

Rücken wurde zusehends gebeugter. Die halbblinde Frau musterte ihn mit ihrem einen verbliebenen Auge.

»Und meine beiden Jungs, die sind noch viel zu klein. Erst acht und zehn. Ich möchte nicht, dass sie zu hart anpacken müssen.«

»Das kann ich gut verstehen«, erwiderte Bastian und ging weiter die Schloßstraße in Richtung Feldtor hinunter. Die Kirche befand sich linker Hand. Bereits aus der Ferne hörte er das Hämmern und Klopfen von der Baustelle. Das Hochwasser hatte großen Schaden in Zons angerichtet. Etliche Häuser waren voll Wasser gelaufen. Die Bewohner hatten sich in die oberen Stockwerke oder zu den Nachbarn geflüchtet. Selbst die Mühle musste für einige Tage stillstehen, weil das Lager im Erdgeschoss geflutet war und es keinen Sinn hatte, dort Korn oder Mehl aufzubewahren. Bastian und seine Brüder hatten ihrem Vater, dem Müller, zur Seite gestanden und haufenweise Sandsäcke herbeigeschleppt, um die Mauern zu schützen. Glücklicherweise hielten sich die Schäden an der alten Mühle in Grenzen. Ganz im Gegensatz zur Kirche, die es dieses Mal schwer getroffen hatte.

»Mein Kopf, mein Kopf«, stöhnte Pfarrer Johannes, der geradewegs auf ihn zukam, als Bastian die Baustelle erreichte. Der in die Jahre gekommene, rundliche Mann hielt sich mit beiden Händen die Ohren zu. »Ich kann diesen Lärm nicht mehr ertragen.« Er klopfte Bastian zum Gruß auf die Schulter. »Falls das nicht bald aufhört, muss ich bei Euch um Unterschlupf bitten.«

Bastian grinste. »Wenn es weiter nichts ist. Ihr seid

jederzeit in meinem Heim willkommen. Marie macht das beste Brot der Stadt, wie Ihr wisst.«

Pfarrer Johannes rieb sich den Bauch. »Mit Eurem Weib habt Ihr eine gute Wahl getroffen.« Er hob den Zeigefinger, und Bastian ahnte, worauf er gleich anspielen würde.

Johannes wusste von seinen Träumen, die er immer wieder von einer anderen Frau hatte. Anna. Ein wundersames Wesen mit smaragdgrünen Augen und einem unwiderstehlichen Lächeln. Sofort sah er sie vor sich, ihr lockiges braunes Haar, den schlanken Hals und die Liebe in ihrem Blick.

»Nicht«, stieß er hervor, denn er wollte nicht mehr über Anna reden. Obwohl Johannes zu seinen engsten Vertrauten gehörte, konnte er weder ihm noch sich selbst eingestehen, dass er Anna niemals vergessen würde. Egal, wie sehr er es auch versuchte. Sie war ein Teil von ihm und würde es immer bleiben.

Bastian hob die Hand, um den Pfarrer vom Sprechen abzuhalten, als dieser den Mund öffnete. Doch es war zu spät.

»Mein lieber Junge, ich ...« Pfarrer Johannes verstummte mitten im Satz, denn hinter ihm ertönte auf einmal ein gewaltiges Krachen.

Eine riesige Staubwolke stieg vom Boden bis zum Dach der Kirche empor und hüllte die gesamte Baustelle ein. Von den Handwerkern, die eben noch geschäftig arbeiteten, war nichts mehr zu sehen. Die dichten Staubschwaden hatten sie verschluckt.

Bastian starrte entsetzt auf die Wolke, ebenso

Pfarrer Johannes. Keiner von beiden rührte sich. Plötzlich tauchte der Baumeister Eduard Ambrosius aus dem Staub auf. Der stattliche Mann klopfte seine Kleidung ab und fluchte dabei so laut, dass seine Worte über den ganzen Kirchplatz hallten.

»Das kann doch nicht wahr sein!«, brüllte Eduard Ambrosius außer sich. »Wer von euch hat die Mauer zum Einsturz gebracht?«

Niemand antwortete. Stattdessen hörte Bastian Husten und Krächzen. Er löste sich aus seiner Erstarrung und eilte zu Hilfe. Johannes folgte ihm.

»Ist jemand verletzt?«, rief er in die undurchdringliche Staubwolke hinein und tastete sich blindlings voran. Der Staub belegte sofort seine Kehle. Er hustete und wedelte mit den Händen, um die lästigen Teilchen loszuwerden. Irgendwer stöhnte unmittelbar vor seinen Füßen. Bastian bekam einen Arm zu fassen. Allmählich verzog sich der Nebel. Wie die Mauer war auch das Gerüst eingestürzt. Bastian schob ein paar Bretter beiseite und befreite den keuchenden Mann.

»Seid Ihr verletzt?«, fragte er und betrachtete den kreidebleichen Steinmetz.

»Mir ist nichts geschehen.« Der Steinmetz japste nach Luft. »Aber dieser verdammte Staub bringt mich noch um.« Er hustete und rappelte sich auf.

»Hilf mir«, rief Pfarrer Johannes, der unweit von Bastian auf dem Boden kniete und in einem Haufen Steine wühlte. »Hier liegt jemand.«

Bastian räumte einen Felsbrocken beiseite. Gemeinsam hoben sie einen schweren Holzbalken an.

Darunter kroch ein junger Bursche mit einer klaffenden Stirnwunde hervor.

»Stell dich gefälligst nicht so an!«, knurrte der Baumeister und zerrte den Tagelöhner hoch.

»Mein Arm ist gebrochen«, stöhnte der Junge. »Ich kann ihn nicht bewegen.«

»Ach was, du jammerst wie ein Weibsbild. Zeig her!« Eduard Ambrosius packte seinen Arm.

»Aua«, schrie der Junge auf und löste sich hastig aus dem Griff.

»Wusste ich es doch. Du bist ein verdammter Schwächling. Nichts ist gebrochen. Du hast drei oder vier Beulen abbekommen. Das ist alles!« Der Baumeister zog den Burschen an den Ohren zu sich heran. »Hast du etwa den Mörtel nicht richtig gemischt?«

Der Junge starrte ihn verängstigt an.

Die Augen des Baumeisters funkelten vor Wut. »Dann bist du also schuld daran, dass die Mauer zusammengebrochen ist?« Er zerrte ihn ein paar Schritte mit sich auf den Platz und zeigte auf die beschädigte Kirche. »Sieh dir an, was du angerichtet hast. Gott wird dir den Zutritt zum Himmel für immer verwehren, du verdammter Taugenichts!« Er gab dem Burschen eine schallende Ohrfeige.

»Beruhigt Euch«, bat Bastian den Baumeister und stellte sich schützend vor den zitternden Jungen. »Er hat doch sicherlich nur auf Anweisung des Maurermeisters gehandelt.«

Eduard Ambrosius legte die Stirn in Falten. »Da

habt Ihr möglicherweise recht, Mühlenberg.« Mit einem Wink bedeutete er dem Burschen zu verschwinden, woraufhin sich dieser eilig davonmachte. »Hubertus? Wo steckt Ihr?« Der Baumeister drehte sich im Kreis, konnte den Maurermeister jedoch nirgendwo erblicken.

Inzwischen hatten sich die meisten Handwerker aus den Trümmern befreit. Zum Glück schien niemand ernsthaft verletzt. Bastian hielt die Luft an, als er das ganze Ausmaß des Schadens erkannte. In der Kirchenmauer klaffte eine riesige Lücke, die sich fast bis unters Dach zog. Sie war gut zwanzig Fuß breit. Die Bänke im Inneren der Kirche waren über und über mit hellem Staub bedeckt. Gleiches galt für den Boden und die Gemälde an den Wänden. Pfarrer Johannes stand genau vor der Öffnung. Er bekreuzigte sich und sah mit kreidebleichem Gesicht zum Baumeister.

»Ihr müsst das Dach stützen, sonst fällt das ganze Gotteshaus zusammen.« Seine Stimme bebte. »Lieber Himmel, ich höre es schon im Gebälk knacken. Das darf auf keinen Fall geschehen.«

Eduard Ambrosius ging auf den Geistlichen zu und hob beschwichtigend die Hände. »Das ist kein Grund zur Sorge, Pfarrer Johannes. Wir werden dem Dach Halt geben, sodass Eurer Kirche nichts passieren kann. Die Mauern sind dick und stabil, bis auf die Stelle, die vom Hochwasser unterspült wurde.« Der Baumeister kratzte sich nachdenklich am Kinn und blieb vor der klaffenden Lücke stehen. »Es ist schon das dritte Mal, dass die Mauer wieder einstürzt. Fast könnte man denken, sie ist verflucht!«

»Verflucht?«, stieß Pfarrer Johannes aus. »Wie kommt Ihr denn darauf? Dies ist ein von Gott gesegnetes Haus und kein Sündenpfuhl!«

Eduard Ambrosius zuckte mit den Schultern. »Es ist ungewöhnlich, dass die Mauer nicht hält. Wir hatten sie bereits verstärkt, aber wie Ihr selbst seht, hat es nichts genützt.«

Bastian gesellte sich zu Pfarrer Johannes. »Das Hochwasser hat ein großes Loch ins Erdreich gespült. Müsste man das nicht zuerst auffüllen?«

Eduard Ambrosius betrachtete ihn missmutig. »Ich schätze Euch sehr, mein lieber Bastian Mühlenberg, doch den Bau könnt Ihr getrost meine Sorge sein lassen. Wir haben gut zwanzig Karren Erde in das Loch gekippt. Es ist beinahe so, als wenn der Teufel sie verschluckt hätte.« Der Baumeister griff sich mit den Händen an den Kopf. »Hier stimmt etwas nicht. Ich bin seit vielen Jahren in diesem Gewerbe tätig. Keine meiner Bauten ist je eingestürzt.« Er wandte sich zum Pfarrer. »Vielleicht sprecht Ihr noch einmal einen Segen über die Kirche, bevor wir einen neuen Versuch wagen.«

»Das werde ich gerne tun«, versicherte ihm Pfarrer Johannes und bekreuzigte sich abermals. »Jetzt, wo der Schaden so unsäglich groß ist, sollten wir zuallererst die Gemälde schützen. Der Staub und die Feuchtigkeit zerstören sie.«

»Wir werden sie mit Leinentüchern abhängen. Ich ...« Der Baumeister verstummte mitten im Satz und streckte den Arm aus. »Hubertus, wagt es ja nicht, Euch davonzuschleichen!«

Der Maurermeister, der sich mit eingezogenem Kopf an der Kirchenmauer entlanggedrückt hatte, erstarrte augenblicklich.

»Ich habe mit dem Einsturz nichts zu schaffen«, beteuerte er und kam zögerlich auf den Baumeister zu. »Wir haben genauso gearbeitet, wie Ihr es gewünscht habt.«

»Ach was?«, erwiderte Eduard Ambrosius wütend. »Hättet Ihr alles so erledigt, wie ich es Euch aufgetragen habe, ständen wir jetzt hier nicht vor einer einge-stürzten Mauer. Schafft Eure Handlanger herbei und baut das Gerüst wieder auf. Das Dach muss abgestützt werden. Sofort!«

Hubertus Gröner zuckte zusammen und trottete davon. Bastian blickte ihm hinterher. Der Mann tat ihm leid. Eduard Ambrosius war kein einfacher Mensch. Es war nicht leicht, für einen so ehrgeizigen und jähzor-nigen Baumeister zu arbeiten. Andererseits gehörte Eduard Ambrosius zu den Besten seiner Zunft. Nicht umsonst war er von Pfarrer Johannes für die Restaurie-rung der Kirche ausgewählt worden. Der Baumeister konnte auf zahlreiche Prachtbauten verweisen, die unter seiner Führung errichtet worden waren. Bastian kannte nicht einen einzigen Bauherrn, der je schlecht von Eduard Ambrosius gesprochen hätte. Ganz im Gegen-teil. Er wurde von den meisten in den Himmel gelobt.

»Falls Ihr Hilfe braucht, kann ich Euch ein paar meiner Männer zur Verfügung stellen«, bot Bastian an.

Doch der Baumeister winkte ab. »Ich habe hier alles im Griff, guter Mann«, erwiderte er und mischte sich unter seine Handwerker. Er gab rüde Anweisungen und fuchtelte dabei wild mit den Armen. Die Männer spurten ohne jeglichen Widerspruch. Im Nu errichteten sie den untersten Teil des Gerüstes neu und stapelten die heruntergefallenen Steine ordentlich auf dem Kirchplatz. Bastian und Pfarrer Johannes sahen ihnen noch eine Weile zu.

»Ich bete zu Gott, dass unsere Kirche bald wieder steht«, murmelte Johannes.

»Ich habe keine Zweifel«, erwiderte Bastian und verabschiedete sich vom Pfarrer. »Und denkt daran, Ihr seid in meinem Haus jederzeit willkommen.«

Bastian begab sich zu seinem besten Freund Wernhart, der am Feldtor im Westen der Stadt Wache hielt und den er für ein paar Stunden ablösen wollte. Er wich dem langen Strom von Händlern aus, die ihm entgegenkamen und auf dem Weg zum Marktplatz waren. Vermutlich würden heute so einige Münzen für die arme Gertrude abfallen.

»Lasst Eure dreckigen Finger von mir!«, kreischte Karl Peffgen. Wernhart hatte den dürren Händler am Kragen gepackt und schob ihn gerade wieder zum Stadttor hinaus. Peffgen führte einen scheckigen Gaul und einen Karren mit sich. Seine langen fettigen Haare klebten ihm am Kopf. Balthasar, ein weiterer Stadtsoldat, versperrte dem Händler den Rückweg, während Hugo und Peter die Kontrolle der Hereinströmenden fortführten.

»Ich will zum Markt, wie alle anderen auch«, beharrte Peffgen und boxte Wernhart in die Seite. Doch das beeindruckte Bastians Freund wenig. Wernhart hielt ihn weiterhin fest.

»Ihr habt am letzten Markttag die Bettelweiber bestohlen. Bleibt der Stadt besser fern oder ich werfe Euch in den Juddeturm«, drohte er und schüttelte den Händler kräftig durch.

Der Juddeturm war der Gefängnisturm von Zons. Noch nie hatte es jemand geschafft, aus seinen dicken Mauern zu entkommen.

»Das ist eine Lüge! Ich habe überhaupt nichts getan.« Karl Peffgen zappelte hilflos an Wernharts Arm.

»Lass ihn los«, sagte Bastian und baute sich vor Peffgen auf. »Ihr habt recht. Wir konnten Euch den Diebstahl nicht nachweisen. Ihr dürft die Stadt betreten, aber wehe Euch, es kommt wieder eine Bettelfrau zu Schaden.«

Karl Peffgen starrte verwirrt von Wernhart zu Bastian.

»Ich darf gehen?«

Bastian nickte. »Macht schnell, bevor ich es mir anders überlege.«

Peffgen schnappte seinen Gaul und den Karren und stob davon.

Wernhart seufzte. »Ich hoffe, wir bereuen das nicht. Ich schwöre dir, Bastian, dass dieser Kerl Dreck am Stecken hat. Er hat die Bettlerinnen bestohlen, dafür lege ich meine Hand ins Feuer.«

Bastian klopfte Wernhart auf die Schulter. »Vermutlich hast du recht. Aber wir müssen jeden Menschen gleich behandeln. Ich kann Peffgen auch nicht ausstehen. Doch solange wir ihm nichts beweisen können, ist er unschuldig. Wir haben seine gesamte Habe durchsucht und kein Diebesgut gefunden. Wir können uns nicht über das Gesetz stellen.«

Wernhart blickte verdrossen drein, lächelte dann jedoch. »Du hast ein viel zu gutes Herz, mein lieber Bastian. Ich mache mich jetzt auf den Weg nach Hause. Adelheit wartet sicher schon sehnsüchtig auf mich. Sie will neuen Stoff kaufen, um ein Kleid zu nähen. Ich darf die Rechnung zahlen.« Er rollte mit den Augen. »Dabei hat Adelheit ein hübsches Gewand im Schrank. Ich wünschte, sie wäre so genügsam wie dein Weib. Marie zetert nie wegen ein paar Stücken Stoff.« Er winkte Bastian zum Abschied und zog über die Schloßstraße von dannen.

Bastian begann, die Kaufleute zu kontrollieren. An den Markttagen war Zons stets gut besucht. Das Mitbringen von Waffen war nicht erlaubt und außerdem musste jeder Händler sechs Schilling Marktgebühren bezahlen. Balthasar, der bis vor Kurzem noch im Kloster gelebt hatte, führte Buch. Er notierte den Namen des jeweiligen Händlers und das Entgelt, das abgeführt wurde. Der Nachmittag verlief ohne weitere Vorkommnisse, und als der Zustrom an Kaufleuten abgeebbt war, beschloss Bastian, auf dem Markt nach dem Rechten zu sehen. Er marschierte die Schloßstraße hinunter und warf einen flüchtigen Blick auf die Baustelle an der Kirche, wo immer noch reger Betrieb herrschte. Der Marktplatz befand sich am Ende der Straße vor der Burg. Bastian kam an der Stelle vorbei, wo er heute früh das Bettelweib getroffen hatte. Vermutlich war es ein guter Tag für Gertrude gewesen. Bastian konnte sie jedoch weit und breit nirgendwo ausmachen. Er hob die Hand an die Stirn und schirmte die Augen vor der tiefstehenden Sonne ab. Aus dem Augenwinkel sah er etwas aufblitzen. Gertrudes Amulett lag einsam vor der Mauer, an der sie am Morgen gesessen hatte. Bastian wunderte sich. Er hatte Gertrude noch nie ohne diese Kette gesehen. Ob sie das Schmuckstück verloren hatte? Er nahm die Kette an sich, als zwei junge Burschen aufgeregt auf ihn zustürmten.

»Bastian Mühlenberg, Ihr müsst uns helfen! Unsere Mutter ist verschwunden!«

Hatano Takayuki stand stocksteif im Raum und verzog keine Miene. Der schlanke Japaner steckte in einem dunklen Anzug und einem weißen Hemd. Seine schwarzen Haare lagen glatt am Kopf und seine ebenso schwarzen Augen fixierten ihn mit einem Blick, den er nicht deuten konnte.

Lothar Neidhardt sah wieder auf seine Notizen. Als Leiter des Kreisarchivs musste er sich konzentrieren. Er räusperte sich und fuhr in seiner Rede fort:

»Wie Sie sehen, hat Herr Takayuki ein Konzept von geraden Linien und absoluter Schlichtheit verfolgt.« Er hob begeistert die Arme und drehte sich einmal um die eigene Achse. Dabei strahlte er über das ganze Gesicht. »Es ist der perfekte Bau für unser Archiv, und ich freue mich, dass wir es heute gemeinsam mit Ihnen allen einweihen können, auch wenn leider noch einige Restarbeiten ausstehen.«

»Also ich finde es mit all dem Glas viel zu modern.

Wir leben hier in Zons, einer mittelalterlichen Stadt. Was soll da so ein Ufo mittendrin?«, murmelte Dietmar Kunz, sein Stellvertreter, zu dem neben ihm stehenden Landrat des Rhein-Kreises Neuss. Dieser warf Kunz einen verständnislosen Blick zu und Lothar Neidhardt hörte auf zu sprechen.

»Ich weiß ... ich weiß. Tut mir leid«, entschuldigte sich Kunz. »Ich sollte lieber den Mund halten und nicht mehr damit anfangen. Das Thema haben wir ja bereits in der Planungsphase ausgiebig diskutiert. Ich persönlich fand diesen japanischen Entwurf überhaupt nicht beeindruckend, und dann mussten wir auf die Fertigstellung auch noch eine Ewigkeit warten. Mittlerweile haben wir April.«

»Herr Kunz, wenn ich mich kurz einschalten darf«, sagte Hatano Takayuki, wobei sein japanischer Akzent die Worte etwas hart und abgehackt klingen ließ. »Wie Sie wissen, bin ich der Architekt dieses Gebäudes. Für die Verzögerungen kann ich nichts. Fragen Sie den Bauleiter oder besser noch Herrn Urbach, den Gutachter. Er wird Ihnen bestätigen, dass meine Planungen absolut den anerkannten Regeln der Technik entsprechen. Dieses Bauwerk ist so stabil, dass selbst ein größeres Erdbeben oder eine Flutwelle ihm nicht schaden können.«

»Na, das haben wir ja gesehen. Wenn die Planung so perfekt gewesen wäre, wieso wölbt sich dann der Boden hoch?«, entgegnete Kunz muffig und verstummte, als der Landrat ihm einen warnenden Blick zuwarf.

Lothar Neidhardt wollte eine erneute Debatte

verhindern und streckte den rechten Arm in die Höhe, um die Diskussion zu beenden, doch niemand beachtete ihn. Stattdessen stellte sich der Landrat direkt vor sein Rednerpult. Sein massiger, hochgewachsener Körper verdeckte ihn vollständig.

»Meine Damen und Herren«, hob der Landrat an und machte eine Pause, bis alle Augen auf ihn gerichtet waren. »Wir weihen heute das neue Kreisarchiv ein. Natürlich hat es Probleme beim Bau gegeben, aber das ist keineswegs ungewöhnlich. Ich könnte Ihnen eine Menge Bauvorhaben aufzählen, die viel länger gedauert haben als unser Archiv. Und dass es uns gelungen ist, gemeinsam mit Herrn Takayuki internationale Architektur nach Zons zu bringen, finde ich ganz besonders beeindruckend. Zons ist eine weltoffene Gemeinde mit Abertausenden Besuchern jährlich. Daher war es richtig, sich für einen international renommierten Architekten wie Herrn Takayuki zu entscheiden. Wir sind ihm alle zu großem Dank verpflichtet.« Er nickte dem Architekten anerkennend zu.

Hatano Takayuki deutete eine Verbeugung an, während Dietmar Kunz das Gesicht verzog. Lothar Neidhardt hätte ihm am liebsten einen Kinnhaken verpasst. Kunz war ein Querulant. Man konnte ihm einfach nichts recht machen. Er hatte die Planungen für das Kreisarchiv von Anfang an boykottiert. Vielleicht gab es dafür auch persönliche Gründe. Sie hatten leider nicht nur beruflich miteinander zu tun, sondern waren unglücklicherweise auch noch Nachbarn in einem Neubaugebiet in der Nähe von Zons. Er hatte die

Leitung des Kreisarchivs erst vor einigen Jahren übernommen. Seitdem gerieten sie sich immer wieder über alltägliche Themen, wie die Höhe der Heckenpflanzen an der Grundstücksgrenze, in die Haare. Lothar Neidhardt zählte sich eigentlich zu den geduldigen und gutmütigen Menschen, doch Dietmar Kunz schaffte es regelmäßig, ihn auf die Palme zu bringen.

Lothar erinnerte sich noch gut an die Sitzung im Kreistag, in der sie den japanischen Architekten und seinen Entwurf vorgestellt hatten. Kunz, selbst Kreistagsabgeordneter und Oppositionsführer, bekam Schnappatmung und einen hochroten Kopf. Das lag vermutlich weniger an dem Entwurf als an der Tatsache, dass er Hatano Takayuki als seinen Favoriten auserkoren hatte. Kunz musste einfach immer dagegenhalten. Dabei konnten sie froh sein, dass der Kreis das Geld für den Neubau überhaupt aufbringen konnte. Lothar hatte monatelang für das neue Archiv gekämpft und war kurz davor gewesen, aufzugeben, als er die Mittel für den Bau dann doch erhielt.

Ausgerechnet heute musste Dietmar Kunz mal wieder stänkern. Lothar sah hilflos mit an, wie Kunz den Landrat beiseitezog und ihm irgendetwas ins Ohr flüsterte. Zu seinem großen Ärger gesellte sich auch noch der Zonser Pfarrer mit dem Domkapitular Albert Reininger hinzu. Die beiden Geistlichen nickten Kunz verständnisvoll zu. Er wäre am liebsten dazwischengegangen, aber ihm blieb nichts anderes übrig, als mit seiner Rede fortzufahren. Wenigstens konnten ihn jetzt wieder alle sehen.

Lothar pustete kurz auf das Mikrofon und begann erneut: »Das neue Archiv bietet uns fast doppelt so viel Platz wie das alte. Die Klimatisierung ermöglicht uns die Aufbewahrung von alten Schriften, die besonders geschützt werden müssen. Dank Herrn Takayuki handelt es sich um eine energiesparende Technik. Sogar eine mögliche Erweiterung mit Solarzellen haben wir eingeplant. Ich möchte Sie nun zu einem Rundgang einladen, damit Sie sich mit eigenen Augen von der Schönheit und der ausgezeichneten Funktionalität dieses Gebäudes überzeugen können. Herr Takayuki wird uns führen. Fragen richten Sie bitte jederzeit gerne an ihn.« Lothar stellte erleichtert fest, dass die meisten Gäste klatschten, und atmete auf.

Ungefähr dreißig Persönlichkeiten aus Politik, Kultur, Kirche und Wirtschaft hatten sich heute zusammengefunden. Nach dem ganzen Theater während der Bauphase war es notwendig, den Ruf des neuen Kreisarchivs zu rehabilitieren und den ewigen Kritikern endlich etwas Positives entgegenzusetzen. Der Bau hatte sich mehr als doppelt so lange hingezogen als ursprünglich geplant. Es waren schon kurz nach Fertigstellung des Rohbaus Risse und Wellen im Boden aufgetreten. Der teure Terrazzoboden musste samt Estrich wieder herausgerissen werden. Lothar durfte gar nicht über den entstandenen Schaden nachdenken. Eine hohe sechsstellige Summe stand im Raum, und ob die Versicherung dafür aufkommen würde, lag komplett im Ungewissen. Manchmal wünschte er sich, er wäre mit all seinen Büchern einfach in der nahe gelegenen Burg

Friedestrom geblieben. Natürlich war das Klima in der Burg nicht optimal, eher zu feucht, doch Risse im Boden hätte es dort niemals gegeben.

Lothar blieb neben einer Säule im Eingangsbereich stehen. Er hatte sich derartig in seinen Gedanken verloren, dass er der Gruppe nicht in den Keller gefolgt war. Der Raum wirkte auf einmal merkwürdig unberührt, fast so, als wären die dreißig Menschen nie hier gewesen. Lothar spürte plötzlich eine Kälte, die er sich nicht erklären konnte. Vielleicht lag das an der leeren Etage, in der bisher kein Mobiliar stand und daran, dass einige Wände nicht gestrichen waren. Der nackte Beton starrte ihn an. Die kleinen Löcher, die noch verputzt werden mussten, kamen ihm vor wie Augen. Er wandte den Blick ab und bemerkte unversehens Dunkles, Gezacktes auf dem Boden. Sein Herz machte einen Satz.

»Das darf doch nicht wahr sein«, murmelte er und ging vor der Säule am Eingang in die Knie. War das etwa ein Riss? Lothar blinzelte und rückte die Brille zurecht. Er wollte keinen weiteren Baumangel entdecken, denn dann würde der ganze Streit um die Sanierung von vorn anfangen und das Archiv müsste weiterhin auf seinen neuen Standort warten.

Er kroch näher heran und begutachtete die grauen Betonplatten, die anstelle des Terrazzobodens verlegt worden waren. Erleichtert stellte er fest, dass es keinen Riss im Boden gab. Es war Schmutz. Er verfolgte die Spur bis zur Säule und traute seinen Augen nicht. Der Putz bröckelte ab. Kaum sichtbar, aber dennoch vorhanden. Feine Haarrisse zogen sich hoch bis unter die

Decke. Lothar Neidhardt erhob sich und schnappte nach Luft. Er fuhr die dünnen Linien entlang. Frischer Mörtel blieb an seiner Fingerkuppe haften. Plötzlich nahm er auch den Geruch wahr, der ihm vorher gar nicht aufgefallen war.

Die Handwerker waren hier seit einer Woche fertig. Wie zum Teufel kam der frische Mörtel hierher? Er bohrte die Fingerspitze in die Säule. Ein Brocken löste sich und klatschte auf den Boden. Lothar bückte sich rasch. Obwohl er wusste, dass es völlig zwecklos war, wollte er den Mörtel zurück in das Loch stopfen. Die Säule musste halten, zumindest bis die Führung zu Ende war. Ob ihm jemand einen Streich spielte? Er dachte kurz an Dietmar Kunz und verwarf den Gedanken gleich wieder. So weit würde sein missgünstiger Nachbar wohl kaum gehen. Oder doch?

Lothar presste das Mörtelstück in die Lücke. Er strich die Stelle so gut es ging glatt. Gerade als er ein letztes Mal darüberfuhr, löste sich ein noch viel größeres Stück. Lothar überlief es heiß und kalt. Was sollte er jetzt bloß tun? Verdammt. Die Säule lag direkt an der Tür und der Defekt genau in Augenhöhe. Jeder Besucher der Einweihungsfeier musste daran vorbei. Zumindest einer würde es bemerken!

Stocksteif stand Lothar da und überlegte. Ihm fiel nichts Besseres ein, als ein weiteres Mal zu versuchen, den Schaden abzudecken. Er sammelte die Mörtelbrocken auf und glättete die Ränder des Loches. Seine Fingerkuppe stieß auf etwas Weiches. Überrascht blickte er hinein. Und dann begann er so laut zu schreien, wie er konnte.

* * *

Kriminalkommissar Oliver Bergmann beugte sich zu seiner Freundin Emily hinüber und gab ihr einen flüchtigen Kuss auf die Wange.

»Warte hier, Schatz. Ich beeile mich. Sollte es länger dauern, fährst du am besten schon nach Hause. Den Schlüssel lasse ich stecken.« Er sprang aus dem Wagen und eilte zu dem modernen Gebäude, das sich durch seine Schlichtheit kombiniert mit einer großen Glasfront von den restlichen Häusern in Zons auffallend abhob. Dort, wo einst im Mittelalter ein Kloster aus roten Ziegeln gestanden hatte, erhob sich nun das neue Kreisarchiv. Die Polizei hatte bereits den gesamten Bereich abgesperrt. Die rot-weißen Bänder flatterten im Wind und zeugten von dem Unheil, das sich dahinter verbarg. Gleich auf der Türschwelle stieß Oliver auf Lothar Neidhardt, den Leiter des Kreisarchivs. Der etwa Fünfzigjährige hockte blass auf der Stufe zum Eingang und fuhr sich durch das schüttere Haar. Ein Streifenpolizist reichte ihm etwas zu trinken.

»Ich bin Oliver Bergmann«, stellte er sich vor und gab Neidhardt die Hand. »Sie haben die Leiche entdeckt?«

»Ich hätte sie lieber nicht gefunden«, erwiderte Neidhardt leise. »Es ist wie verhext. Das neue Archiv will einfach nicht fertig werden. Und jetzt das.« Er nahm seine randlose Brille ab und strich sich über den Nasenrücken. »Dieser arme Mensch musste sein Leben lassen. Ich habe ja nur ein Auge gesehen. Gott sei Dank.«

»Ist Ihnen denn in den letzten Tagen etwas Ungewöhnliches aufgefallen?«

Der Leiter des Kreisarchivs trank einen Schluck aus seinem Glas und überlegte.

»Wissen Sie, ich denunziere eigentlich nicht gerne Leute«, hob er nach einer Weile an. »Aber in diesem Fall kann ich nicht anders. Dietmar Kunz, mein Nachbar und leider gleichzeitig auch mein Stellvertreter, boykottiert diesen Archivneubau, seitdem er geplant wurde. Er würde alles tun, damit das Gebäude nicht freigegeben wird.«

Oliver runzelte die Stirn. »Würde er dafür auch einen Mord begehen?«, fragte er ungläubig und notierte sich vorsichtshalber den Namen.

Lothar Neidhardt blickte ihn unsicher an. »Ich weiß nicht«, murmelte er. »Das wäre sicherlich heftig. Er hat jedenfalls einen Schlüssel, und soweit ich es mitbekommen habe, wurde nicht eingebrochen.«

»Hat Ihr Nachbar sich denn in letzter Zeit ungewöhnlich verhalten?«, hakte Oliver nach.

»Eigentlich nicht. Er ist genauso schwierig und aggressiv wie sonst auch.«

»Fällt Ihnen vielleicht noch jemand anderes ein?«

Neidhardt rieb sich grübelnd das Kinn. »Leider nein«, erwiderte er schließlich und vergrub das Gesicht in den Händen. »Das ist alles ein einziger Albtraum.«

»Sie können jetzt nach Hause gehen und sich ausruhen«, sagte Oliver mitfühlend und hielt ihm seine Visitenkarte hin. »Sollte Ihnen etwas Wichtiges einfallen, rufen Sie mich bitte an.«

Er betrat das Archiv. Ingrid Scholten war bereits voll in ihrem Element. Sie hockte vor den Resten einer Säule und pinselte gerade ein größeres Stück ab, um Fingerabdrücke sichtbar zu machen. Neben ihr lag der Leichnam eines jungen Mannes auf einer Decke. Seine Haare waren über und über mit Staub und Mörtel bedeckt. Das viele Grau ließ ihn viel älter erscheinen.

»Da sind Sie ja endlich«, sagte die Leiterin der Spurensicherung und hielt mit ihrer Arbeit inne. »Leider hat der Junge weder einen Ausweis noch ein Portemonnaie oder ein Handy bei sich. Der arme Kerl wurde in die Säule einbetoniert. Können Sie sich das vorstellen? Hoffentlich war er zu dem Zeitpunkt schon bewusstlos.«

»Junge?«, fragte Oliver und ging neben der Leiche in die Knie. »Wie alt schätzen Sie ihn denn?«

»Höchstens siebzehn. Eher ein oder zwei Jahre jünger. Lassen Sie sich nicht von den grauen Haaren täuschen.«

Oliver betrachtete die verzerrten Gesichtszüge des Jungen. Die blauen, inzwischen stumpfen Augen starrten an die Decke und der Ausdruck in ihnen hielt Olivers Blick fest. Es kam ihm so vor, als hätte der Junge kurz vor seinem Tod etwas Schreckliches gesehen. Die Lippen waren leicht geöffnet, so als wolle er noch ein paar letzte Worte sprechen. Er trug ein T-

27

Shirt und Jeans. Seine Oberarme zeigten beachtliche Muskeln.

»Ist die Todesursache schon bekannt?«

»Nein, aber äußerlich sind keine Verletzungen erkennbar, jedenfalls keine tödlichen.« Ingrid Scholten deutete auf die Handgelenke des Toten. »Das sind Fesselmale. Alles Weitere muss die Rechtsmedizin klären. Ich hoffe, dass der arme Kerl nicht bei lebendigem Leib einbetoniert wurde und qualvoll erstickt ist.«

Oliver betrachtete die Säule, die inzwischen völlig ausgehöhlt war. »Wie hat der Täter die Leiche überhaupt dort hineinbekommen?«, fragte er und wunderte sich, wie viel Werkzeug der Mörder wohl mitgebracht hatte.

»Ich denke, eine *Flex* und frischer Beton oder Mörtel reichen. Da vorne ist eine Steckdose. Rundherum stehen keine Wohnhäuser, und der Italiener am Anfang der Straße ist geschlossen. Der Lärm dürfte also niemandem aufgefallen sein.«

Plötzlich wurde die Eingangstür aufgestoßen. Endlich traf Klaus ein.

»Tut mir leid. Ich habe im Stau festgesteckt«, erklärte Olivers Partner schnaufend und fuhr sich durch das graue Haar. »In Zons gibt es einfach kaum Parkplätze. Ich musste den Wagen vor den Stadtmauern abstellen und auch noch ein Ticket lösen.« Sein Blick wanderte über die zerstörte Säule und den Leichnam. »Verdammt, was ist denn hier passiert?«

»Jemand hat diesen Jungen in die Säule einbetoniert«, wiederholte Ingrid Scholten sachlich. »Wir haben eben über die Todesursache gegrübelt.«

Klaus hockte sich zu Oliver und musterte den Toten ausgiebig.

»Was hält er da in der Hand?«

»Das habe ich mich auch gerade gefragt«, erwiderte Oliver und streifte ein Paar Gummihandschuhe über. Anschließend löste er den Gegenstand aus den steifen Fingern des Toten.

»Sieht aus wie die Hälfte eines Siegels«, murmelte er nachdenklich und drehte das dunkelgrüne feste Wachsstück, auf dem das Hinterteil eines Pferdes, ein Schwert und ein Mann zu sehen waren.

»Zeig mal!« Klaus nahm ihm das Siegel ab. »Die Inschrift am Rand scheint Lateinisch zu sein. Was meinst du?«

Oliver seufzte. »Keine Ahnung. Ich hatte nie Latein. Aber ich weiß, wen ich fragen könnte.« Er sprang auf und griff nach dem Siegel. »Warte kurz. Ich bin gleich wieder da.«

Oliver hoffte, dass Emily noch auf ihn wartete, und hastete zu seinem Wagen. Emily war Journalistin und spezialisiert auf historische Themen. Das Siegel wirkte sehr alt und bestimmt konnte sie damit etwas anfangen. Oliver atmete erleichtert auf, als er sie in seinem Auto sah. Sie saß auf dem Beifahrersitz und las in einer Zeitschrift. Er blieb stehen und betrachtete sie einen Augenblick lang. Sie war einfach wunderschön, mit ihren dunklen Haaren und den funkelnden Augen. Er liebte sie trotz oder gerade wegen ihres italienischen Temperaments, was ihn manchmal in den Wahnsinn trieb. Er lächelte und klopfte an die Seitenscheibe.

»Bist du schon zurück?«, fragte sie überrascht und öffnete die Tür.

»Ich brauche deine Hilfe«, erwiderte Oliver und hielt ihr das Siegel hin. »Sagt dir das etwas?«

Emily stieg aus dem Wagen und betrachtete das Siegel, ohne es zu berühren.

»Das ist das Schöffensiegel von Zons. Jedenfalls die Hälfte davon. Auf dem Ross sitzt der heilige Martin, von dem man hier nur das Schwert erkennt. Er teilt seinen Mantel mit einem Armen. Am Rand steht *SIG SCABIN-ORVM*. Das bedeutet: Siegel der Schöffen. Auf dem fehlenden Stück sollten die Buchstaben *VNZE* für Zons eingeprägt sein. Zeig mir mal die Rückseite.«

Oliver drehte das Siegel um.

Emily biss sich nachdenklich auf die Unterlippe.

»Hier müsste eigentlich ein Kreuz, das Wappen des Erzbischofs von Köln, eingraviert sein. Aber da ist nur ein Halbkreis. Komisch.« Sie sah zu Oliver auf. »Wo hast du das Siegel denn gefunden?«

»In der Hand des Opfers«, druckste Oliver herum. Er wollte Emily nicht sagen, dass der Tote höchstens siebzehn Jahre alt war. Das würde sie wahrscheinlich sehr schockieren. »Die Leiche befand sich in einer Säule. Sie wurde einbetoniert«, fügte er vorsichtig hinzu.

Emilys Augen weiteten sich. »Einbetoniert?«, fragte sie heiser und schlug entsetzt die Hand vor den Mund. Nach einer Weile fasste sie sich.

»Ich habe mal eine Innenansicht des neuen Archivs

gesehen. Es gibt etliche Säulen im Erdgeschoss, soweit ich mich erinnere.«

»Das stimmt«, bestätigte Oliver.

Emily malte mit dem Zeigefinger einen Kreis in die Luft. »Wir haben einen Halbkreis. Er ist also nicht vollständig. In welchem Gebäudeteil befand sich diese Säule?«

Oliver starrte Emily an. Er verstand kein Wort.

»Wie meinst du das?«

»Im Mittelalter wurden heilige Dinge, wie zum Beispiel der Altar in einer Kirche, geostet. Also nach Osten ausgerichtet.«

Oliver rief sich die Säule ins Gedächtnis. Sie befand sich direkt am Eingang.

»Du hast recht, die Säule befindet sich im östlichen Teil des Gebäudes.«

Emily blickte ihn ernst an. »Gibt es da noch eine Säule?«

Oliver nickte. Er begriff nicht sofort, worauf sie hinauswollte. Erst als sie abermals den Kreis in die Luft zeichnete, verstand er.

»Du lieber Himmel«, stieß er aus und rannte auf der Stelle zurück.

Im Kreisarchiv angekommen, stürmte er an Klaus und Ingrid Scholten vorbei und blieb vor einer zweiten Säule stehen.

»Alles okay bei dir?«, fragte Klaus, doch Oliver antwortete nicht. Stattdessen klopfte er die Säule ab.

»Was machst du da?« Klaus baute sich in seiner ganzen Größe neben ihm auf und runzelte die Stirn.

»Der Tote hält die Hälfte eines Siegels in der Hand. Auf der Rückseite des Siegels befindet sich ein Halbkreis. Die andere Hälfte fehlt, und ich will sicherstellen, dass sich das fehlende Teil nicht in dieser Säule verbirgt«, erklärte Oliver und pochte weiter auf dem Putz herum.

Klaus' Miene versteinerte, als er begriff. Ingrid Scholten hingegen stellte ihre Arbeiten an der ersten Säule ein und kam mit Hammer und Meißel in den Händen zu ihnen.

»Na, das wollen wir mal sehen«, sagte sie und schlug kräftig zu. Sofort platzte ein großes Stück Putz heraus.

Oliver starrte in die entstandene Öffnung und hielt vor lauter Entsetzen den Atem an.

III

VOR FÜNFHUNDERT JAHREN

»Lauf, du Taugenichts, oder ich mache dir Beine!«, donnerte die Stimme des Baumeisters über den Vorplatz der Kirche. Die Sonne lugte durch die dicke Wolkendecke und strahlte die Baustelle an. Es sah ganz so aus, als wollte Gott selbst sich einen Eindruck vom Fortschritt der Bauarbeiten verschaffen. Kaspars Herz schlug hektisch und zitternd gegen die Rippen.

»Ich kann nicht schneller«, keuchte er erschöpft und wischte sich die Schweißtropfen von der Stirn.

»Du läufst oder ich streiche dir den Lohn.« Eduard Ambrosius hob drohend die Faust.

Kaspar nahm all seine Kraft zusammen und rannte weiter. Er trieb das Laufrad des Krans an. Vor ein paar Stunden hatte er als Windenknecht auf der Baustelle angeheuert, doch das Ausmaß der Anstrengung war ihm nicht klar gewesen. Das neun Fuß große Windenrad des Tretkrans drehte sich viel schwerer als gedacht. Hinzu kam die Last, die am Seil hing und ganz nach oben gehoben werden musste. Je schneller er lief, desto rascher wickelte sich das Seil um die Nabe und hievte die klobigen Steine hoch bis unter das Dach der Kirche.

»Mach schon, Bursche. Gleich hast du es geschafft«, rief der Maurermeister Hubertus Gröner, der oben auf dem Gerüst wartete und ihm anscheinend Mut machen wollte.

Kaspar strengte sich an. Er musste das riesige Windenrad zigmal drehen, damit die Last ein paar Fuß weiter hochgezogen wurde. Die Muskeln in seinen Oberschenkeln brannten. Am liebsten wäre er einfach stehen geblieben, aber Eduard Ambrosius' Blick trieb ihn vorwärts.

Endlich zog der Maurermeister an dem Seil, das den Tretkran in die richtige Richtung drehte. Der massige Stein schwebte über Kaspars Kopf und wurde von zwei kräftigen Männern auf einen Mauervorsprung gewuchtet. Kaspar hielt inne und verschnaufte.

»Das nächste Mal läufst du gleich vernünftig. Verstanden?« Eduard Ambrosius hatte die Arme in die Seiten gestemmt und betrachtete ihn mit zusammengekniffenen Augen.

Kaspar nickte erschöpft und sah erleichtert, wie der Baumeister von ihm abließ und sich entfernte.

»Geh schnell und hol dir etwas zu trinken. Anschließend müssen wir den nächsten Steinblock nach oben heben.« Hubertus Gröner winkte ihm zu und bedeutete ihm, sich zu beeilen.

Kaspar stieg mit zittrigen Beinen aus dem Windenrad und machte ein paar ungelenke Schritte hin zur Kirchenmauer, an der ein Fass Wasser stand, aus dem sich die Handwerker bedienen konnten. Er griff nach der Kelle und wurde im selben Moment von einem der Mörtelrührer beiseitegeschubst.

»Tagelöhner stellen sich gefälligst hinten an!« Der kräftige, bärtige Mann hob drohend die Faust und trank in gierigen Schlucken aus der Kelle.

Kaspar senkte den Blick und wartete geduldig, bis der Mörtelrührer endlich fertig war. Er brauchte den Lohn und durfte keinen weiteren Ärger auf sich ziehen. Außerdem war er dem Muskelprotz nicht gewachsen. Mit seinen schlaksigen Oberarmen und dünnen Beinen könnte er es nicht mal mit einem gleichaltrigen Knaben aufnehmen, geschweige denn mit dem Mörtelrührer. Er hatte den ganzen Weg von Neuss nach Zons auf sich genommen, nachdem er von der großen Baustelle gehört hatte. Es kam schließlich nicht allzu oft vor, dass die Mauern einer Kirche wegbrachen. Seine Mutter hatte die Gicht und litt seit Monaten fürchterliche Schmerzen. Doch für Medizin fehlte ihnen das Geld, und Kaspar wollte keinesfalls auf einen Quacksalber zurückgreifen, der seine Mutter mit Blutegeln oder Brechmitteln quälte. Er hatte von einem Heilkundigen erfahren, der Mohnsaft gegen das Leiden einsetzte. Aber diese Arznei war kaum bezahlbar. Er würde vier bis fünf Wochen als Windenknecht schuften müssen, um die Summe annähernd zusammenzubekommen. Wenn es nach ihm ginge, konnte er nur hoffen, dass die

Reparaturarbeiten an der Kirche lange andauerten. So lange, bis er das nötige Geld angespart hatte.

Der Mörtelrührer entfernte sich und Kaspar machte vorsichtig einen Schritt auf das Fass zu.

»Pass doch auf, wo du hintrittst!«

Ehe Kaspar es sich versah, verpasste ihm ein zweiter Mörtelrührer eine schallende Backpfeife.

»Verschwinde vom Fass!«

Der Mann schien noch weniger Spaß zu verstehen als der erste. Er packte Kaspar am Kragen und schleuderte ihn regelrecht aus dem Weg. Er stürzte und schlug sich das Knie auf. Für einen Moment war er versucht, es dem unverschämten Kerl heimzuzahlen, aber er ließ es bleiben. Er richtete sich auf und wartete abermals ab. Doch bevor er an die Reihe kam, brüllte der Maurermeister vom Dach der Kirche seinen Namen.

»Kaspar, an die Arbeit. Wir brauchen den nächsten Stein.«

»Ich hab noch gar nichts getrunken«, jammerte er und schaute sehnsuchtsvoll zum Wasserfass.

»Wenn du trödelst, ist es deine eigene Schuld. Die Pause ist vorbei.« Die Stimme des Maurermeisters duldete keinen Widerspruch.

Kaspar trollte sich erschöpft. Die Zunge lag wie ein Reibeisen in seinem ausgetrockneten Mund. Er dachte an seine Mutter und stieg in das Windenrad. Der Stein war Gott sei Dank kleiner als der vorherige. Kaspar rannte und rannte, bis sein Herz so stark pochte, dass er befürchtete, es könne ihm aus der Brust springen. Sein Blickfeld engte sich merkwürdig ein und die Kirchenwand vor ihm schien sich ein wenig zu biegen. In seinem Magen drückte es. Schweiß rann ihm von der Stirn. Er sah nach oben. Der Steinblock musste vielleicht noch drei oder vier Fuß höher. Kaspar spannte die Muskeln an, die inzwischen allesamt wie Feuer brannten. Doch dann bekam er plötzlich einen Krampf im Oberschenkel. Der Schmerz zwang ihn, stehen zu bleiben.

»Verdammt noch mal, Bursche. Jetzt mach gefälligst nicht schlapp.«

Kaspar japste nach Luft. Tränen schossen ihm in die Augen. Er taumelte vorwärts, doch das Windenrad rührte sich nicht. Er musste mehr Kraft aufwenden, um es anzutreiben. Erneut warf er sich nach vorn, stolperte und keuchte.

»Fang das«, rief plötzlich jemand und schon flog ein Gegenstand durch die Luft. Er hob im letzten Augenblick die Hand und fing ihn auf. Es war eine Lederflasche. Hastig öffnete er den Deckel und trank Wasser.

»Steig aus, Junge. Ich erledige den Rest für dich«, sagte ein großer, kräftiger Mann mit blonden Haaren und dunkelbraunen ernsten Augen.

Kaspar blickte ihn unsicher an. Er konnte doch nicht einfach aus dem Tretkran klettern. Der Baumeister würde ihm dafür die Ohren lang ziehen.

»Jetzt mach schon, Hubertus braucht neues Material.« Der Mann griff seine Hand und zog ihn sanft hinaus. Dann betrat er die Winde und begann zu laufen, als hätte er nicht die geringste Mühe.

»Danke, Bastian Mühlenberg«, rief der Maurermeister vom Dach der Kirche herunter. »Der Bursche ist noch zu jung, um den ganzen Tag das Windenrad zu drehen. Aber er wollte die Arbeit unbedingt übernehmen.« Als der Stein oben angekommen war, hievte Hubertus ihn auf den Vorsprung in der Kirchenmauer.

Bastian Mühlenberg sprang aus dem Rad und hatte nicht einmal eine Schweißperle auf der Stirn. Der beeindruckende Hüne lächelte Kaspar freundlich an.

»Geht es wieder besser?«, fragte er und schlug ihm freundschaftlich auf die Schulter. »Du musst regelmäßig trinken, sonst kippst du irgendwann um. Wenn der Steinblock von oben herunterfällt, wird der Baumeister fuchsteufelswild.«

Kaspar nickte verkrampft. Es war ihm unangenehm, als Schwächling dazustehen. Er hatte das vierzehnte Lebensjahr vollendet und sollte eigentlich in der Lage sein, für seine Familie Geld zu verdienen. Bastian Mühlenberg schien seine Gedanken zu lesen.

»Gräm dich nicht. Die Arbeit auf dem Bau ist schwer, und am ersten Tag kann schon mal was schiefgehen.« Mühlenberg klopfte ihm noch einmal auf die Schulter und ließ ihn allein. Der blonde Mann marschierte zielstrebig auf die Kirche zu und verschwand darin. Kaspar schaute ihm beeindruckt hinterher. Was würde er dafür geben, solche Muskeln zu besitzen. Er blickte missmutig an seinen dünnen Beinen hinab.

»Steh hier nicht rum und träume. Die Steinmetze brauchen Hilfe«, brummte der Baumeister, der wie aus dem Nichts plötzlich neben ihm stand.

Kaspar erschrak. Eduard Ambrosius beachtete ihn jedoch nicht weiter. Er hatte einen der Mörtelrührer ins Visier genommen, der sich gerade mitten auf dem Kirchplatz an einem Baum erleichterte.

»Was zum Teufel tust du da?«, brüllte er aus vollem Hals und stürmte auf den Unglücklichen zu. Er packte den Mörtelrührer am Kragen und schüttelte ihn.

Kaspar nutzte die Gelegenheit und machte sich davon. Die Steinmetze arbeiteten hinter der Kirche, wo ein Großteil des Baumaterials gelagert wurde. Der Baumeister hatte verfügt, dass die aus der Mauer gefallenen Steine nicht mehr verwendet werden durften. Stattdessen mussten neue Blöcke behauen werden. Die Steinmetze hämmerten ununterbrochen auf das herbeigeschaffte Bruchgestein ein und schlugen es so zurecht, dass gerade Kanten entstanden und die Quader zum Bau der Mauer taugten. Kaspar näherte sich dem Meister, dessen Wams fast völlig von Schweiß getränkt war. Der Mann roch streng nach Arbeit, Staub und einer dunklen Note, über die Kaspar lieber nicht weiter nachdachte.

»Ambrosius schickt mich, um Euch zu helfen«, sagte er schüchtern und blieb vor dem Steinmetzmeister stehen.

Der dickbäuchige Mann musterte ihn eingehend. Anschließend deutete er auf ein kleines Haus, das etwas abseits stand.

»Geh dort rüber und hole eine Karre mit den kleinen Steinen herbei. Spute dich.«

Kaspar tat wie ihm geheißen. Er eilte zu dem

Gebäude hinüber und schaute zunächst um die Ecke. Er fand einen Karren und einen beinahe mannshohen Haufen mit Steinen, die vielleicht so groß wie der Kopf eines Neugeborenen waren. Kaspar legte den ersten Brocken auf den Holzwagen. Dabei hörte er plötzlich eine Stimme, die aus dem Häuschen kam, und hielt inne.

»Ihr habt mir dreißig Schilling versprochen«, schimpfte eine kratzige Frauenstimme. »Das ist nur die Hälfte. Gebt mir sofort mein Geld.«

»Haltet Euer loses Mundwerk! Ich habe gesagt, Ihr bekommt fünfzehn für die Beschaffung und weitere fünfzehn, wenn es funktioniert«, sagte eine Männerstimme, die Kaspar bekannt vorkam, die er jedoch nicht zuordnen konnte.

»Wollt Ihr mich auf den Arm nehmen?«, keifte die Frau. »Ich will meinen Lohn!«

»Ihr habt mich verstanden. Eine Hälfte jetzt und die andere später. Schert Euch fort und kommt übermorgen wieder.«

Eine Tür knallte. Schritte knirschten im Kies und entfernten sich. Der Mann schien die Hütte verlassen zu haben. Zumindest konnte Kaspar nur noch die Frau hören, die unablässig zeterte.

»Der Teufel soll Euch holen«, schimpfte sie und stieß darüber hinaus Fluchwörter aus, die Kaspar bisher völlig unbekannt waren.

Instinktiv duckte er sich hinter den Steinhaufen, als die Stimme näher kam und das Weib an ihm vorbeiging. Kaspar wollte gerade aufatmen, da berührte er mit der Hand einen Stein, der sich geräuschvoll aus dem Haufen löste und zu Boden polterte. Kaspar rührte sich nicht von der Stelle. Er schloss die Augen und betete, dass die Frau ihn nicht entdeckte.

»Ist da jemand?«, fragte die kratzige Stimme, die plötzlich so nah war, als stünde das Weib direkt neben ihm.

»Gertrude ist spurlos verschwunden«, sagte Bastian zu Pfarrer Johannes, der gerade eine Kerze auf dem Altar entzündete. »Ich würde mir nicht viel dabei denken, schließlich ist sie ein Bettelweib und oft unterwegs. Doch ich habe das hier gefunden, an der Stelle, an der ich sie zuletzt sah.« Er hielt Johannes das Amulett vor die Nase. »Sie würde diese Kette niemals liegen lassen. Auch ihre beiden Söhne sind auf der Suche nach ihr. Aber niemand hat sie gesehen.«

Der Pfarrer seufzte. »Gertrude hätte nach dem Tod ihres Gatten wieder heiraten sollen, statt ein Leben in Armut zu führen. Ich weiß von einem Steinmetz, der sie gerne zum Weib genommen hätte, trotz ihrer Kinder. Er hätte für sie gesorgt.«

»Da mögt Ihr recht haben«, pflichtete Bastian ihm bei. »Wann war Gertrude zuletzt in der Kirche?«

»Vorgestern«, platzte Johannes ohne zu überlegen heraus. »Gertrude ist eine sehr fromme Frau. Eigentlich müsste sie allerspätestens morgen wieder hierherkommen.«

»Das bedeutet also, dass auch Ihr sie seit gestern nicht mehr gesehen habt«, stellte Bastian fest.

»Ich halte das allerdings nicht für ungewöhnlich. Gertrude führt kein stetes Leben. Sie zieht es dorthin, wo etwas zu holen ist. Ihr kennt sie doch selbst. An Eurer Stelle würde ich mir nicht so viele Sorgen machen.« Pfarrer Johannes legte Bastian die Hand auf die Schulter. »Sie wird schneller wieder hier sein als gedacht.«

»Was ist mit dem Amulett und ihren Söhnen?« Bastian zweifelte. In seiner Magengegend grummelte es.

Aber Pfarrer Johannes winkte ab.

»Die beiden sind nicht mehr so klein und kommen auch allein zurecht.« Er tippte sich plötzlich an die Stirn. »Da fällt mir etwas ein. Ich habe Gertrude auf dem Markt gesehen. Sie sprach mit einem Händler. Vermutlich wollte sie ein paar Münzen von ihm. Er schien jedenfalls nicht sonderlich begeistert.«

»Kanntet Ihr den Händler?«

»Nein. Es waren so viele in der Stadt. Er trug einen grauen Umhang um seinen dürren Leib und seine Haare waren lang und ungepflegt. Ein Weib rief ihn *Paffen* oder so ähnlich.«

Bastian kam sofort ein Mann in den Sinn. Karl Peffgen.

»Ich danke Euch, Johannes«, sagte er und verabschiedete sich. Er lief über den Platz vor der Kirche. Das Windenrad stand still. Der Knecht schien Pause zu haben, denn er war nirgendwo zu sehen. Bastian steuerte auf das Feldtor zu, um seinen Freund Wernhart abzuholen.

»Hast du das Bettelweib Gertrude gesehen?«, fragte er, als er Wernhart vor der Toranlage traf.

»Nein. Habe ich nicht«, erwiderte sein Freund und warf ihm einen merkwürdigen Blick zu. »Sag bloß nicht, dass sie auch verschwunden ist.«

»Was meinst du mit auch?« Bastian war verwirrt.

»Eben war ein anderes Bettelweib bei mir, die alte Rosalinde. Sie sucht ihre Freundin Bertha und behauptet, es wäre ihr etwas zugestoßen.« Wernhart tippte sich mit dem Zeigefinger an die Stirn. »Ich glaube, sie hat zu viel Met getrunken.«

»Das gibt es doch nicht«, erwiderte Bastian. »Erst Gertrude und jetzt Bertha. Wann hast du sie zuletzt gesehen?«

Wernhart zuckte mit der Schulter. »Gestern und heute kamen so viele Menschen nach Zons. Ich kann mich nicht entsinnen.«

»Was ist mit Peffgen? Hast du den Händler bemerkt?«

»Den Halunken hätte ich nicht übersehen. Während meiner Wache hat er jedenfalls keinen Fuß durch das Feldtor gesetzt.« Wernhart steckte zwei Finger in den Mund und stieß einen Pfiff aus.

Kurz darauf erschien Balthasars Gesicht in dem kleinen Fenster oberhalb des Torbogens, wo sich die Wachstube befand.

»Was gibt es?«, rief er neugierig.

»Hast du gesehen, ob der Händler Karl Peffgen die Stadt verlassen hat? Du oder vielleicht Hugo?«

Balthasar verschwand für einen Moment vom Fenster. Als er wieder auftauchte, schüttelte er den Kopf.

»Nein. Er ist zum Markt gekommen, aber danach nicht mehr aufgetaucht.«

»Danke«, rief Wernhart.

»Ich weiß, wo wir ihn wahrscheinlich finden. Er hält sich gerne im Gasthaus ›Zum Anker‹ in der Rheinstraße auf. Dort gibt es auch tagsüber Met. Lass uns da nach ihm suchen«, sagte Bastian und marschierte sofort los.

»Ich habe ja gleich gesagt, er darf nicht in die Stadt«, schimpfte Wernhart, während er neben Bastian herhastete. »Wir sollten uns den Kerl schnappen und ihn im Juddeturm verhören. Ich wette, nur der Anblick der Folterkammer löst seine Zunge.«

»Bisher haben wir nicht den geringsten Beweis gegen Peffgen in der Hand«, erwiderte Bastian und beschleunigte seine Schritte. »Aber ich gebe dir recht, sein Name taucht schon wieder im Zusammenhang mit den Bettelweibern auf. Und nun sind offenbar zwei von ihnen verschwunden.«

Sie bogen hinter dem Marktplatz in die Rheinstraße ab. An deren Ende erhob sich der Zollturm von Zons. Das Gasthaus »Zum Anker« befand sich unmittelbar davor. Bastian stürmte die Gasse hinunter und stieß die Tür zum Gastraum auf. Die Schenke war fast leer. Reinhold, der Wirt, saß mit seinem Sohn an einem Tisch und zählte Münzen. Das Weib des Wirtes fegte den

Boden, und hinten in der Ecke hockte ein Händler, der an einem Glas Met nippte.

»Ist Karl Peffgen hier?«, wollte Bastian wissen und inspizierte die Stube genau.

»Der treibt sich am Hafen rum. Will dort irgendwelche Geschäfte abschließen«, brummte der Wirt, ohne aufzusehen.

»Hat er bei Euch übernachtet?«

Jetzt blickte Reinhold auf. »Ja, wie immer nach den Markttagen.«

»Welches Zimmer?«, fragte Bastian, der schon die ersten Stufen ins Obergeschoss nahm. Wernhart folgte ihm dicht auf dem Fuß.

»Zwei«, rief ihnen der Wirt anteilslos hinterher und fuhr fort, seine Münzen zu zählen.

»Wir sehen uns dort einmal um. Sollte Peffgen in der Zwischenzeit auftauchen, schickt ihn sofort zu uns.«

Der Wirt brummte etwas Unverständliches und fuhr unbeirrt mit seiner Arbeit fort. Bastian und Wernhart stiegen die Treppe hinauf und betraten den kargen Raum. Ein Strohlager, ein Schemel und ein paar schäbige Kisten befanden sich in der Kammer. Bastian hob den Deckel der obersten Kiste an und lugte hinein. Ein Sammelsurium von hölzernen Tellern und Löffeln tat sich vor ihm auf.

»Nichts als Plunder«, murmelte er und klappte den Deckel wieder zu. Peffgen handelte mit allem, was sich zu Geld machen ließ.

»Nicht nur«, sagte Wernhart und deutete auf einen

Umhang, der an einem Haken an der Tür hing. »Gehört der nicht Gertrude?«

Bastian betrachtete den groben dunklen Stoff. »Könnte sein«, erwiderte er beunruhigt und nahm den Mantel an sich. »Wir knöpfen ihn uns am Hafen vor und stellen ihn zur Rede.«

Ingrid Scholten klopfte vorsichtig den Putz von der Säule und legte Stück für Stück die Leiche frei.

»Es ist eine Frau«, sagte die Leiterin der Spurensicherung und zögerte. »Vielleicht doch eher ein Mädchen. Ihre Haut wirkt sehr jung und ihr Gesicht ist mit kleineren Pickeln übersät. Sieht mir nach Beginn der Pubertät aus.«

»Du liebe Güte, dann ist sie ungefähr so alt wie der Junge?«, fragte Oliver entsetzt.

Ingrid Scholten nickte und löste weitere Teile der Säule heraus, bis der gesamte Oberkörper zum Vorschein kam. Die Tote trug ein T-Shirt. Als Nächstes wurde ihre Jeans sichtbar.

»Helfen Sie mir einmal und halten Sie die Tote fest«, bat Ingrid Scholten und befreite den Leichnam vollständig aus dem Beton.

Oliver und Klaus legten das Mädchen anschließend vorsichtig auf eine ausgebreitete Decke.

»Sie ist höchstens fünfzehn«, krächzte Klaus bestürzt und deutete auf ein rosafarbenes Freundschaftsarmband an ihrem rechten Handgelenk.

»Das ist ja schrecklich«, erwiderte Oliver und öffnete ihre zur Faust geschlossene linke Hand. Etwas Dunkelgrünes kam zum Vorschein, die zweite Hälfte des Zonser Schöffensiegels. Oliver betrachtete es genau und fand die Buchstaben *VNZE* für Zons. Er drehte das Siegel um und holte die erste Hälfte hervor.

»Zwei Halbkreise, die zusammen ein Ganzes bilden«, sagte er nachdenklich und erhob sich. »Normalerweise müsste auf der Rückseite ein Kreuz für das Wappen des Erzbischofs von Köln abgebildet sein. Aber hier hat der Täter stattdessen einen Kreis genommen. Warum?«

»Vielleicht hatte er keine vernünftige Vorlage oder das Kreuz hat keine Bedeutung für ihn«, mutmaßte Ingrid Scholten, während sie die Hosentaschen des toten Mädchens durchsuchte.

Klaus hob die Augenbrauen. »Wenn Sie mich fragen, war das ein total durchgeknallter Irrer. Bringt zwei junge Menschen um und mauert sie in Säulen ein. Wie krank ist das denn?«

»Ich fürchte auch, dass wir es hier mit einem besonders perfiden Täter zu tun haben«, erwiderte Ingrid Scholten und zog eine Kette mit einem silbernen Herz aus einer Tasche des Mädchens.

Oliver hörte nicht mehr genau hin. Er betrachtete die fein geschwungenen Augenbrauen des Mädchens und die langen, von Zementstaub grau gefärbten

Wimpern. Ihre Gesichtszüge wirkten im Gegensatz zu denen des Jungen entspannt. Die blauen Augen hatten ebenfalls jeglichen Glanz verloren. Die schmale Stupsnase und die leicht geöffneten, vollen Lippen ließen Olivers Blick hinüber zu dem Jungen schweifen. Er sah mehrfach zwischen den beiden hin und her. Die Ähnlichkeit war verblüffend.

»O nein«, stieß er aus. »Es könnten Bruder und Schwester sein.«

Klaus unterbrach sein Gespräch mit Ingrid Scholten und blickte Oliver an, als hätte ihn der Schlag getroffen. Er musterte die Leichen von allen Seiten und griff zu seinem Handy. »Ich versuche, das herauszufinden. Vielleicht gibt es eine Vermisstenanzeige für die Geschwister.«

Er tigerte nervös auf und ab, während er telefonierte. Mit kreidebleichem Gesicht legte er auf.

»Vor zwei Tagen wurden Annalena und Benjamin Küsters als vermisst gemeldet. Es sind Ferien und die Geschwister sind von einem Ausflug mit den Pfadfindern nicht zurückgekehrt. Annalena ist fünfzehn und Benjamin sechzehn. Die Kollegin schickt mir gleich die Fotos.« Klaus' Handy vibrierte ein paarmal. Er tippte auf sein Display und seufzte.

»Das ist Annalena«, stellte er fest und zeigte Oliver und Ingrid Scholten die Aufnahme.

»Und auf diesem Bild ist ihr Bruder Benjamin zu sehen. Da gibt es kaum Zweifel.« Er schüttelte traurig den Kopf. »Wir werden es wohl den Eltern beibringen müssen.«

Olivers Magen verkrampfte sich sofort. Er liebte seinen Job. Nichts tat er lieber, als Verbrecher zu überführen. Aber Angehörige über den Tod eines geliebten Menschen zu informieren, gehörte für ihn zu den schlimmsten Dingen in seinem Beruf. Er hätte sich liebend gerne um diese Aufgabe gedrückt, doch das ging natürlich nicht. Er betrachtete die Opfer tief betrübt. Sie hätten das ganze Leben noch vor sich gehabt. Wer immer ihnen das angetan hatte, er würde nicht ruhen, bis er den oder die Täter gefunden hatte.

Er zählte die Geldscheine und verzog enttäuscht das Gesicht.

»Das reicht nicht«, nuschelte er und streckte die Hand aus. »Ich brauche hundert Euro mehr.«

»Jetzt werd mal nicht unverschämt! Das ist doch genug.«

»Wir hatten aber dreihundert ausgemacht«, schmollte er und schob die Unterlippe vor. Wie sollte er mit zweihundert Euro auskommen? Er brauchte das Geld dringend. Die Raten für den Kredit mussten gezahlt werden, sonst war er sein neues Auto bald los.

»Bitte«, versuchte er es noch einmal und senkte unterwürfig den Kopf.

»Ich habe Nein gesagt. Erledige den nächsten Auftrag und dann werden wir sehen.«

Die große hölzerne Tür ging auf und der Raum erfüllte sich mit Stimmengewirr.

»Mach, dass du verschwindest!«

Er schaute über die Schulter. Die Menschentraube kam direkt auf ihn zu. Er sprang auf und hastete in die entgegengesetzte Richtung davon. Er nahm die Treppe hinunter in den Keller. Hierher würde ihm niemand folgen. Er verzichtete darauf, das Licht einzuschalten. Das war auch nicht nötig, denn er kannte die Kellergewölbe wie seine Westentasche. Ganz am Ende des Korridors befand sich der Ausgang. Er eilte dorthin, blieb jedoch kurz davor stehen. Die Haut auf seinem Rücken brannte. Die schrecklichen Bilder, die er seit zwei Tagen nicht mehr loswurde, kreisten in seinem Kopf. Sie raubten ihm den Verstand. Er musste etwas dagegen tun. Leise schob er die Tür zu seiner Rechten auf und huschte in den muffigen Kellerraum. Er legte den breiten Riegel vor. Endlich war er allein. Niemand würde ihn stören.

Die Peitsche hing an der Wand. Das dunkle Leder glänzte verführerisch. Früher hatte er dieses Ding gehasst, doch inzwischen war er so daran gewöhnt, dass es ihm eine Art von Frieden verschaffte. Der Schmerz löschte alle anderen Gefühle in seinem Inneren aus. Sein Kopf wurde leer und die Gedanken hörten auf zu kreisen. Sie glitten wie weit entfernte flauschige Wolken durch seinen Verstand und bedrängten ihn nicht mehr.

»Aber ich brauche das Geld!«, meldete sich die ungeliebte scharfe Stimme zu Wort. »Ich brauche es dringend. Ohne bin ich verloren. Verloren!« Das letzte Wort hallte in seinem Schädel, als säße er einge-schlossen in einer dunklen Höhle. Es schmerzte bei jeder Wiederholung. Er musste diese verdammte Stimme zum Schweigen bringen!

Hastig streifte er sein Hemd ab und griff die Peitsche, die er sogleich mit voller Wucht auf seinen Rücken niedersausen ließ. Das feste Leder grub sich tief in seine Haut und hinterließ brennende Striemen. Er stöhnte genussvoll auf und schwang die Peitsche gleich noch einmal.

Klatsch. Die Stimme in seinem Kopf wurde leiser.

Klatsch. Ein heißer, scharfer Schmerz breitete sich wie eine Welle bis in seine Fingerspitzen aus.

Klatsch. Ihm wurde übel. Er würgte.

Klatsch. Blut rann ihm über den Rücken, er spürte die Wärme.

Klatsch. Er war nichts mehr außer Schmerz. Seine Gedanken verschwunden. Die Stimme verstummt.

Atemlos sank er zu Boden und vergrub das Gesicht in den Händen. Er schwebte und niemand konnte ihm in diesem Zustand etwas anhaben. Er fühlte sich wie ein Engel, der von Gott gerufen wurde. Minutenlang verharrte er, bis die Stimme in seinem Kopf wieder anfing zu sprechen. Bis die Erinnerung zurückkehrte. Trotzdem ging es ihm jetzt besser. Er war viel ruhiger und gefasster. Er würde die Aufgabe erledigen, und anschließend hätte er genug Geld, um die anstehende Rate zu bezahlen. Er könnte sein Auto behalten und die Sache wäre erledigt. Vorerst zumindest, für einen ganzen Monat, bis die nächste Zahlung fällig wurde.

Langsam löste er seine Hände und erhob sich. Die Peitsche wischte er an seiner Hose ab und hängte sie zurück an die Wand. Er zog sein Hemd über, knöpfte es notdürftig zu und verschwand aus dem Keller, um nach Hause zu gehen.

Erst als die Dunkelheit sich über den Tag legte, verließ er seine Wohnung und fuhr mit dem Wagen zum Rhein. Er kletterte den Deich hinauf und blickte auf den dunklen Strom, der das Land in zwei Hälften zerschnitt. An dieser Stelle des Rheins gab es keine Brücke. Nur eine Fähre pendelte zwischen den beiden Ufern hin und her. Doch in der Nacht lag sie still und stumm auf der linksrheinischen Seite.

Er war ganz allein und wandte sich nach rechts. Ein leichter Wind strich durch sein Haar. Er lief Richtung Süden und blieb genau auf Höhe des Kirchturms stehen. Er streckte die Hand aus und peilte eine Stelle in der Nähe des Juddeturms an. Plötzlich tauchte ein Licht aus der Dunkelheit auf. Er zuckte erschrocken zusammen und duckte sich hinter eine Bank. Ein Fahrradfahrer zischte an ihm vorbei. Er starrte ihm hinterher und beschloss, das nächste Mal erst mitten in der Nacht wiederzukommen.

Oliver musste seine gesamte Willenskraft einsetzen, um auf den Klingelknopf zu drücken. Klaus stand schweigend und mit gesenktem Kopf neben ihm. Sie warteten vor einem gepflegten Einfamilienhaus. Im Vorgarten blühte alles in den schönsten Farben. Ein großer schwarzer Kombi parkte in der Einfahrt. Auf dem Schild am Briefkasten war der Familienname in elegant geschwungener Schrift eingraviert. Die Küsters schienen in einer absolut heilen Welt zu leben und in wenigen Augenblicken würde Oliver sie für immer zerstören. Er würde eine Leere in diesem Haus hinterlassen, die durch nichts gefüllt werden konnte. Oliver hatte keine Ahnung, wie er den Eltern auch nur annähernd schonend beibringen sollte, dass gleich beide ihrer Kinder ermordet worden waren. Die Wahrheit war, dass weder er noch Klaus die grausame Neuigkeit so verpacken konnte, dass der Schmerz gelindert würde. Der Tod des eigenen Kindes ließ sich nicht schönreden.

Die Tür öffnete sich und eine gut aussehende Frau Mitte vierzig erschien vor ihnen. Ihre langen braunen Haare schmiegten sich an ihren schlanken Hals. Die vollen Lippen und die kleine Stupsnase der Frau erinnerten Oliver sofort an die beiden Teenager. Frau Küsters blickte sie erst überrascht an, aber schon im nächsten Augenblick legte sich ein Schatten auf ihr Gesicht. Der Instinkt einer Mutter, die spürt, wenn etwas nicht in Ordnung ist. Noch bevor Oliver überhaupt dazu kam, sich und seinen Partner vorzustellen, rollten dicke Tränen über ihre Wangen. Sie winkte sie herein und rief mit heiserer Stimme ihren Mann.

Herr Küsters, ein großer stämmiger Kerl, nahm seine zierliche Frau sofort in den Arm und führte sie ins Wohnzimmer, wo Oliver und Klaus sich auf die Couch setzten. Die Küsters hockten sich steif in die gegenüberstehenden Sessel und blickten sie aus angsterfüllten Augen an.

»Wir haben bedauerlicherweise keine guten Nachrichten für Sie«, begann Oliver und schluckte, weil seine Zunge sich wie ein Reibeisen anfühlte. »Annalena und Benjamin wurden gefunden. Sie leben leider nicht mehr.« Er schwieg, damit die Eltern seine Worte verarbeiten konnten.

In den ersten Sekunden schien die Zeit stillzustehen. Silke Küsters sah ihn an und dann zerbrach etwas in ihren Augen. Dort, wo eben noch ein Hoffnungsschimmer gestrahlt hatte, lagen jetzt Leere und Dunkelheit.

»Sie sind wirklich tot?«, flüsterte sie heiser und knetete dabei ihre Finger so fest, dass die Knöchel weiß hervorstanden.

»Es tut mir sehr leid. Annalena und Benjamin sind Opfer eines Gewaltverbrechens geworden«, erklärte Oliver leise.

»Gewaltverbrechen?«, polterte Karsten Küsters los und sprang auf. »Meine Kinder sind fast volljährig. Wie soll denn das passiert sein?«

Im Gegensatz zu seiner Frau, die still und verloren vor sich hinweinte, äußerte sich die Trauer von Karsten Küsters durch Wut.

»Das muss ein Irrtum sein«, schrie er, wobei er sich hastig eine Träne wegwischte. »Haben Sie überhaupt irgendwelche Beweise? Immerhin haben Ihre Kollegen uns vor zwei Tagen noch versichert, dass Teenager häufiger mal ausreißen und wir uns nicht allzu große Sorgen zu machen bräuchten. Und jetzt behaupten Sie, unsere Kinder seien tot? Ermordet?« Er raufte sich die

Haare und begann vor der Fensterfront auf- und abzulaufen.

»Es tut uns sehr leid«, wiederholte Oliver und zog sein Notizbuch hervor. »Wir werden alles daransetzen, den Mörder von Annalena und Benjamin hinter Schloss und Riegel zu bringen. Können Sie uns denn sagen, ob es in den Tagen, bevor sie vermisst wurden, Streit gab oder Ihnen etwas Ungewöhnliches aufgefallen ist?«

Karsten Küsters blieb abrupt stehen und streckte den Zeigefinger in Olivers Richtung. »Warum fragen Sie nicht diesen Oberpfadfinder, der unsere Kinder offenbar nicht richtig beaufsichtigt hat? Wie konnte es überhaupt passieren, dass sie abgehauen sind? Er hätte die beiden sicher zu uns nach Hause bringen müssen, dann wäre das alles gar nicht passiert!« Küsters brüllte inzwischen so laut, dass Oliver sich beinahe die Ohren zugehalten hätte.

Endlich erwachte seine Frau aus ihrer Erstarrung.

»Lass gut sein, Karsten. Die Kommissare tun nur ihren Job.« Sie tupfte sich die Tränen mit einem Taschentuch ab und schniefte. »Wie ist es geschehen? Mussten sie leiden?«

Oliver hatte mit einer solchen Frage gerechnet. Trotzdem schluckte er, denn sofort schossen ihm Ingrid Scholtens Worte durch den Kopf: *Hoffentlich wurden sie nicht lebendig einbetoniert.*

»Wir müssen auf die Ergebnisse der Obduktion warten. Ich kann Ihnen aber sagen, dass äußerlich keine Spuren von tödlicher Gewalt sichtbar waren.« Er räusperte sich und fügte hinzu: »Ich denke, sie haben nicht gelitten.«

»Gut«, brachte Silke Küsters mühsam über die Lippen und schnäuzte in ein Taschentuch. »Es gibt da einen Betreuer, der mir nicht ganz geheuer ist. Annalena ist ... oh, nein ... sie *war* ein bisschen verliebt in ihn. Er heißt Mario Reuschel und ist schon zweiundzwanzig. Sie hat sehr viel Zeit mit ihm verbracht, mehr als mir lieb war. Er müsste zumindest wissen, wo Annalena am Ende dieses Ausflugs abgeblieben ist. Ich habe bereits mehrfach versucht, ihn anzurufen, aber er geht nicht ran und ruft auch nicht zurück.«

»Können Sie mir seine Nummer und die Adresse geben?«, fragte Oliver und notierte die Daten, die ihm die Mutter gab.

»Hatten die beiden denn Streit?«, erkundigte sich Klaus und musterte Silke Küsters intensiv.

»Nein, nicht dass ich wüsste. Aber Annalena und Benjamin haben sich in letzter Zeit häufiger gestritten. Fast wie die kleinen Kinder.«

»Und worum ging es dabei?«

Silke Küsters seufzte. »Um Kleinigkeiten. Annalena wollte genauso viel Taschengeld haben wie Benjamin. Doch sie ist jünger, und wir haben vor Langem beschlossen, dass es jedes Jahr zum Geburtstag eine kleine Erhöhung gibt. Es sind nur zehn Euro, aber wie Geschwister so sind. Teilweise gönnen sie sich gegenseitig nicht das Schwarze unterm Fingernagel.«

»Gab es noch andere Probleme?«

Silke Küsters schlug die Augen nieder und blickte dann unsicher zu ihrem Mann.

»Ja, also ... ich weiß nicht so recht, wie ich es sagen soll«, stotterte sie.

»Sag es einfach, wie es ist, verdammt«, fuhr Karsten Küsters sie an. »Diese ewige Heimlichtuerei habe ich so satt. Glaubst du ernsthaft, ich hätte es nicht bemerkt?« Er starrte sie wütend an, doch plötzlich verzog sich sein Gesicht vor Kummer. »Hältst du mich für dermaßen intolerant, dass ich nicht damit klarkommen könnte, dass Benjamin schwul ist?« Er fuchtelte mit den Armen, als würde er sich gegen einen imaginären Feind verteidigen.

»Jetzt ist es sowieso egal«, flüsterte er und setzte sich wieder auf seinen Platz.

»Woher wusstest du es?«, fragte Silke Küsters überrascht.

»Ich hab doch Augen im Kopf. Welcher Junge in seinem Alter rasiert sich schon die Beine? Und dann noch seine Vorliebe für Mädchensachen und die Poster in seinem Zimmer.«

»Warum hast du denn nie etwas gesagt? Weißt du eigentlich, wie schwer es mir gefallen ist, das alles vor dir geheim zu halten? Benjamin hätte sich so sehr gewünscht, es dir zu erzählen. Aber er hat es nicht übers Herz gebracht.«

Karsten Küsters rieb sich angestrengt die Nasenwurzel und hielt den Kopf gesenkt.

»Hör zu. Ich wollte den Jungen nicht unter Druck setzen. Ich dachte, früher oder später wird er damit von allein rausrücken.«

Silke Küsters erwiderte nichts. Ihre Lippen zitterten.

»Gab es denn irgendwelche Anfeindungen gegen Ihren Sohn?«, fragte Oliver und kratzte sich am Hals. Es war merkwürdig, welche Themen solch ein Schicksalsschlag hervorbringen konnte. Dinge, die innerhalb der Familie jahrelang unter den Teppich gekehrt worden waren, entwickelten urplötzlich eine enorme Explosionskraft. Der Tod zog einen endgültigen Schlussstrich am Ende des Lebens. Alles, was bis zu diesem Punkt versäumt wurde, konnte nicht mehr nachgeholt oder ausgesprochen werden. Jegliche Reue kam zu spät.

»Er hatte in der Schule Schwierigkeiten mit einem Mitschüler und auch mit dessen Bruder. Leon und Tom haben ihn ab und an gemobbt. Die Direktorin ist eingebunden und hat den Jüngeren verwarnt. Tom ist schon älter und macht gerade eine Ausbildung zum Maurer.«

Oliver ließ sich die vollständigen Namen geben. »Waren diese Jungen ebenfalls bei dem Ausflug anwesend?«

»Ich glaube nicht«, erwiderte Silke Küsters. »Aber Annalena und Benjamin sind erst auf dem Rückweg verschwunden. Vielleicht haben die Brüder Benjamin aufgelauert.«

»Wir überprüfen das auf alle Fälle. Hatte Ihr Sohn einen Freund?«

Silke Küsters zuckte mit den Schultern. »Benjamin war sehr schüchtern. Er hat seine Veranlagung so gut es ging versteckt. Es hat ihn sehr belastet, dass in letzter Zeit viele Kinder in der Schule von seiner Homosexualität erfahren haben. Es gibt da diesen einen Jungen ... der hat ihn reingelegt.«

Oliver zog überrascht die Augenbrauen hoch. »Wie denn?«

»Benjamin hatte sich in ihn verliebt und dachte, dass die Sache auf Gegenseitigkeit beruht. Er schrieb ihm einen Brief, der leider anschließend in der ganzen Klasse kursierte. Der Schüler heißt Robin Förster.«

»Verstehe«, sagte Oliver und hielt auch diesen Namen in seinem Notizbuch fest.

»Fällt Ihnen sonst noch etwas ein? Sie können mich oder meinen Partner auch jederzeit anrufen.« Oliver legte seine Visitenkarte auf den Wohnzimmertisch. Klaus tat es ihm nach.

Silke Küsters schüttelte den Kopf. Karsten Küsters schwieg, den Kopf immer noch gesenkt.

»Dürfen wir uns kurz in den Zimmern von Annalena und Benjamin umsehen?«, fragte Klaus und erhob sich.

»Natürlich. Gehen Sie hinauf ins Obergeschoss. Auf der linken Seite liegen die Kinderzimmer. Annalenas zuerst und dahinter Benjamins.«

Oliver wartete noch einen Augenblick, weil er nicht sicher war, ob die Eltern sie begleiten wollten. Doch als beide keine Anstalten machten, stand er auf und folgte Klaus, der bereits die ersten Stufen genommen hatte.

Schweigend betraten sie Annalenas Zimmer. An den rosafarbenen Wänden hingen Plakate in schrillen Farben. Der Schreibtisch war über und über mit Büchern und Papieren bedeckt. Das Bett wirkte unberührt. Ein zerzauster Teddybär lag auf dem Kissen und blickte sie traurig an. Aus der Schmuckschatulle unter dem Spiegel auf der rechten Seite quollen Ketten und Ringe in allen erdenklichen Farben. Lippenstifte, Nagellack und Lidschatten befanden sich in einer offenen Schachtel gleich daneben. Um den Spiegel herum steckten etliche Fotos, die eine glücklich lächelnde Annalena mit anderen Mädchen zeigte. Ein Gesicht tauchte immer wieder auf, vermutlich ihre beste Freundin. Oliver machte mit seinem Handy eine Aufnahme, denn dieses Mädchen könnte vielleicht eine wichtige Zeugin sein. Selbst wenn sie Annalena nicht auf dem Pfadfinderausflug begleitet hatte, so tauschten sie bestimmt regelmäßig Nachrichten aus.

Klaus hatte sich bereits Handschuhe übergestreift und begutachtete die Unterlagen auf dem Schreibtisch.

»Ich kann nichts Auffälliges finden«, verkündete er nach einer Weile. »Hier liegen hauptsächlich Schulsachen rum.«

Oliver musterte unterdessen das Bücherregal. Offenbar schien sich Annalena für Tiermedizin zu interessieren. Er suchte nach einem Tagebuch, konnte jedoch weder im Regal noch im Nachttisch eines entdecken.

»Sieht alles ziemlich nach einem normalen Teenager aus«, bemerkte er und warf einen Blick in den Kleiderschrank. Er tastete die Taschen der Kleider und einer Jacke ab und schloss die Türen wieder sorgfältig, als er nichts fand.

»Lass uns nach nebenan gehen.«

Auch Benjamins Zimmer passte zu einem sechzehnjährigen Jungen. Poster auf den sonst eher kahlen Wänden zeigten ein paar aktuelle Bands und ein männliches Model mit nacktem Oberkörper und Sixpack. Der Schulrucksack lag in der Ecke. Drei oder vier Hefte lugten heraus. Unter und neben dem Schreibtisch verstreuten sich Stifte und Radiergummis. Jeans und Hemden hingen über dem Stuhl und es roch auffällig nach herbem Männerduft.

Oliver nahm sich zuerst den Schreibtisch vor, während Klaus dieses Mal den Kleiderschrank durchsuchte. Hausaufgabenblätter, Deutsch- und Mathehefte, ein Chemiebuch und eines über Sternzeichen. Mehr konnte Oliver auf den ersten Blick nicht sehen. Er öffnete die oberste Schublade und fand ein paar alte Kartensets, Feuerzeuge, Lineale und einen Flaschenöffner. In den anderen Fächern herrschte ein ähnliches Chaos. Gerade als er sich abwenden wollte, stieß er in der untersten Schublade ganz hinten auf einen Brief. »Benjamin« stand in Großbuchstaben darauf. Einen Absender gab es nicht. Neugierig klappte Oliver den Umschlag auf und zog ein Blatt Papier hervor.

»Na das ist ja mal interessant«, verkündete er und wedelte mit dem Brief. »Ich denke, das könnte eine erste Spur sein.«

»Was steht drauf?«, wollte Klaus wissen.

»Ich wünschte, du wärest nie geboren worden!«, las Oliver vor. »Jetzt rate mal, wer das geschrieben hat.«

Klaus zuckte mit den Achseln.

»Ein gewisser Tom.«

»Tom?«

Oliver nickte.

»Das ist doch einer dieser Jungen, die Benjamin geärgert haben«, erinnerte sich Klaus.

»Genau«, bestätigte Oliver und sah die Säulen des Kreisarchivs vor sich. »Und er macht gerade eine Ausbildung zum Maurer.«

V

VOR FÜNFHUNDERT JAHREN

Bastian sah die dürre Gestalt mit den langen Haaren schon von Weitem in der Abendsonne. Der klapprige Händler war eifrig damit beschäftigt, Fische aus einem Trog in seine Tasche zu schaufeln. Bastian rümpfte die Nase, als er mit Wernhart näher kam und eine tranige, fischige Note zu ihnen herüberwehte.

»Seit wann handelt Ihr mit Fisch?«, fragte Bastian und hielt sich den Ärmel vors Gesicht. Er konnte seinen Ekel nicht verbergen. Etliche Paare hervorstehender Fischaugen starrten ihn glasig an. Er vermochte sich nicht vorzustellen, wie erst die toten Leiber zusammengepfercht in Peffgens Sack stinken würden.

»Die kann aber keiner mehr essen«, stellte Wernhart fest und hockte sich zu Peffgen. »Ihr wollt doch damit niemanden vergiften?«

Peffgen schüttelte den Kopf. »Wo denkt Ihr hin? Eine

Kräuterfrau zahlt mir einen Haufen Münzen für die Fische. Sie macht daraus ein heilendes Öl.«

Bastian hielt Gertrudes Mantel hoch. »Wo habt Ihr diesen Umhang her?«

Karl Peffgen entglitten für einen Augenblick die Gesichtszüge.

»Habt Ihr etwa in meinen Sachen gewühlt?«

Bastian blickte dem Händler direkt in die Augen und nickte.

»Aber das dürft Ihr nicht. Was fällt Euch ein?« Peffgen schnappte nach Luft und sprang auf. »Der Wirt hat Euch eingelassen. Na warte, dem werd ich's zeigen.« Er packte den Sack mit den stinkenden Fischen und wollte an Bastian vorbeischlüpfen, doch er hielt ihn auf.

»Langsam! Ich hatte Euch eine Frage gestellt.«

»Ich bin Händler. Kann sein, dass ich ihn gegen etwas getauscht habe, und jetzt lasst mich vorbei.« Peffgen rempelte ihn an, aber Bastian wich kein Stück zurück.

»Wir sind auf der Suche nach Gertrude und Bertha. Wo sind sie?«

Peffgen stieß scharf die Luft aus. »Woher soll ich das wissen? Die Bettelweiber lungern wahrscheinlich vor den Stadttoren und warten auf die nächste Schar von Kaufleuten.« Er machte einen Schritt zur Seite und wollte sich abermals an Bastian vorbeiwinden.

»Halt. Eure vage Antwort reicht mir nicht.« Bastian hielt Karl Peffgen am Kragen fest. »Wo ist Euer Karren? Ich will ihn mir genauer ansehen.«

Peffgens Augen wanderten zu einem Punkt hinter ihm. Bastian drehte sich um und entdeckte den Karren.

»Wernhart, schau nach, ob er dort Dinge versteckt hat, die Gertrude oder Bertha gehören könnten.«

»Versteckt?«, kreischte Peffgen und zappelte an Bastians Arm. »Ich habe nichts zu verbergen.«

Wernhart durchwühlte den Karren und beförderte Äpfel, Messer, Holzteller und ein paar Werkzeuge wie Sägen und Hämmer zutage. Plötzlich hielt er eine blaue Holzschale in die Höhe.

»Ich könnte schwören, dass Bertha mit einer ebensolchen Schale gebettelt hat. Sie bewahrte die Münzen darin auf.«

Karl Peffgen verdrehte die Augen. »Ich habe die Schale gegen drei Äpfel eingetauscht. Das Weib litt Hunger.«

»Wann war das?«, fragte Bastian und ließ seinen Griff ein wenig locker.

»Am Markttag, irgendwann gegen Ende. Der Platz hatte sich bereits ziemlich geleert. Berthas Ausbeute an dem Tag war wohl nicht besonders ergiebig. Sie hat so sehr gejammert, dass ich ihr sogar drei statt der eigentlich vereinbarten zwei Äpfel gegeben habe.«

»Und wie seid Ihr an Gertrudes Mantel gelangt?«

Karl Peffgen sah Bastian an, als wäre er schwer von Verstand. »Auf dieselbe Weise. Wir haben gehandelt. Sie wollte unbedingt Werkzeuge für ihre Jungs. Was ist denn groß dabei?«

Bastian ließ Peffgen los, obwohl es in seiner Magengegend grummelte. Er glaubte dem schmierigen

Händler kein Wort. Peffgen würde ihm nicht so einfach sagen, was wirklich vorgefallen war. Er musste den Mann überlisten, und er wusste auch schon, wie.

»Ihr könnt gehen! Sobald Ihr eines der Weiber seht, kommt zum Feldtor und gebt mir oder einem meiner Männer Bescheid.«

»Das mache ich«, versprach Peffgen, warf sich den Sack mit den Fischen über die Schulter und ging zu seinem Karren.

Wernhart blickte ihm grimmig hinterher, ließ ihn jedoch gewähren. Als Peffgen außer Sichtweite war, flüsterte Wernhart: »Ich weiß, was du vorhast. Du willst ihn beobachten.«

* * *

Kaspar schlug das Herz bis zum Hals. Er wusste nicht, was in ihn gefahren war. Eben noch hatte er starr vor Schreck hinter dem Steinhaufen gehockt, und nun folgte er wagemutig der Alten, die ihn Gott sei Dank nicht bemerkt hatte.

Die dreißig Schilling, die der Mann dem Weib versprochen hatte, kreisten durch seinen Kopf. *Dreißig Schilling.* Für diese Summe schuftete er fast einen Monat lang. Was immer dieses Weib beschaffen sollte, das konnte er ebenfalls. Er musste nur herausfinden, worum es ging und wer dieser Mann war. Er rief sich die Stimme ins Gedächtnis. Dunkel und tief. Es könnte einer der Mörtelrührer oder der Steinmetzmeister gewesen sein.

Das alte Weib schlug einen Haken und schlüpfte in eine enge Gasse nahe der Stadtmauer. Kaspar wartete einen Moment und lugte dann vorsichtig um die Ecke. Gerade noch rechtzeitig sah er, wie der graue Umhang hinter dem nächsten Haus verschwand. Er sputete sich. Die Frau steuerte geradewegs auf den Krötschenturm zu. Kaspar machte ein paar Schritte und tauchte in den Schatten einer Häuserwand ein. Die Sonne ging bereits unter. Er konnte nur hoffen, dass die Alte ihm in der herannahenden Dunkelheit nicht entwischte.

»Wir teilen uns auf. Du bleibst am Feldtor für den Fall, dass Karl Peffgen die Stadt verlässt. Ich folge ihm, und sollte ich ihn unterwegs verlieren, so muss er bei dir vorbeikommen oder er kehrt zurück ins Gasthaus.« Bastian fixierte mit seinem Blick den Händler, der sich immer weiter entfernte.

»Soll ich Balthasar zum Zollturm und noch einen Mann zum Südtor schicken? Dort könnte er ebenfalls hinausgelangen«, schlug Wernhart vor.

»Das ist eine gute Idee. Auf diese Weise kann er uns nicht entkommen.« Bastian nahm die Beine in die Hand und rannte Peffgen hinterher. Der Händler eilte schnurstracks die Rheinstraße hinauf. Vermutlich wollte Peffgen in das Gasthaus »Zum Anker«. Doch Bastian irrte sich. Der Mann hastete mit seinem holpernden Karren an dem Gasthaus vorbei und durchquerte das

Tor am Zollturm, noch bevor Balthasar dort überhaupt hatte Stellung beziehen können.

Peffgen pfiff vor sich hin und schien Bastian, der ihm mit einigem Abstand folgte, nicht zu bemerken. Er marschierte den Pfad am Rheinufer entlang. Der Mondschein tauchte den Fluss in ein silbernes Licht. Peffgen machte so viel Lärm, dass Bastian ihn selbst in absoluter Dunkelheit nicht verloren hätte. Die Räder seines Karrens ratterten über die Steine, mit denen die schmale Straße gepflastert war. Ganz plötzlich hielt der Händler inne und bog schließlich ab. Mitten ins Feld hinein, ohne dass Bastian sein Ziel erkennen konnte.

Die Alte schlich am Krötschenturm vorbei. Sie kroch inzwischen langsamer als eine Schnecke durch die Gasse. Ob sie überhaupt daran dachte, sich die restlichen fünfzehn Schilling zu verdienen? Wenn das so weiterging, würde Kaspar ihr bis zum Morgengrauen hinterherlaufen, ohne ihr Geheimnis herauszufinden. Was, verdammt, konnte diese Alte schon besorgen, das so viel wert war? Kaspar grübelte und grübelte, während er sich hin und wieder an eine Hauswand presste, um nicht entdeckt zu werden. Das Weib schaute sich auffällig oft um. Fast so, als spürte sie ihn. Vielleicht hatte sie längst bemerkt, dass er sie verfolgte, und war dabei, ihn in eine Falle zu locken.

Kaspar blieb abrupt stehen und starrte ihr nach. Was, wenn es sich um eine Hexe handelte? Er fürchtete sich vor derartigen Geschöpfen. Waren fünfzehn Schillinge es wert, sein Leben, ja gar seine Seele zu riskieren? Er wollte schon umkehren, als ihm seine kranke Mutter wieder in den Sinn kam. Nein, er durfte nicht aufgeben. Sie brauchte ihre Medizin und mit fünfzehn Schilling konnte er sie kaufen. Also schlich er der Alten weiter hinterher, die Mauerstraße hinauf zum Rheinturm. Er beobachtete, wie sie durch das Stadttor hinaushuschte, und folgte ihr, an einem Stadtsoldaten vorbei, der im Torbogen hockte und dem der Kopf auf die Brust gesunken war. Der Mann schlief tief und fest. Die Alte blieb nicht lange auf dem Weg und begab sich nach links auf ein weites Feld. Kaspar kannte sich ein wenig aus. In dieser Richtung lag Stürzelberg. Allerdings musste man hierzu erst einen dichten Wald durchqueren. Ob die Alte dorthin wollte? Konnte sie etwa jagen und brachte dem Mann für die fünfzehn Schilling ein Stück Wild?

Kaspar schüttelte unwillkürlich den Kopf. Die Jagd war Männersache. Ein Weib konnte nicht mit Pfeil und Bogen umgehen. Es musste etwas anderes dahinterstecken, falls die Alte überhaupt unterwegs war, um sich das Geld zu verdienen. Obwohl der Mond durch die Wolken lugte, konnte Kaspar kaum mehr als dunkle Umrisse erkennen. Er stolperte über das unebene Feld und wunderte sich, wie das alte Weib so schnell laufen konnte. Fünfzig Fuß weiter erhoben sich hohe Bäume. Ehe er den Waldrand erreicht hatte, war die Frau zwischen den dicken Stämmen verschwunden. Er fluchte stumm und ärgerte sich, dass er nicht einmal ihren Namen kannte. Weder ihren noch den ihres Auftraggebers. Nach ein paar weiteren Schritten dachte er ernsthaft darüber nach, wieder umzukehren, als er plötzlich Stimmen hörte.

* * *

Bastian kannte Zons und die Umgebung in- und auswendig. Schlafend könnte er die Stadtmauern umrunden oder durch den angrenzenden Wald gehen, ohne sich zu verlaufen. Er wusste sogar, was sich unterhalb seiner Stadt verbarg. Er hatte den Eingang zum Labyrinth vor etlichen Jahren verschlossen, um neugierige Blicke fernzuhalten. Bis auf ihn und Pfarrer Johannes ahnte kaum jemand etwas von dessen Existenz.

Karl Peffgen hatte sich in den Wald hinter dem Feld begeben und ein kleines Feuer entzündet. Der Händler hockte auf einer Decke und schien zu warten. Bastian hatte keine Ahnung, auf wen oder auf was. Ein wenig Ruhe hätte er jedenfalls auch im Gasthaus »Zum Anker« gefunden. Dort hätte es außerdem eine warme Mahlzeit und frischen Met gegeben.

Peffgen rieb sich fröstelnd die Hände und schaute sich um. Bastian versteckte sich hinter einem Baumstamm, weit genug entfernt, um unentdeckt zu bleiben. Er lauschte in die Dunkelheit hinein. Der Wald schien sämtliche Geräusche zu verschlucken. Er hörte nur das leise Rauschen der Baumkronen hoch über seinem Kopf. Ab und an krächzte ein Vogel. Unentschlossen verharrte er und atmete den klaren Duft des Waldes ein. Ohne dass er es wollte, musste er an Anna denken. Ihre grünen Augen strahlten ihn an. Ihr Lächeln verzauberte ihn. Sie wirkte so echt, als würde sie tatsächlich vor ihm stehen. Vielleicht gehörte eine verbotene Liebe zu den Dingen, die eine unerklärliche Sehnsucht in den Menschen erwecken konnten. Er war mit Marie verheiratet. Schon in frühester Jugend war ihm die Tochter des Zonser Bäckers versprochen worden. Bastian liebte sein Weib mit sanfter Wärme. Sie hatte ihm zwei wundervolle Kinder geschenkt. Irene und Georg waren sein Ein und Alles. Und trotzdem wanderten seine Gedanken immer wieder zu jener Frau, die er nur aus seinen Träumen kannte und deren Leidenschaft so voller Feuer war, dass sie ihn mit ihrer Hitze überwältigte. Könnte er sie hier in seiner Welt haben, er würde alles dafür geben. Wie aus dem Nichts schien ihre Gestalt in der Dunkelheit aufzutauchen. Sie näherte sich mit erstaunlicher Geschwindigkeit und kam zielstrebig auf ihn zu. Bastian blinzelte, weil er nicht glauben konnte, dass sie wirklich hier war. Doch dann änderte sie die Richtung und bewegte sich auf das rauchende Feuer zu.

»Ihr seid spät dran«, brummte Karl Peffgen und rieb sich erneut die Hände.

Erst jetzt wurde Bastian klar, dass es nicht Anna war, sondern eine alte Frau. Noch während er sich wunderte, wie er ihre krumme Gestalt mit der von Anna verwechseln konnte, krächzte die Alte:

»Gebt mir zehn Stück! Macht schnell, ich hab es eilig.«

Im Schein des Feuers wanderten die Fische aus Peffgens Sack in den Beutel der Alten. Vermutlich war sie die Kräuterfrau, von der Peffgen gesprochen hatte. Bastian sah enttäuscht zu. Er hatte gehofft, mehr über den Verbleib von Gertrude und Bertha zu erfahren. Doch Peffgen hatte anscheinend die Wahrheit gesagt. Der Händler nahm seinen Karren und ließ das Weib allein am Feuer zurück. Bastian beschloss, ihm weiter zu folgen. Aus dem Augenwinkel bemerkte er in der Dunkelheit eine Bewegung, aber dieses Mal ignorierte er sie. An Anna konnte er wieder denken, wenn er in seinem Bett lag.

* * *

Kaspar versteckte sich hinter einem Baum. In einiger Entfernung glomm ein kleines Feuer, das ihm in der Aufregung bisher entgangen war. Handelte die Alte etwa gar nicht allein und musste sich den Lohn mit jemandem teilen? Er war so erpicht auf das viele Geld gewesen, dass er diese Möglichkeit überhaupt nicht in Betracht gezogen hatte. Langsam schlich er sich näher heran, bis er auf einen trockenen Ast trat und erschrocken stehen blieb. Er spitzte die Ohren, konnte jedoch nichts verstehen. Die Alte öffnete einen ledernen Beutel und der Fremde steckte mehrmals etwas hinein. Aus der Entfernung erkannte er leider nicht, was es war. Dann schob der Mann einen

Karren an und verabschiedete sich. Er marschierte genau auf Kaspar zu. Mit klopfendem Herzen sprang er zur Seite und verbarg sich hinter einem dickeren Baum. Der Mann rumpelte so dicht an ihm vorbei, dass er ihn riechen konnte. Er stank erbärmlich nach Fisch. Schnell entfernte Kaspar sich noch ein Stückchen weiter und wartete ab, bis der Fremde aus seinem Blickfeld verschwand.

Die Alte hatte sich inzwischen ans Feuer gesetzt und legte Holz nach. Kaspar pirschte sich wieder heran. Er sah, wie sie ein Brett und ein Messer hervorholte und den Fisch zerschnitt, den sie offenbar von dem Mann erhalten hatte. Sie stand auf und ging hinter ein Gebüsch. Kurz darauf erschien sie mit einem zerbeulten Kessel, den sie über das Feuer hängte. Sie verschwand abermals und kehrte mit einem Krug Wasser zurück, das sie in den Kessel goss. Den Fisch warf sie hinterher. Dann rührte sie mit einem Holzlöffel in der Brühe. Kaspar wandte sich enttäuscht ab. Für eine stinkende Fischsuppe bekam sie sicherlich keine fünfzehn Schilling. Aber vielleicht hatte sie ja dort, wo sie den Topf und den Krug hergeholt hatte, noch andere Dinge versteckt, die ihm nützlich sein konnten. Er tapste auf Zehenspitzen dorthin und fand eine Holzkiste. Es war viel zu dunkel, um irgendetwas zu sehen, also tastete er sich langsam mit den Händen vor. Noch ein Krug. Ein leerer grober Sack. Kartoffeln und etwas Weiches in einer Kiste, das er nicht erkannte. Vermutlich Moos. Auf jeden Fall erschien es ihm nicht wertvoll. Kaspar beschloss, bei Tageslicht wiederzukommen. Die Alte schien hier am Waldesrand zu hausen. Und selbst wenn nicht, irgendwann würde sie ihre Sachen holen. Er würde ihr schon auf die Schliche kommen. Bis dahin musste er eben weiter auf der Baustelle schuften.

Kaspar ließ den Wald hinter sich und eilte zurück nach Zons. Der Baumeister hatte ihm ein Strohlager in einem Verschlag nahe der Baustelle zugeteilt. Ganze drei Schilling zog er ihm dafür in der Woche vom Lohn ab. Und für sein Essen musste ebenfalls er selbst aufkommen. Er stöhnte verzweifelt. Es wäre zu schön gewesen, auf einen Schlag fünfzehn Schilling zu verdienen. Kaspar trottete müde durch die schmalen Gassen, bis er in einiger Entfernung die Kirche erblickte. Normalerweise beflügelte ihn der Anblick eines Gotteshauses. Er gab ihm Hoffnung. Doch dieses Mal fühlte er nur ein dumpfes Ziehen in den Oberschenkeln. Das Laufen im Windenrad würde ihm nun sicherlich noch schwerer fallen. Aber Kaspar wusste auch, dass er sich in ein paar Tagen an die kraftraubende Arbeit gewöhnt haben würde. Er dachte an seine Mutter, blieb für einen Augenblick stehen und flüsterte ein Gebet für sie. Dann ging er weiter durch die Nacht, bis er an den Holzverschlägen ankam, die für die auswärtigen Baugehilfen errichtet worden waren. Er betrat den ersten Verschlag und tastete sich voran. Die Luft stank nach Met und Körperausdünstungen. Mindestens zwei Männer schnarchten so laut, dass die Wände vibrierten.

Plötzlich stolperte Kaspar über ein ausgestrecktes Bein und stürzte schmerzhaft zu Boden. Noch bevor er sich wieder aufrichten konnte, traf ihn eine Faust am Hinterkopf.

»Du dämlicher Trottel! Kannst du nicht achtgeben? Du raubst mir meinen Schlaf!«, brüllte der Mörtelrührer, der ihn schon am Wasserfass bedroht hatte.

Die Faust krachte abermals auf seinen Schädel. Kaspar kroch auf allen vieren Richtung Ausgang und versuchte, ihm zu entkommen. Doch der Mörtelrührer ließ nicht von ihm ab. Die Schläge prasselten nur so auf Kaspar ein, bis er Blitze vor den Augen sah. Der Mörtelrührer packte ihn am Kragen und zerrte ihn auf die Füße. Schnaufend schleifte er ihn nach draußen und stieß ihn in den Dreck.

»Blutige Anfänger schlafen nebenan, du Trottel. Das hier ist nicht dein Verschlag. Geh gefälligst eine Hütte weiter und lass dich hier nie wieder blicken!«

Die Tür schlug zu und Kaspar blieb wie erschlagen auf dem eisigen Erdboden liegen. Sein Kopf dröhnte. Die Rippen schmerzten. Er fühlte sich so wie vor Jahren, als er von einem Baum gestürzt war. Mühsam raffte er sich auf und humpelte ein paar Schritte bis zum nächsten Verschlag. Hätte er bloß besser zugehört, dann wäre er diesem Wahnsinnigen nicht in die Hände gefallen. Er durfte gar nicht an die Arbeit denken. Wie sollte er in seinem Zustand das Windenrad drehen? Tränen schossen ihm in die Augen. Nur gut, dass es in der Dunkelheit niemand sehen konnte. Er wollte nicht als Schwächling gelten. Kaspar ballte die Faust. Eines Tages würde er es diesem Kerl heimzahlen. Er schleppte sich an der Hütte vorbei zur Kirche. Ein Gebet würde ihm guttun. Vielleicht sandte ihm der Herr Trost und Kraft. Und tatsächlich erhellte auf einmal das Mondlicht den

Kirchplatz. Kaspar erkannte eine massige Gestalt, die vor dem Gebäude stand und einen Arm zum Himmel erhoben hatte. Angsterfüllt starrte er auf das merkwürdige Bild, das sich ihm bot. Mit einem Mal sauste die Hand des Mannes blitzschnell hinab. Erst jetzt begriff Kaspar, dass eine Peitsche durch die Luft pfiff. Ein grausiger Schrei ertönte. Kaspar durchfuhr es eiskalt. Noch ehe sein Verstand wieder einsetzte, trugen ihn seine müden Beine zum Verschlag, in dem sich sein Nachtlager befand.

VI

GEGENWART

Tom Kretschmar gehörte zu jenen Männern, die bereits in jungen Jahren einen Großteil ihres Haupthaars verloren hatten. Dafür dominierte ein dichter, fast schwarzer Bart sein Gesicht. Seine hellblauen Augen musterten Oliver und Klaus skeptisch. Der Fünfundzwanzigjährige hatte sich lässig auf der Couch im Wohnzimmer seiner Eltern niedergelassen und wirkte überhaupt nicht wie jemand, der in seinem Alter noch zu Hause wohnte. Seine aufrechte, kraftvolle Körperhaltung strahlte ebenso viel Selbstbewusstsein aus wie das überhebliche Grinsen, das er seit ihrer Ankunft aufgelegt hatte. Selbst die Nachricht vom Tod der Geschwister schien ihn nicht sonderlich mitzunehmen. Oliver schob den Brief, den sie in Benjamins Zimmer gefunden hatten, über den Couchtisch.

»Stammt der von Ihnen?«

Tom Kretschmar starrte das Papier an. Wenigstens verschwand jetzt das Grinsen aus seinem Gesicht.

»Ja, ich habe diesen Brief geschrieben. Aber mit Benjamins Tod habe ich nichts zu tun«, erklärte er und beugte sich zu Oliver vor. »Seine Schwester ist ... nein, sorry ... sie war wirklich heiß. Der hätte ich im Leben kein Haar gekrümmt. Scheiße, verdammt. Ich gebe zu, dass ich absolut keine Schwulen mag, doch deshalb lege ich sie nicht um.«

»Ehrlich gesagt lässt der Satz ›Ich wünschte, du wärest nie geboren worden!‹ so einiges an Interpretationsspielraum offen. Sie wollten Benjamin Küsters offensichtlich nicht auf dieser Welt haben. Das steht in diesem Brief schwarz auf weiß. Wir ermitteln hier wegen zweifachen Mordes und Sie haben ganz offenkundig ein Motiv.« Oliver schob den Brief noch ein wenig weiter in Kretschmars Richtung und tippte darauf. »Warum haben Sie das hier geschrieben?«

»Der Typ hat einfach genervt. Er ist immer viel zu dicht an meinen Bruder rangekrochen. Ich wollte, dass er sich von Leon fernhält. Mehr nicht.«

»Laut unseren Informationen war Benjamin in einen anderen Mitschüler verliebt, in Robin Förster«, hielt Klaus ihm entgegen.

Tom Kretschmar verdrehte die Augen. »Benjamin war auf jeden Kerl in seiner Klasse scharf. Fragen Sie mal meinen Bruder. Dieser Typ konnte im Umkleideraum vor dem Sportunterricht seine Finger nicht bei sich behalten.«

Oliver runzelte die Stirn. Er konnte sich nicht vorstellen, dass ein sechzehnjähriger Teenager, der Schwierigkeiten mit seinem Outing hatte, andere

Mitschüler belästigte. Noch dazu in einer überfüllten Umkleide, in der nichts unbemerkt blieb.

Tom Kretschmar schüttelte entnervt den Kopf. »Sie glauben mir nicht. Na schön. Da kann ich nichts machen. Ich war es jedenfalls nicht. Ich weiß ja nicht mal, wie Benjamin und seine Schwester umgekommen sind. Wurden sie mit Betonklötzen an den Beinen im Fluss versenkt oder hat ihnen jemand eine Kugel in den Schädel gejagt?« Er sah Oliver und Klaus provozierend an. Trotzdem entging Oliver nicht, dass sein linkes Augenlid zuckte. Kretschmar war nervöser, als er vorgab zu sein.

»Wo waren Sie am Samstag, als Annalena und Benjamin verschwunden sind?«, fragte er und blickte seinem Gegenüber wissend in die Augen, um den Druck auf ihn zu erhöhen.

»Am Samstag? Da muss ich nachdenken.« Tom Kretschmar kraulte seinen Vollbart. Auf seiner Stirn zeigten sich etliche Falten. »Ich war mit meinem Bruder beim Paintball.«

»Paintball?«, wiederholte Oliver und machte sich eine Notiz. Er mochte diese gewaltverherrlichenden Spiele nicht. Auch wenn dabei nur mit Farbkugeln geschossen wurde, so blieben es doch immer noch Schüsse auf andere Menschen. Tom Kretschmar konnte also zielen, schießen und sich auf einem Spielfeld taktisch bewegen. Das sprach möglicherweise gegen ihn.

»Haben Sie die Eintrittskarte oder einen Zahlungsbeleg?«

»Nein. Aber Sie können ja meinen Bruder fragen. Soll ich ihn holen?«

Oliver schüttelte den Kopf. Leon Kretschmar war noch minderjährig und durfte nur mit der Zustimmung seiner Eltern befragt werden. Außerdem würde Leon vermutlich alles bestätigen, was seinem Bruder helfen könnte. Sie würden sich direkt bei dem Betreiber der Anlage erkundigen. Vielleicht gab es dort Überwachungskameras.

»Was haben Sie denn danach gemacht? Sie waren doch sicherlich nicht den gesamten Tag und den Abend auf dem Paintballfeld.«

»Hab abgehangen, ferngesehen und so.«

»Kann das jemand bezeugen?«

Erneut verdrehte Tom Kretschmar die Augen. »Meine Mutter war die ganze Zeit hier. Sie hat sich über die Lautstärke aufgeregt.« Er deutete auf eine Uhr an der Wand. »Sie sollte eigentlich jeden Augenblick vom Einkaufen zurück sein.«

Kaum hatte er den letzten Satz ausgesprochen, drehte sich der Schlüssel im Schloss der Wohnungstür. Eine übergewichtige, kleine Frau mit hochgesteckten Haaren und freundlichem Gesicht erschien im Türrahmen. Als sie Oliver und Klaus bemerkte, zog sie überrascht die Augenbrauen hoch.

»Wir haben Besuch?«, fragte sie und ließ schnaufend die Einkaufstüten auf den Boden gleiten.

»Das ist die Kripo«, murmelte Tom Kretschmar und machte keine Anstalten, seiner Mutter mit den Einkäufen zu helfen. Er sah seelenruhig zu, wie sie sich aus ihrem Mantel kämpfte und die Schuhe auszog.

»Leon?«, brüllte sie und betrat das Wohnzimmer, während ihr jüngster Sohn im Flur erschien. »Los. Räum den Einkauf in den Kühlschrank.« Leon Kretschmar, ein blasser, kräftiger Junge, gehorchte ohne ein Wort des Widerspruchs. Er wagte noch nicht einmal, einen Blick ins Zimmer zu werfen.

»Daniela Kretschmar«, stellte sie sich vor und setzte sich schwerfällig neben ihren ältesten Sohn.

»Oliver Bergmann und Klaus Gruber von der Kriminalpolizei Neuss. Wir ermitteln im Mord an den Geschwistern Küsters.«

Daniela Kretschmars Augen weiteten sich. »Du liebe Güte, ist das wahr? Ich kann es nicht fassen.« Sie schlug eine Hand vor den Mund und tippte mit der anderen ihren Sohn an. »Warum sagst du das nicht gleich? Ich dachte schon, du hast wieder etwas ausgefressen.«

Tom Kretschmar warf ihr einen scharfen Blick zu, der sie sofort verstummen ließ. Oliver machte sich eine weitere Notiz. Sie würden Tom Kretschmar gründlich überprüfen.

»Das ist wirklich schrecklich«, fuhr Daniela Kretschmar fort und räusperte sich. »Ich dachte, die Leute erzählen Blödsinn. Wollen Sie denn mit Leon sprechen? Benjamin war mit ihm in einer Klasse.«

»Gerne«, erwiderte Oliver. »Aber erst möchte ich wissen, ob Sie am Samstag zu Hause waren.«

»Ich?« Sie blickte unsicher von Oliver zu Klaus und anschließend zu ihrem Ältesten. »Also, ich denke schon.

Ich erinnere mich ehrlich gesagt vor lauter Aufregung nicht.«

»Lassen Sie sich ruhig Zeit mit Ihrer Antwort«, sagte Klaus und warf ihr ein aufmunterndes Lächeln zu.

»Okay«, murmelte sie und knetete gedankenverloren die Hände. »Die Jungs waren beim Paintball«, verkündete sie nach einer Weile. »Ich war den ganzen Tag hier. Vielleicht bin ich einmal kurz zum Kiosk und hab Zigaretten geholt.«

»Und Ihre Söhne«, hakte Oliver nach. »Wie lange waren die unterwegs?«

»Ich schätze so von elf bis siebzehn Uhr. Danach haben sie ferngesehen und gegen zehn Uhr abends sind sie in ihre Zimmer gegangen.«

»Kannten Sie Benjamin Küsters oder seine Schwester persönlich?«

Daniela Kretschmar winkte ab. »Ich habe sie ab und an vor der Schule gesehen. Aber meine Kinder waren nicht mit den beiden befreundet. Von daher nein. Ich kannte sie nicht näher.«

»Und Ihre Söhne auch nicht? Gab es da vielleicht mal Streit?«

Daniela Kretschmar schüttelte energisch den Kopf. »Streit mit meinen Jungs? Nein. Und wenn Sie auf die Verwarnung anspielen, die Leon erhalten hat, das ist alles erstunken und erlogen. Meine Jungen tun so etwas nicht. Das hat sich dieser Benjamin alles nur ausgedacht und Leon ist der Leidtragende.« Sie schnaufte. »Man soll ja nicht schlecht über Tote reden und Benjamin war gewiss ein guter Junge. Aber was er sich da geleistet hat, das ging überhaupt nicht. Eigentlich wollte ich mich deshalb mal mit seinen Eltern unterhalten ...« Sie sprach nicht weiter und blitzte Oliver wütend an.

»Okay. Ich verstehe«, entgegnete er. »Können wir jetzt noch kurz Leon ein paar Fragen stellen?«

Daniela Kretschmar nickte und brüllte Leons Namen durch die Wohnung. Der blasse Junge erschien nur Sekunden später in der Tür und trat zögerlich ein. Er setzte sich nicht und starrte mit gesenktem Haupt auf seine Fußspitzen.

»Willst du nicht Platz nehmen?«, fragte Oliver, doch Leon lehnte sofort ab.

»Ich stehe lieber.«

»Wir haben ein paar Fragen zu Benjamin Küsters und seiner Schwester. Wie war dein Kontakt zu ihnen?«

Leons Gesichtsfarbe wechselte zu Rot. Er warf Oliver einen scheuen Blick zu und zuckte mit den Schultern. »Benni ist in meine Klasse gegangen. Wir haben an einem Tisch gesessen.«

»Befreundet wart ihr nicht?«, fragte Oliver und musterte den Jungen intensiv. Irgendetwas wusste er.

»Nein«, antwortete Leon und schielte dabei zu seinem Bruder.

»Kannst du uns erklären, was es mit dieser Verwarnung auf sich hat?«

Leon schlug die Augen nieder. »Ich habe mir gedacht, dass Sie mich darauf ansprechen werden«, sagte er und wischte sich fahrig über die Stirn. »Das war wirklich nur ein Missverständnis. Ich hatte nichts gegen Benjamin.«

»Nun, eine Verwarnung von der Schuldirektorin hört sich da ehrlich gesagt ein wenig anders an«, fuhr Klaus dazwischen. »Was genau ist denn damals passiert?«

Leon zuckte hilflos mit den Achseln. »Ich ... also ... ich habe ihm den Brief an Robin weggenommen und kopiert.«

»Den Liebesbrief?« So langsam ging Oliver ein Licht auf.

»Du liebe Güte.« Leons Mutter mischte sich ein. »Der Junge konnte überhaupt nicht ahnen, was da drinsteht. Die Sache ist doch halb so wild. Jetzt lassen Sie ihn in Ruhe!«

»Wäre es in Ordnung für Sie, wenn wir kurz mit Leon allein in seinem Zimmer sprechen? Ich denke, die Sache vor uns allen zu erläutern, ist für ihn sonst zu unangenehm.«

Daniela Kretschmar öffnete überrascht den Mund. Noch bevor ein Ton herauskam, fuhr Leon dazwischen.

»Bitte, Mama. Das ist schon okay für mich.«

»Aber ...« Daniela Kretschmar blickte zwischen Oliver und Klaus hin und her. »Nur mit Ihnen«, sagte sie und zeigte auf Oliver.

»In Ordnung.« Oliver sprang auf und beeilte sich, Leon in sein Zimmer zu folgen, bevor Daniela Kretschmar es sich anders überlegte.

Leon hockte bereits auf seinem Bett, als Oliver eintrat und die Tür hinter sich schloss.

»Ich will nur sagen, dass ich Benjamin nichts Böses

wollte. Ich mochte ihn. Es tut mir sehr leid, dass er tot ist. Er und seine Schwester.«

»Wenn du ihn so gut leiden konntest, warum hast du diesen Brief kopiert und verteilt?«, fragte Oliver leise, denn er glaubte, die Antwort zu kennen. Leons Gesichtsfarbe glich inzwischen dem Rot einer Tomate. War es möglich, dass er mehr Gefühle für Benjamin gehegt hatte, als er zugab?

Leon Kretschmar kniff die Lippen zusammen und schwieg. Nach einer Weile sagte er: »Es war eine blöde Idee von mir. Benni hat mich bei der letzten Klassenarbeit nicht abschreiben lassen, und das war die Gelegenheit, es ihm heimzuzahlen. Ich habe den Brief mit nach Hause genommen und Tom gezeigt. Der hat ihn vervielfältigt und am Tag danach haben wir die Kopien in der Schule verteilt. Es war eine miese Aktion und ich habe mich deswegen auch die ganze Zeit schlecht gefühlt.«

»Du hast dich nicht getraut, deinen Bruder in die Schranken zu weisen«, stellte Oliver fest.

Leon nickte betrübt. »Ich hätte Tom davon abhalten sollen, Kopien zu machen. Jetzt ist es zu spät. Ich kann das nie wiedergutmachen.«

»Das tut mir auch sehr leid«, sagte Oliver. »Aber du kannst uns helfen, Benjamins und Annalenas Mörder zu fassen.«

Leon hob den Kopf und sah ihn zum ersten Mal richtig an. Er hatte einen Ausdruck in den Augen, der in Oliver sämtliche Alarmglocken schrillen ließ.

»Ich war am Samstagnachmittag mit Benjamin

verabredet«, erklärte Leon, ohne die Miene zu verziehen. »Und ich weiß, wo er danach hingegangen ist.«

* * *

Er besaß nicht besonders viel Sinn für Schönheit. Doch in dieser Nacht blieb selbst ihm der wundervolle Sternenhimmel nicht verborgen. Tausende Sterne leuchteten über ihm, fast so, als hätten sie sich dazu entschlossen, ihm zuzusehen und ihn mit ihrem Licht zu leiten. Der Mond schwebte als silberne Sichel am Himmel. Seine Konturen zeichneten sich so scharf ab, dass er unwillkürlich danach griff. Er fühlte eine seltsame Verbundenheit mit ihm. Sie beide gehörten zu den Geschöpfen der Nacht. Das hatte sein Gutes. Denn ohne die Dunkelheit gab es kein Licht und ohne das Böse nicht das Gute. Eines führte zum anderen und manchmal bereitete das Böse den Weg ins Reine. Die Vollkommenheit entstand aus dem Zusammenspiel von Hell und Dunkel, von Tag und Nacht. Sie entsprang dem Kreislauf des Lebens. Ein Kreis, der aus zwei Hälften bestand und der nur als Ganzes seine Vollendung erreichte.

Er seufzte zufrieden, während er sich die Worte ins Gedächtnis rief, die er erst kurz zuvor gehört hatte und die sich ihm in diesem Moment offenbarten. Er schaute noch eine Weile hinauf und richtete dann seinen Blick auf den kräftigen Körper, der reglos in einem Karren lag. Das blutleere Gesicht schimmerte ein wenig in der Dunkelheit, fast so, als hätte Gott es berührt und zum

Leuchten gebracht. Eine Wolke schob sich vor den Mond und machte den Zauber auf einen Schlag zunichte. Und als wenn das nicht genug wäre, fiel ihm das Geld wieder ein. Er brauchte es, dringend. Deshalb war er hier. Er atmete ein paarmal tief durch und griff zur Schaufel. Er bewegte sich den Hügel hinunter und peilte den Kirchturm von Zons an. Als er auf einer Linie mit ihm stand, begann er zu graben. Er schaufelte so lange, bis ihm der Rücken wehtat. Nach einer kurzen Verschnaufpause schuftete er weiter. Das Loch war längst nicht groß genug. An seinen Handflächen bildeten sich bereits die ersten Blasen, doch er hörte nicht auf. Konzentriert hob er die Erde aus. Endlich, mehr als eine Stunde später, hatte er es geschafft. Schweißüberströmt richtete er sich auf und rieb sein schmerzendes Kreuz. Seine Finger brannten wie Feuer. Trotzdem nahm er sich zusammen und schleppte sich wieder den Hügel hinauf, um den toten Körper vom Karren zu holen. Er schleifte ihn hinunter zu dem Loch, das er gegraben hatte, und ließ den Leichnam schnaufend fallen. Aus seiner Hosentasche kramte er ein dunkelgrünes Siegel hervor, das er dem Toten in die linke Hand drückte. Er verschloss die kalten Finger zu einer Faust und stieß die Leiche in die frisch ausgehobene Grube. Anschließend schaufelte er das Loch zu und achtete darauf, seine Spuren sorgfältig zu verwischen. Er warf einen letzten Blick in Richtung Zons und machte sich dann zufrieden auf den Heimweg.

* * *

Oliver blinzelte müde und streckte sich der Länge nach aus. Der köstliche Duft von frischem Kaffee stieg ihm in die Nase. Sofort tastete er die andere Betthälfte ab. Emily lag nicht mehr neben ihm. Er sprang auf und tapste schläfrig, nur in Schlafanzughose, zur Küche.

»Rette mich und gib mir einen Kaffee«, jammerte er theatralisch.

Darauf erhob sich ein unverhofftes Kichern.

»Wenn das so einfach ist. Bitte schön«, sagte Emilys beste Freundin Anna und grinste ihn an. »Da habe ich es mit Maximilian viel schwerer.«

Oliver spürte, wie ihm die Röte ins Gesicht schoss.

»Wo ist Emily?«, fragte er überrascht.

»Im Bad«, antwortete Anna und reichte ihm Kaffee und einen Teller mit einem duftenden Croissant. »Setz dich doch. Ich habe ein paar dringende Fragen an dich.«

Oliver tat, worum Anna ihn bat, und stellte die Tasse und den Teller ab. Innerlich fluchte er, denn er hatte völlig vergessen, dass Emily heute mit ihrer Freundin verabredet war. Er blickte unsicher an sich hinunter und sprang wieder auf.

»Warte, ich ziehe mir kurz etwas über.«

»Aber das musst du nicht«, sagte Emily, die hereinkam und ihn mit einem Funkeln in den Augen musterte. Ihr Lächeln sorgte dafür, dass nicht nur sein Gesicht vor Hitze glühte. Verlegen gab er Emily einen Kuss auf die Wange und drängte sich sanft an ihr vorbei hinaus in den Flur. Im Schlafzimmer schlüpfte er eilig in seine Jeans und zog ein T-Shirt an.

Als er wieder in der Küche stand, nahm Anna hastig

ein Foto beiseite und drehte es um. Emily räusperte sich und schob die Kaffeetasse ein Stückchen näher zu ihm, obwohl sie sich längst auf seinem Platz befand.

»Danke«, sagte er und trank einen Schluck. »Was ist denn so dringend?«, fragte er an Anna gerichtet.

»Ehrlich gesagt ist es nicht wirklich dringend. Ich bin nur neugierig. Es kursieren in Zons Gerüchte, dass zwei Teenager ermordet worden seien. Geschwister. Ist das wahr?«

»Du weißt doch, ich kann nicht über laufende Ermittlungen reden.« Oliver seufzte. Seine Gedanken schweiften ab. Leon hatte ihm erzählt, dass er sich mit Benjamin Küsters und dessen Schwester Annalena nach dem Pfadfinderausflug am Rheinufer, nahe der Auto- fähre von Zons, getroffen hatte. Eigentlich wollte Leon sich bei Benjamin für die Verbreitung des Briefes entschuldigen. Aber sie gerieten in Streit. Leon bekam keine Chance, seinen Fehler wiedergutzumachen, denn mitten im Gespräch fiel Benjamin auf, dass er die Tasche mit seinem Handy und seinem Portemonnaie bei einem Betreuer der Pfadfindergruppe vergessen hatte. Er lief mit Annalena zurück zum Camp, das sich auf der anderen Seite von Zons in den Rheinauen befand. Nach dem bisherigen Kenntnisstand war Leon der Letzte, der die beiden lebend gesehen hatte. Oliver und Klaus wollten noch an diesem Vormittag mit den Betreuern der Pfadfinder sprechen.

»Oje. Du brauchst gar nicht zu antworten. Ich sehe es dir an. Du bist mit deinem Kopf bei dem Fall und kannst im Moment an überhaupt nichts anderes denken. Das kenne ich«, sagte Anna und riss Oliver aus seinen Grübeleien.

»Tut mir leid«, murmelte er. »Es ist nur unheimlich viel zu tun. Bisher haben wir keine vielversprechende Spur, und ich will diesen Mistkerl so schnell wie möglich hinter Schloss und Riegel bringen.« Er blickte zwischen den beiden Frauen hin und her. »Bestimmt steht der Fall bald in der Presse. Lange werden wir die Sache wohl nicht mehr unter der Decke halten können, wenn die Spatzen es bereits von den Dächern pfeifen. Mein Chef wird sich furchtbar aufregen.«

»Ach, komm schon, Oliver«, sagte Emily und legte den Arm um ihn. »So böse ist die Presse auch nicht. Manchmal hilft ein wenig Öffentlichkeit enorm. Es melden sich Augenzeugen, die ihr sonst vielleicht nie aufspüren würdet.«

»Ja, ja«, winkte Oliver ab. »Und der Täter ist vorgewarnt und hat ausreichend Zeit, seine Spuren gründlich zu verwischen. Ich weiß natürlich, dass du zu den Guten gehörst.« Er drückte Emily einen Kuss auf die Wange. »Hinzu kommen Tausende Anrufe von vermeintlichen Zeugen und solchen Leuten, die sich bloß profilieren wollen. Die können die ganze Kripo lahmlegen. Die Medaille hat halt immer zwei Seiten.«

»Du hast recht«, meinte Emily. »Aber wenn ich das Schöffensiegel mit dem Kreis auf der Rückseite nicht enträtselt hätte, wäre die zweite Leiche vielleicht überhaupt nicht entdeckt worden.« Sie machte eine kurze Pause und krauste die Stirn. »Es ist doch nicht schlimm, dass ich Anna davon erzählt habe?«

Oliver lachte. »Ich weiß, dass ihr nichts ausplaudert. Die wesentlichen Erkenntnisse behalte ich sowieso für mich. Ich sollte jetzt los. Der Fall wartet.«

»Moment mal«, sagte Anna und sprang auf. Sie lief zur Garderobe und kehrte mit ihrer Handtasche zurück. »Meint ihr dieses Siegel?« Sie holte ein dunkelgrünes Siegel hervor.

Oliver stutzte. »Darf ich?«, bat er und nahm es ihr ab. Sein Puls erhöhte sich merklich, als er das Siegel umdrehte und den Kreis sah.

»Woher hast du das?«

»Gefunden. Auf dem Parkplatz vor dem Kreisarchiv. Gestern schon, als ich morgens zur Arbeit gefahren bin. Es sieht so alt aus, da dachte ich, es könnte etwas für Emily und ihre Recherchen sein.«

»Du liebe Güte, es ist dasselbe Siegel«, stieß Emily aus. »Und das lag einfach so herum?«

Anna nickte bestimmt. »Wie gesagt, ich habe es auf dem Parkplatz entdeckt.«

Das Handy neben Olivers Kaffeetasse ging los. Es war die Einsatzzentrale.

»Bergmann hier«, meldete er sich.

»Wir haben eine weitere Leiche in Zons gefunden. Sie müssen sofort kommen.«

VII

VOR FÜNFHUNDERT JAHREN

K aspar leckte sich zermürbt über die aufgeplatzte Unterlippe. Seine rechte Wange pochte qualvoll. Das Auge konnte er bloß einen Spaltbreit öffnen. Wenigstens schmerzten seine Beine nicht mehr. Vielleicht spürte er sie aber einfach nur nicht, weil ihm das Gesicht fürchterlich wehtat.

»Los, hoch mit dir, du Faulpelz. Der Maurermeister braucht neue Steine. Heute Nacht ist die Mauer wieder zusammengebrochen. Besser, du beeilst dich.«

Kaspar sprang auf und klopfte sich das Stroh aus der Kleidung.

»Danke«, sagte er zu dem Tagelöhner, der gestern Steine geschleppt hatte. »Wie ist dein Name?«

»Matthias. Mach schnell!« Der Bursche drehte sich auf dem Absatz um und verließ den Verschlag.

Kaspar rannte ihm hinterher. Noch immer hatte er die schrecklichen Bilder der letzten Nacht im Kopf. Ein kräftiger Mann hatte vor der Kirche gestanden und jemanden ausgepeitscht. Den markerschütternden Schrei würde er nie wieder vergessen. Inzwischen glaubte Kaspar, dass er den Maurermeister gesehen hatte. Er blickte hoch, wo Hubertus Gröner auf dem Kirchdach bereits den nächsten Steinblock erwartete. Die hochgewachsene, muskelbepackte Gestalt passte zu der dunklen Silhouette aus der Nacht.

»Mach schon, Kaspar, spring ins Windenrad und lauf!«, brüllte Eduard Ambrosius von Weitem und fuchtelte ungeduldig mit den Armen. »Los, los, los. Bevor Pfarrer Johannes hier auftaucht, muss die Mauer wieder stehen.« Der Baumeister schnappte sich einen der Mörtelrührer und zerrte ihn am Ohr zu einem großen Loch am Fuße der Kirchenmauer.

»Füllt die Grube auf, und zwar hurtig!«

Mit Genugtuung nahm Kaspar wahr, wie sich der Mörtelrührer das knallrote Ohr rieb. Das geschah ihm recht. Im Verschlag war er mit ihm auch nicht gerade zimperlich umgegangen. Kaspar stieg ins Windenrad und begann zu laufen. Er lief und lief. Als der Stein erst ungefähr die Hälfte der Strecke zurückgelegt hatte, fingen seine Oberschenkel an zu brennen. Er biss die Zähne zusammen. Je schneller die Steine nach oben auf das Gerüst kamen, desto eher konnte er im Wald die Kiste des alten Weibes durchsuchen. Er brauchte diese fünfzehn Schilling. Wenn er dieses Mal wieder nichts erreichte, musste er herausfinden, wer dieser Kerl war, der so viel Geld bezahlte. Tatsächlich schaffte er es heute schon besser, seine Kräfte einzuteilen. Der Stein landete sicher auf dem Gerüst, wo die Gehilfen des

Maurermeisters ihn auf Rundhölzer hievten und anschließend in die richtige Position brachten.

Kaspar sprang schwer atmend aus dem Rad.

»Gut gemacht«, lobte ihn Matthias und hielt ihm einen Becher mit Wasser hin.

»Danke«, erwiderte Kaspar und nahm einen großen Schluck. »Sag mal, hast du heute Nacht einen Schrei gehört?«

Matthias blickte ihn mit aufgerissenen Augen an und nickte.

»Halt dich fern vom Steinmetz«, flüsterte er und entfernte sich, bevor Kaspar ihn weiter ausfragen konnte.

Nachdenklich schaute Kaspar ihm hinterher. Dann ging er zu der Stelle an der Kirchenmauer, wo der Mann in der Nacht gestanden hatte.

»Aus dem Weg«, brüllte der Mörtelrührer zornig und goss ein ganzes Fass voller Mörtel und Gestein in das tiefe Loch, das sich abermals im Erdboden aufgetan hatte. Kaspar sprang zur Seite, nicht ohne einen Schimmer von Rot wahrzunehmen, der sich in diesem Moment mit dem grauen Mörtel vermischte.

Bastian hockte am Ufer des Rheins und warf nachdenklich Kieselsteine in das Wasser. Karl Peffgen war nach seinem Ausflug in den Wald ins Gasthaus »Zum Anker« zurückgekehrt und nicht wieder herausgekommen. Seinen Fisch hatte er der Kräuterfrau verkauft, genauso wie er es vorher angekündigt hatte. Warum bloß sagte ihm sein Bauchgefühl, dass mit diesem Kerl etwas nicht stimmte? Ließ er sich von seinem Freund Wernhart fehlleiten, der diesen Händler aus tiefstem Herzen hasste? Bastian ging seine Begegnungen mit Peffgen abermals durch. Doch da war schlicht nichts, was er ihm ankreiden konnte. Und trotzdem, zwei Bettelfrauen waren verschwunden, und er befürchtete das Schlimmste, denn Gertrude hätte ihr kostbares Amulett niemals einfach so zurückgelassen. Im Grunde genommen galt das auch für Bertha und ihre blaue Schüssel. Ausgerechnet Peffgen hatte offenbar vorher mit beiden Handel betrieben. Bastian warf einen flachen Stein aufs Wasser und sah zu, wie er mehrfach über die Oberfläche hüpfte, bevor er versank. Dann beschloss er, noch einmal mit Gertrudes Söhnen und mit Rosalinde zu sprechen.

Er erhob sich und marschierte durch das Rheintor zurück in die Stadt. Die Burg ließ er linker Hand liegen und ging am Juddeturm vorbei in Richtung Kloster. Die Armen trieben sich oft dort herum, um Almosen zu erhalten. In der Regel gab es bei den Mönchen etwas zu essen und im Winter wärmende Kleider. Doch heute schien die Gasse vor dem Kloster wie leer gefegt. Die Sonne stand bereits hoch am Himmel. Ihre Strahlen glitzerten in den vielen Pfützen und auf den nassen Blättern der Bäume. Am Morgen hatte es geregnet und Zons duftete nach feuchter Erde und den zahlreichen Blüten ringsum. Bastian liebte diese Jahreszeit, in der alles wuchs und gedieh. Und in der die Kälte des

Winters endgültig dem Sommer wich. Ein Lächeln huschte über sein Gesicht, als er die Mühle seines Vaters am anderen Ende der Stadtmauer sah. Dann jedoch hörte er Stimmen, die aus dem Kloster kamen. Er blieb stehen und lauschte.

»Ich sage Euch, warum dieses Gotteshaus zerbröselt wie ein trockener Kuchen. Ihr müsst Euch gottgefällig verhalten. Überlasst mir die Gemeinde und kümmert Ihr Euch um das Seelenheil der Alten und Kranken.«

»Was soll daran schon gottgefällig sein, wenn Ihr meine Kirche vereinnahmt?«, erwiderte Pfarrer Johannes. »Ich trenne die Seelen meiner Gläubigen nicht nach Alter oder Gesundheit. Sucht Ihr Euch etwa die besten Früchte aus der Ernte heraus und werft die anderen weg?«

»So habe ich es nicht gemeint«, erklärte der Abt. »Ich dachte, wir könnten unseren uralten Streit beilegen. Meine Brüder und ich würden gerne öffentliche Predigten halten. Verzeiht meine überspitzten Worte.«

»Es gäbe für mich nur einen Grund, öffentliche Predigten in der Klosterkirche zuzulassen. Ihr beteiligt Euch an den Restaurierungsarbeiten der Pfarrkirche. Leider sind durch das Hochwasser Teile des Mauerwerks und des Bodens eingesunken, sodass die Stellen wieder aufgefüllt und das Mauerwerk bis hoch zum Dach ausgebessert werden müssen. Der Schaden ist tückisch. Die Mauer ist heute früh abermals eingebrochen. Baumeister Ambrosius hat alle Hände voll zu tun.«

»Ich hörte davon«, erwiderte der Abt Theodor von

Grünwald. »Die Arbeiten gestalten sich schwierig. Das treibt die Kosten in die Höhe.«

»So ist es, Euer Gnaden. Denkt über meinen Vorschlag nach.«

Schritte entfernten sich, und Bastian folgte dem Weg zum Feldtor, wo ihn Wernhart bereits erwartete.

»Ich habe besorgniserregende Neuigkeiten für dich, mein Freund.« Wernhart zog Bastian zur Seite und flüsterte: »In der letzten Woche, genau am Tag nach dem Markt, ist ein weiteres Bettelweib verschwunden. Die alte Rosalinde hat es mir vorhin berichtet.«

»Wer denn?«, wollte Bastian wissen.

»Ein junges Ding namens Judith. Sie stammt nicht aus Zons, sondern irgendwoher aus dem Norden. War wohl erst das zweite oder dritte Mal hier.«

»Ich kenne sie nicht«, erwiderte Bastian. »Wie kommt Rosalinde darauf, dass das Bettelweib nicht einfach weiter in die nächste Stadt gezogen ist? In Köln lässt sich sicherlich mehr herausschlagen, gerade wenn man noch jung ist.«

Wernhart beugte sich zu Bastian hinüber.

»Weil sie ein Auge auf einen der Mörtelrührer geworfen hat. Rosalinde hat mitbekommen, dass die beiden sich eine Woche später auf dem Markt treffen wollten. Doch Judith ist nicht erschienen.«

Bastian biss sich nachdenklich auf die Unterlippe. Die Dinge, die Wernhart ihm erzählte, konnte man in alle möglichen Richtungen auslegen. Judiths Verschwinden musste nicht unbedingt etwas Schlimmes bedeuten. Andererseits war sie bereits das dritte verschollene Bettelweib. Er zog sein Notizbuch aus dem Wams und notierte sich ihren Namen.

»Hast du Gertrudes Söhne gesehen?«, erkundigte sich Bastian. »Am Kloster und auf dem Marktplatz waren sie nicht. Ich muss noch einmal mit ihnen sprechen. Möglicherweise ist ihnen inzwischen mehr zum Verbleib ihrer Mutter eingefallen.« Er hatte die beiden Jungen vorerst bei Pfarrer Johannes untergebracht. Dort hatten sie ein Dach über dem Kopf und bekamen zu essen. Was er auf lange Sicht mit ihnen machen sollte, bereitete ihm allerdings Kopfschmerzen.

»Der Steinmetzmeister hat sie zum Steineschleppen angestellt. Sie kamen erst vor Kurzem durch das Feldtor mit einem riesigen Brocken auf dem Karren. Wir finden sie auf der Baustelle an der Kirche.«

Schnellen Schrittes marschierte Bastian mit Wernhart zur Kirche. Schon von Weitem hörten sie ein fürchterliches Gebrüll. Ein Mörtelrührer, eigentlich ein kräftiger Kerl, hockte vor dem Loch unter der Kirchmauer und jammerte, als ob sein Leben auf dem Spiel stünde.

»Meine Finger«, schluchzte er und hielt sich den linken Arm. »Sie bluten und brennen wie Feuer.«

»Haltet still«, sagte der Windenknecht, dem Bastian am Tag zuvor geholfen hatte. Er tupfte die Wunde mit einem Leinentuch ab und wickelte es dem Mörtelrührer anschließend um die Hand. »Ihr solltet zu einer Kräuterfrau gehen und eine heilende Salbe auf die Verletzung tun«, riet ihm der Windenknecht.

»Ach was«, stieß der Mörtelrührer unwirsch aus. »Ich bin doch kein Schwächling. Das heilt von alleine.«

»Ich denke, der Bursche hat recht«, mischte sich Bastian ein. »Eure Finger bluten stark. Geht zum Arzt Josef Hesemann. Ihr findet ihn gleich um die Ecke.« Er deutete auf das Gebäude, in dem der Zonser Arzt lebte.

Der Mörtelrührer machte den Mund auf, sagte jedoch nichts. Schließlich trollte er sich und lief auf das Haus zu.

»Hast du Hannes und Diethard gesehen?«, fragte Bastian den Windenknecht und stellte fest, dass er den Namen des Burschen gar nicht kannte. »Wie heißt du?«

»Ich bin Kaspar, und ich weiß, dass Ihr Bastian Mühlenberg seid«, erwiderte der schlaksige Junge und zeigte auf die Kirche. »Hannes und Diethard sind hinter der Kirche und helfen dem Steinmetz. Sie schleppen neue Steine heran.«

»Danke. Falls du Hilfe im Tretkran brauchst, melde dich.« Bastian zwinkerte Kaspar zu und umrundete mit Wernhart die Kirche.

Dem Steinmetz und seinen Handlangern lief der Schweiß in Strömen über Gesicht, Hals und Arme. Vier Mann schlugen abwechselnd auf einen riesigen Felsblock ein, dessen Kanten immer noch nicht gerade genug waren. Hannes und Diethard standen mit gesenktem Kopf daneben und starrten Löcher in die Luft. Für sie schien es im Moment keine Arbeit zu geben. Als sie Bastian und Wernhart bemerkten, kamen sie sofort auf sie zugerannt.

»Habt Ihr unsere Mutter gefunden?«, fragte der

ältere Diethard mit einem Hoffnungsschimmer in den Augen.

»Bisher nicht. Deshalb sind wir gekommen. Wir müssen noch einmal jede Einzelheit durchgehen und überlegen, wo eure Mutter hingegangen sein könnte.«

Diethard seufzte. »Als sie verschwand, waren wir mittags an unserem Feuerplatz im Wald verabredet. Sie hätte uns niemals alleine gelassen. Wir haben sie schon überall gesucht. Doch niemand hat sie gesehen.«

»Ihr muss etwas zugestoßen sein. Sie ist jetzt seit zwei Tagen weg.« Die Stimme des Jüngeren überschlug sich fast.

»Sie kommt bestimmt bald zurück«, beruhigte ihn Bastian, obwohl er selbst nicht davon überzeugt war. Ihr zurückgelassenes Amulett gab Anlass zur Sorge. Vielleicht hatte sie es auch einfach nur verloren und noch nicht bemerkt. Die Kette war alt. Kein Wunder, wenn sie gerissen und das Amulett zu Boden gefallen wäre.

»Wann genau habt ihr eure Mutter zuletzt gesehen und was hat sie zu euch gesagt?«

»Es war kurz nach Sonnenaufgang«, begann Hannes, der Jüngere, hastig zu erzählen. »Sie hat sich gefreut, dass Markttag war. Sie wollte unbedingt den besten Platz erhaschen und sich deshalb schon früh auf den Weg machen. Sie hat uns ein wenig Grütze gekocht und sich verabschiedet. ›Wir sehen uns heute Mittag‹, das hat sie uns zum Abschied gesagt.«

»Und was hat sie am Abend davor erzählt?«, fragte Wernhart. »Hatte sie in den nächsten Tagen etwas Bestimmtes vor oder war sie beunruhigt?«

»Offen gestanden war sie immer bekümmert, weil wir nicht genug zu essen haben. Sie hatte ständig Angst, dass wir nichts mehr zwischen die Zähne bekommen. Dabei bin ich fast ein Mann. Ich kann mich sehr wohl verdingen und für uns sorgen«, meinte Diethard und verzog das Gesicht. »Sie will nicht, dass wir zu schwere Arbeit verrichten.«

Hannes tippte sich plötzlich an die Stirn. »Da fällt mir wieder ein, dass sie mit Bertha zusammen neue Bettelplätze auskundschaften wollte. Davon hat sie am Abend davor geredet.« Er schielte unsicher zu seinem älteren Bruder hinauf. »Sie wollte nicht, dass du es erfährst.«

»Das ist mir klar«, schimpfte Diethard. »Ich bin zehn Jahre alt. Und sie sollte nicht mehr betteln müssen. Nun sehen wir ja, was dabei herausgekommen ist. Ihr ist bestimmt etwas Schlimmes geschehen.« Er wandte sich ab und kämpfte einen Moment lang mit den Tränen. Schließlich fasste er sich wieder und sah auf. »Was ist denn mit diesem Händler? Er hat versucht, sie übers Ohr zu hauen. Er wollte ihr verschimmeltes Getreide andrehen, und außerdem war sie sicher, dass er ihr auch noch zwei Schillinge gestohlen hat. Vielleicht hat er ihr etwas angetan.«

»Bitte, Bastian Mühlenberg. Ihr müsst sie finden. Bitte«, jammerte nun der Jüngere ebenfalls.

Bastian schnürte es die Brust vor Kummer zusammen. Was sollte bloß aus den beiden werden, wenn ihre Mutter nicht mehr am Leben wäre?

»Wir werden alles tun, was in unserer Möglichkeit steht«, versprach er und nahm Hannes in die Arme.

»Hier, nehmt das.« Bastian drückte ihm eine Münze in die Hand. »Und geht nach der Arbeit zu meinem Weib. Sie gibt euch ein Stück Kuchen.«

Er wandte sich ab und zog Wernhart mit sich. »Wir sprechen jetzt mit Rosalinde. Sie hat Bertha zuletzt gesehen und auch diese Judith«, sagte er. »Sie bettelt heute sicherlich am Zollturm.«

Kurz darauf durchquerten sie das Stadttor im Norden von Zons, und tatsächlich hockte Rosalinde am Wegesrand und jammerte laut, sobald jemand in die Stadt hinein- oder hinausging.

»Nur einen halben Schilling und ich bete für Euch«, beteuerte sie, als ein reich gekleideter Händler auf seinem Ross an ihr vorbeipreschte.

»Arroganter Flegel«, fauchte sie ihm hinterher. »Soll Euch der Teufel holen! Ich ...« Sie sprach nicht weiter, weil Bastian und Wernhart in diesem Augenblick vor sie traten.

»Ihr verscheucht mir die Kundschaft«, fluchte sie und fuchtelte mit den verkrümmten Händen. »Los, los, schert Euch fort.«

Weder Bastian noch Wernhart rührten sich. Rosalinde stieß hörbar die Luft aus.

»Habt Ihr Bertha endlich gefunden? Es klappt manchmal besser, wenn man zu zweit unterwegs ist. Wo steckt das Weib?«

»Das wissen wir leider nicht. Deshalb sind wir hier.

Ihr müsst uns berichten, wann genau Ihr Bertha zuletzt gesehen habt.«

Rosalinde rollte die gelblich verfärbten Augen und hustete. »Hab ich dem da doch längst erzählt.« Sie deutete auf Wernhart und warf ihm einen verächtlichen Blick zu. »Ist Euer Kopf ein Sieb?«

Wernharts Faust schnellte hervor und hielt knapp vor Rosalindes Nase inne. »Seid froh, dass ich mich nicht an Weibern vergreife«, zischte er. »Ihr habt mir erzählt, dass Bertha verschwunden ist und Ihr sie überall gesucht habt. Auf dem Marktplatz, in den Gasthäusern, an den Stadttoren und in ihrer Feldhütte. Was wir aber nun wissen wollen, ist, wann Ihr sie letztmalig gesehen habt und was sie zu Euch sagte.«

Ein Händler mit einem vollbeladenen Karren zog an ihnen vorbei und Rosalinde starrte ihm sehnsüchtig hinterher. Dann blickte sie wieder Wernhart an und ihre Augen füllten sich unerwartet mit Tränen.

»Ich hab es nicht so gemeint, Soldat«, schluchzte sie. »Bertha war meine Freundin. Der einzige Mensch, der in all den schlechten Zeiten zu mir gehalten hat. Sie hätte mich nicht so einfach im Stich gelassen. Ihr ist etwas Grausames geschehen. Ich kann es genau hier fühlen.« Sie pochte sich gegen die Brust. »Sie lebt nicht mehr. Der Herr sei ihrer Seele gnädig. Erst gestern Nacht, da hat sie vom Himmel aus auf mich herabgeschaut. Ich habe ihre Augen hinter den Wolken gesehen. Gleich dort!« Sie zeigte auf die Kirchturmspitze.

»Wann habt Ihr sie zum letzten Male gesehen?«, fragte Bastian sanft und legte der Alten eine Hand auf die Schulter. »Wenn ihr etwas zugestoßen ist, soll ihr Tod nicht ungesühnt bleiben. Helft uns bitte.«

Rosalinde räusperte sich und wischte sich eine Träne aus dem Augenwinkel.

»Es war am Abend nach dem Markt. Die Sonne schien noch recht hell. Sie saß genau hier neben mir und zählte die Münzen, die sie in ihrer Schüssel gesammelt hatte. Dann kam Gertrude und sie gingen zusammen fort. Wollten neue Plätze auskundschaften. Das war das letzte Mal, dass ich sie gesehen habe. Sie hat mir zum Abschied zugewunken und kein Wort gesagt.«

»Und Ihr wisst nicht, wohin die beiden gegangen sein könnten?«, fragte Bastian, der endlich eine heiße Spur witterte.

Doch Rosalinde schüttelte den Kopf.

»Und Ihr gebt mir drei Schillinge dafür?«, fragte sie ungläubig.

»So hat mein Herr es befohlen. Wir wollen uns nicht lumpen lassen.« Die Frau, die fast keine Zähne mehr im Mund hatte, lächelte wenig vertrauenerweckend.

Die Sache hatte ganz bestimmt einen Haken. Aber welchen? Doch drei Schillinge waren viel Geld. Dafür musste sie zwei oder drei Tage an der Stadtmauer sitzen und betteln.

»Also gut«, sagte sie unsicher. »Und ich muss einfach nur diesen Korb im Kloster abgeben?«

Die Alte nickte und tat eine Kelle Suppe auf einen Teller.

»Was ist denn in dem Korb?«, fragte sie zweifelnd und starrte auf das Tuch, das den Inhalt verdeckte. Vielleicht wollte ihr die Alte Diebesgut andrehen, das sie in die Stadt schleppen sollte. Wenn sie erwischt werden würde, warf man sie für den Rest ihres Lebens in den Juddeturm. Sie erschauderte und stand auf. Im selben Moment zog die Alte das Tuch weg. Ein Krug kam zum Vorschein.

»Es ist das Lieblingsgebräu des Abtes. Aber psst! Niemand soll davon erfahren.« Die Alte rollte mit den Augen und legte den Finger auf die Lippen.

»Ach so«, seufzte sie erleichtert und setzte sich wieder. Wenn es nicht mehr war als ein Krug mit Met oder Wein, dann konnte ihr nichts passieren. Vorsichtshalber hob sie den Krug an. Darunter lag bloß ein bisschen Stroh im Korb.

»Bevor Ihr geht, solltet Ihr Euch stärken. Es wird Euch munden. Ihr seht ziemlich hungrig aus.« Die Alte griff nach einem Holzlöffel und hielt ihr den Teller entgegen.

Ihr Magen knurrte heftig. Sie hatte heute nur ein paar Brotkrumen gegessen. Die Alte hatte recht. Eine kleine Stärkung vorab konnte nicht schaden. Sie nahm die Suppe und leerte den Teller trotz des intensiven Fischgeschmackes mit wenigen Löffeln.

Die Alte grinste zufrieden.

»Noch einen Teller?«, fragte sie und tauchte bereits den Schöpflöffel in den Kessel.

»Eine halbe Kelle vielleicht.« Sie sah zu, wie sich die übel riechende Brühe auf ihrem Teller verteilte. Eigentlich schmeckte die Suppe grässlich, doch sie musste etwas essen. Mehr würde sie heute nicht bekommen. Also aß sie alles auf und erhob sich anschließend.

»Ich danke Euch.« Sie wollte sich zu dem Korb hinunterbeugen, als sie ein heftiger Schwindel ergriff. Sie würgte. Ihr Magen brannte ganz plötzlich wie Feuer. Sie stolperte auf die Alte zu, die sie mit aufgerissenen Augen anstarrte, und noch bevor sie ein Wort über die Lippen brachte, sackte sie in sich zusammen.

VIII

GEGENWART

Oliver schwirrte der Kopf. Eigentlich wollte er schnellstmöglich der Sache mit Benjamin Küsters Portemonnaie und Handy nachgehen. Ebenso bedurfte das Siegel, das Anna vor dem Kreisarchiv gefunden hatte, seiner Aufmerksamkeit. Da er und sein Partner nicht überall gleichzeitig sein konnten, hatten sie die Fläche rund um das Kreisarchiv zunächst weiträumig absperren lassen. Sie befanden sich auf dem Deich vor Zons. Hier wurde am Morgen der neue Leichnam entdeckt. Obwohl die Sonne schien, blies ein kühler Wind. Oliver fröstelte ein wenig. Ingrid Scholten hatte das Gelände als Erste betreten und sie warteten auf ihr Zeichen. Der Leiterin der Spurensicherung konnte der Wind nichts anhaben. Ihre Frisur saß perfekt, und auch wenn sie mit den Gummistiefeln im Matsch steckte und in der tropfnassen Erde grub, strahlte sie eine gewisse Erhabenheit und Kompetenz gleichermaßen aus.

»Kommen Sie!« Scholten richtete sich auf und streckte den Rücken durch. »Auf den ersten Blick hätte ich es nicht für möglich gehalten, aber wie es scheint, hat unser Täter erneut zugeschlagen.«

Oliver hob das Absperrband hoch und schlüpfte darunter hindurch. Klaus folgte ihm. Der Deich fiel zum Flussufer hin mehrere Meter steil ab. An der Stelle, an der die Leiche begraben worden war, klaffte ein tiefes Loch. Rundherum fehlte das Gras. Sie kletterten ungefähr die Hälfte des Deichs hinab und blieben vor der schwarzen Folie stehen, auf die man den Leichnam gebettet hatte. Der junge Mann war über und über mit Erde und Dreck bedeckt. Er trug ein T-Shirt, eine khakifarbene Hose und Turnschuhe, die nach Olivers Einschätzung einmal schneeweiß gewesen waren.

Ingrid Scholten öffnete die Hand. Ein dunkelgrünes Siegel kam zum Vorschein. Es war genau das gleiche, das sie bei den ermordeten Geschwistern gefunden hatten.

»Es ist noch ganz«, stellte Oliver fest. Diese Mordfälle hingen also zusammen.

»Richtig, auf der Rückseite hat es ebenfalls einen Kreis. Ich gebe es ins Labor. Die sollen feststellen, ob Material und Herstellung mit dem ersten Siegel übereinstimmen.« Ingrid Scholten ließ das Fundstück in eine Asservatentüte plumpsen und drückte sie Oliver in die Hand.

»Das Opfer scheint mir älter zu sein als Benjamin und Annalena Küsters. Ich schätze ihn auf mindestens fünfundzwanzig. Haben Sie irgendwelche Papiere oder ein Handy gefunden?«

Ingrid Scholten schüttelte den Kopf. »Nein. Er hatte nichts bei sich. Nicht mal ein Taschentuch. Außer natürlich das Siegel in seinen Fingern. Aber ich gehe davon aus, dass der Mörder es dort platziert hat.«

»Wie steht es denn mit der Todesursache?«, fragte Klaus. »Bei all dem Dreck kann man ja nichts erkennen. Vielleicht wurde er erstochen oder erwürgt. Sehen Sie sich bloß den schmutzigen Hals an.«

Die Leiterin der Spurensicherung beugte sich ein Stück hinunter und deutete auf die offenen Augen des toten Mannes. »Ich bin keine Rechtsmedizinerin, doch Strangulation würde ich von vornherein ausschließen. In den Augen ist nicht ein einziges Äderchen geplatzt.« Sie nahm eine Pinzette und hob das linke Lid an. »Und hier sind auch keine punktförmigen Hautblutungen zu erkennen.«

Klaus verzog das Gesicht. »So genau wollte ich es gar nicht wissen«, murmelte er. »Warten wir die Obduktion ab.«

»Das ist wohl das Beste«, bestätigte Ingrid Scholten. »Wir kennen ja noch nicht mal die Todesursache der ersten beiden Opfer. Die Autopsie ist für heute Nachmittag angesetzt.«

Oliver hockte sich vor das Loch, in dem der Tote gesteckt hatte.

»Haben Sie Blut in der Erde gefunden?«

»Kann ich noch nicht sagen. Meine Mitarbeiter

haben Proben entnommen. Auf den ersten Blick denke ich jedoch, nein.«

»Es ist schon merkwürdig, dass sich der Täter ausgerechnet den Deich ausgesucht hat, um den Leichnam zu begraben. Auf einem Feld oder im Wald wäre es doch viel einfacher gewesen.« Er blickte sich um. »Wie ist er überhaupt hierhergekommen? Mit dem Auto ja wohl kaum. Der Weg auf dem Deich ist zu schmal.«

»Ich tippe auf ein Motorrad«, sagte Ingrid Scholten.

»Wie soll das denn gehen? Der Typ wiegt mindestens neunzig Kilo und passt nicht auf die Sitzbank«, warf Klaus ein.

Scholten musterte ihn mit strengem Blick. »Es gibt Anhänger«, entgegnete sie und fing an zu grinsen. »Ich gebe zu, dass ich bereits mehr weiß als Sie.« Scholten kletterte den Deich hinauf und zeigte auf eine Markierung. »Das sind Reifenspuren. Sie sind ziemlich schmal und verlaufen parallel, könnten also von einem Anhänger stammen.« Sie marschierte zielstrebig auf die nächste Markierung in ungefähr sechs Meter Entfernung zu. »Diese Abdrücke sind von einem Motorrad.«

»Interessant«, murmelte Oliver, der ihr gefolgt war, und ließ seinen Blick erneut über die Landschaft schweifen. »Trotzdem frage ich mich, weshalb der Täter diesen Ort gewählt hat. Hier oben auf dem Deich hätte er leicht entdeckt werden können. Wir sollten die Anwohner auf der Rheinstraße befragen, deren Fenster zum Fluss hinausgehen. Vielleicht hat jemand heute Nacht etwas beobachtet. Oder glauben Sie, dass der Leichnam schon länger dort in der Erde liegt?«

Ingrid Scholten zog einen Gummihandschuh aus und fuhr sich nachdenklich durchs Haar. »Schwer zu sagen. Auch das muss die Rechtsmedizin endgültig klären. Nach dem Zustand der Leiche zu urteilen, war sie sicherlich nicht mehr als zwei Tage im Deich begraben.«

Oliver nickte. »Bei allen drei Toten scheint mir der Fundort nicht der Tatort zu sein. Gerade hier auf dem Deich mit der durchweichten Erde vom letzten Regen wären wir bestimmt auf Kampf- oder Schleifspuren gestoßen. Es sieht so aus, als wäre der Täter mit der Leiche hierhergefahren, um sie genau an dieser Stelle zu verscharren.«

»Das klingt plausibel«, antwortete Scholten und winkte ihn und Klaus mit sich den Hang hinunter. »Ich muss Ihnen noch etwas an der Leiche zeigen. Wir haben es abgedeckt, damit keine Spuren verwischt werden.« Sie hob ein Stück Folie hoch, das den rechten Unterarm des Toten bedeckt hatte.

»Ach du Scheiße«, stieß Klaus aus. »Was ist denn mit seiner Hand passiert?«

Oliver überlief eine Gänsehaut. Die Finger des Mannes waren völlig zerfetzt, gerade so, als wäre ein bissiges Monster über ihn hergefallen.

Scholten zog die Augenbrauen in die Höhe. »Tierfraß«, erklärte sie. »Der Leichnam war nicht tief genug vergraben. Der rechte Arm lag oben auf. Der Mann, der die Leiche gefunden hat, war mit seinem Hund spazieren. Das Tier hat den Arm ausgebuddelt und die Hand zerfleischt. Das war definitiv post mortem, da aus den Wunden kaum Blut ausgetreten ist.«

Oliver wandte sich ab, bis Ingrid Scholten die Folie wieder über die Hand gelegt hatte.

»Ich wollte sowieso mit dem Zeugen sprechen.« Er winkte Klaus mit sich und kletterte den Deich hinauf. »Ohne das grüne Siegel bei der Leiche wäre ich nicht vom selben Täter ausgegangen«, sagte er zu Klaus und nahm eine Treppe, die auf der anderen Seite des Deiches hinunter zum Einsatzwagen führte. »Das Opfer ist kein Teenager mehr. Es wurde nicht eingemauert. Ich stehe momentan echt auf dem Schlauch. Wir müssen so schnell wie möglich die Identität klären. Vielleicht stoßen wir dann auf irgendwelche Zusammenhänge.«

»Der Täter hat auf alle Fälle eine Affinität zu Zons«, brummte Klaus. »Er benutzt das alte Schöffensiegel und er sucht nach Opfern, die vermutlich aus der Umgebung stammen. Zudem legt er sie anschließend auch noch in Zons ab.«

»Richtig«, erwiderte Oliver grübelnd. »Er gibt sich sehr viel Mühe beim Beseitigen der Leichen. Ich möchte nicht wissen, wie lange er gebraucht hat, um das Loch in den Deich zu graben. Selbst wenn es zwei Täter wären, hätte es eine ganze Weile gedauert.«

Klaus riss die Tür zum Einsatzwagen auf. »Das erhöht zumindest unsere Chancen auf einen Zeugen«, sagte er und grüßte den Mann, der mit seinem Hund hinten im Wagen auf der Bank saß und ihnen unruhig entgegenblickte.

»Guten Tag, ich bin Klaus Gruber und das ist mein

Partner Oliver Bergmann von der Kripo Neuss. Wir haben ein paar Fragen an Sie.«

»Mein Name ist Otto Niegemann. Es tut mir wirklich leid«, jammerte er und hob die Hände. »Ich hätte Charly anleinen müssen. Ich konnte doch nicht ahnen, was dort liegt. Bekomme ich jetzt eine Strafe?«

Oliver setzte sich gegenüber, Klaus nahm neben ihm Platz. »Dafür ist das Ordnungsamt zuständig. Der Deich vor Zons gehört jedenfalls zum Naturschutzgebiet und hier besteht Anleinpflicht. Das wissen Sie ja sicherlich. Es wird schon nicht so schlimm werden. Aber halten Sie sich beim nächsten Spaziergang bitte an die Regeln.«

Otto Niegemann nickte kleinlaut und tätschelte seinen großen braunen Hund. »Ich werde den Anblick mein Lebtag nicht mehr vergessen. Wir sind heute Morgen gegen acht aus dem Haus. Ich gehe mit Charly jeden Tag um diese Uhrzeit Gassi. Er lief die ganze Zeit voraus und dann verschwand er plötzlich den Deich hinunter. Als ich sah, dass er in der Erde wühlt, rief ich ihn. Aber er war so von Sinnen, dass er nicht auf mich gehört hat. Ich bin gerannt, und als Erstes fiel mir diese Hand auf, die aus der Erde ragte.« Otto Niegemann rieb sich fahrig die Stirn. »Natürlich hab ich Charly sofort weggerissen und die Polizei informiert.«

»Waren Sie denn alleine auf dem Deich oder sind Ihnen noch andere Spaziergänger begegnet?«, fragte Klaus, während Oliver sich die ersten Notizen machte.

»Da war eine Frau, auch mit Hund. Einer von diesen Terriern. Aber sonst habe ich niemanden getroffen. Es war ja noch früh und die meisten Menschen sind um die Uhrzeit auf dem Weg zur Arbeit und machen keine langen Spaziergänge. Ich bin Frührentner. Mein Herz macht nicht mehr so richtig mit. Deshalb kann ich das.«

»Ist Ihnen ein Fahrrad oder ein Motorrad aufgefallen?«

Otto Niegemann schüttelte den Kopf. »Nein, gar nichts«, murmelte er. »Charly ist nie zuvor derartig ausgerastet. Wir sind gestern dieselbe Strecke gelaufen.«

»Danke schön. Falls Ihnen noch etwas einfällt, das kann auch ein paar Tage her sein, rufen Sie mich bitte an«, sagte Oliver und drückte dem Mann seine Visitenkarte in die Hand.

Otto Niegemann erhob sich schwerfällig. »Das mache ich«, versprach er und stieg aus dem Einsatzwagen.

Oliver griff zum Handy und rief einen Kollegen an, damit dieser in der Vermisstendatenbank nach dem neuen Opfer suchte. Er steckte das Telefon ein und überlegte, was sie als Nächstes tun sollten.

»Bevor wir uns diesen Betreuer von den Pfadfindern vornehmen, möchte ich Ingrid Scholten die Stelle auf dem Parkplatz zeigen, an der Anna Winterfeld das Siegel gefunden hat. Es fängt bestimmt bald wieder an zu regnen, und ich will nicht, dass uns irgendwelche Spuren verloren gehen.«

* * *

Er kramte in seiner Tasche und tastete sich hilflos wie ein kleiner Schuljunge vor. Verdammt. Ein Siegel fehlte.

Ungläubig zählte er erneut. Es blieb dabei. Mit schweiß-
nassen Händen kippte er die Tasche aus. Vier Siegel
rollten über den Boden. Eines war verschwunden. Wie
konnte das bloß sein? Er hatte doch aufgepasst.

»Hinterlasse ja keine Spuren!«, kreischte eine böse
Stimme in seinem Kopf. Er sammelte die vier Siegel auf
und hielt sie wie kostbares Gold in den Fingern.

»O nein, o nein«, jammerte er niedergeschlagen.
Sein Blick wanderte über den Schatz in seinen Händen.
Ganz plötzlich bemerkte er, dass er keine Handschuhe
trug.

»Verflucht. Das darf einfach nicht wahr sein!«, stieß
er entsetzt hervor.

Hoffentlich waren seine Fingerabdrücke nicht auf
dem fehlenden Siegel. Er hatte keine Ahnung, wo er es
verloren haben könnte. Doch wenn es jemand fand,
hatten sie seine Fingerabdrücke. Dann würden sie
möglicherweise schnell herausfinden, wer er war. In
seiner Verzweiflung fiel ihm nicht mehr ein, ob er überhaupt Handschuhe getragen hatte. Sein Hirn fühlte sich
an wie ein großes schwarzes Loch. Wenigstens hatte es
in den letzten Tagen oft geregnet. Er stürzte sich auf
seinen Computer und gab eine Frage in die Suchmaschine ein.

»Wie lange halten Fingerabdrücke bei Regen?«

Die vielen Antworten waren nicht sonderlich befrie-
digend. Es kam auf das Material an und darauf, wie fest
man den Gegenstand gehalten hatte oder wie fettig die
Hände waren. Er schnupperte an seinen Fingerkuppen,
als könnte er so den Fettgehalt seiner Haut feststellen.

Es half nichts. Wütend donnerte er sich die eigene Faust gegen den Schädel. Verdammt, er musste sich erinnern, wann er das Siegel verloren hatte. Drinnen oder draußen, vielleicht sogar in der Wohnung. Ja, womöglich war es ihm hier aus der Tasche gefallen. Hastig begann er zu suchen. Überall. Er inspizierte auf allen vieren den Fußboden, wie ein hungriger Köter, der nach Essbarem suchte. Nichts. Nur Staub und Dreck. Ein paar tote Käfer und Müll. Er wühlte im Bett. Sah auf dem Tisch nach und im Schrank. Selbst den Mülleimer ließ er nicht aus.

Eine Stunde später blieb er verzweifelt auf dem Boden sitzen und vergrub das Gesicht in den Händen. Die Geschichte würde kein gutes Ende nehmen. Das spürte er ganz deutlich. Er musste etwas tun. Doch was? Sollte er den Deich und die gesamte Stadt nach dem Siegel absuchen? Das kleine runde Ding konnte überall sein. Er brauchte Ersatz. Aber wie sollte er ihn beschaffen? Dazu müsste er mit der Wahrheit herausrücken und das ging nicht. Er dachte an die Raten für seinen Wagen. Nein! Er benötigte eine andere Lösung. Eine, die ihm genügend Geld einbrachte. Sosehr er auch grübelte, ihm fiel nichts ein. Nervös tigerte er vor dem Bett auf und ab. Schließlich öffnete er die Schublade seines Nachttischs und holte die Peitsche heraus.

* * *

Anna strich liebevoll über das Bild und schüttelte ratlos den Kopf.

»Es ist viel zu früh. Ich glaube, ich kann das nicht«, flüsterte sie und blickte Emily Hilfe suchend an. »Was würdest du denn tun, wenn du in meiner Situation wärst?«

Emily seufzte. »Ich weiß es nicht. Es ist schön und schrecklich zugleich. Oliver zum Beispiel würde sich bestimmt freuen, aber er trägt ja auch nicht die Hauptlast. Er würde sicherlich versuchen, ein guter Vater zu sein, jedoch nicht auf Kosten seines Berufs. Als Kriminalkommissar wäre er trotzdem ständig im Einsatz.« Sie beugte sich zu Anna hinüber und strich ihr eine Strähne aus der Stirn.

»Du hast noch Zeit zum Überlegen. An deiner Stelle würde ich nichts überstürzen und Maximilian muss es doch nicht sofort erfahren.«

Anna schwieg. Wie hatte ihr das nur passieren können? Sie arbeitete in einer Bank. Ihr Verstand und ihr logisches Denkvermögen machten ihre Persönlichkeit aus. Sie ließ ihren Emotionen nur so viel Spielraum, wie sie glaubte, die Kontrolle darüber behalten zu können. Sie verhütete mit der Pille und sie hatte sie jeden Tag eingenommen. Ausgeschlossen, dass ihr dabei ein Fehler unterlaufen war. Eine Schwangerschaft trotz Pilleneinnahme kam fast nie vor. Die Wahrscheinlichkeit lag bei ungefähr null Komma eins Prozent. Es traf also höchstens eine von tausend Frauen und warum zum Teufel musste ausgerechnet sie dazugehören? Hätte sie bloß darauf bestanden, dass Maximilian weiterhin Kondome benutzte. Aber er hatte sie überredet, den zusätzlichen Schutz wegzulassen. Weil sie ja die

Pille nahm! Und weil sie inzwischen ein festes Paar waren.

Verdammt!

Eine Träne lief ihr über die Wange. Sie war völlig durcheinander und überhaupt nicht bereit für ein Kind. Sie wollte in der Bank Karriere machen. Sie wusste nicht einmal, ob sie Maximilian genug liebte. Schließlich schwirrte nachts immer noch Bastian Mühlenberg durch ihre Träume. Egal wie sehr sie in letzter Zeit versucht hatte, ihn zu ignorieren. Er schlich sich permanent in ihr Unterbewusstsein. Und ihr Herz gehörte ihm. Das spürte sie, auch wenn es natürlich absolut irrational war. Sie würde alles dafür tun, einfach in der Zeit zurückzureisen. In ihrem Magen bildete sich eine heiße Lavawelle.

»Kann ich mal deine Toilette benutzen?« Sie sprang auf, ohne die Antwort abzuwarten, eilte ins Bad und übergab sich.

»Kann ich dir helfen?«, fragte Emily, die hinterhergekommen war und ihr ein Handtuch hinhielt.

»Danke, das geht mir bereits seit drei Tagen so. Deshalb bin ich zum Arzt.« Sie griff nach dem Tuch und wischte sich übers Gesicht. Doktor Krämer hatte sich für sie gefreut. Sie sei genau im richtigen Alter. Knapp unter dreißig. Als ob das eine Rolle spielte! Sie hatte zuerst eine Urinprobe abgegeben und war dann völlig überrascht von der Ultraschalluntersuchung gewesen. Dass man in der siebten Schwangerschaftswoche überhaupt schon etwas sehen konnte, hatte sie nicht gewusst. Aber es war da, dieses winzige Wesen. Ein Teil von ihr und Maximilian. Eine Verbindung, die ihr ganzes Leben lang anhalten würde, egal was aus ihrer Beziehung wurde. Und ein kleiner Teil gehörte zu Bastian Mühlenberg, denn er war ein Vorfahre von Maximilian, der vor mehr als fünfhundert Jahren in Zons gelebt hatte. Etwas von ihm war jetzt also bei ihr. Sie strich sanft über ihren noch flachen Bauch. Sie konnte nichts verlieren, was sie mit Bastian verband.

»Ich will das Baby behalten«, flüsterte sie, und genau in diesem Moment ging ihr Handy los.

Emily rannte in die Küche und brachte es ihr.

»Du solltest rangehen. Es ist Oliver.«

Oliver wartete bereits eine gefühlte Ewigkeit auf Anna. Er wunderte sich, dass sie so lange brauchte. Sicherlich hatte sie noch eine Weile mit Emily am Frühstückstisch gesessen. Doch selbst bei einem Stau, wie er des Öfteren die Straßen zwischen Neuss und Zons verstopfte, benötigte man für die Strecke kaum länger als fünfundvierzig Minuten. War die Autobahn frei, dauerte es lediglich halb so lang. Er seufzte und blickte sich um. Ingrid Scholten und ihr Team waren voll in ihrem Element. Mindestens zehn in weiße Schutzanzüge gekleidete Beamte durchforsteten jeden Zentimeter des Parkplatzes. Scholten hockte vor einem Wagen und pinselte den Asphalt davor ab. Sie schien auf eine Spur gestoßen zu sein. Klaus kniete neben ihr und unterhielt sich angeregt, während er eine Asservatentüte für die

Fundstücke offen hielt. Oliver lief vor dem Parkplatz ungeduldig auf und ab.

Endlich tauchte in der Ferne Annas brauner Lockenschopf auf. Zu Olivers Überraschung wurde sie von Emily begleitet. Verwundert fragte er sich, ob Emily heute freihatte. Vermutlich hatte er mal wieder nicht richtig zugehört. Das musste sich wirklich ändern. In letzter Zeit war er so gestresst, dass er oft mit den Gedanken ganz woanders war, wenn Emily ihm von ihrem Tag erzählte. Er durfte sich ihrer nicht zu sicher sein und ihre Liebe als selbstverständlich hinnehmen. Heute Abend bringe ich ihr Rosen mit, dachte Oliver und lächelte verträumt, als sie näher kam.

»Hattest du Sehnsucht nach mir?« Er zwinkerte ihr zu und küsste sie auf die Wange. Emily reagierte kaum und wirkte merkwürdig verspannt. Auch Anna sah irgendwie blass aus. War er da gerade in ein Fettnäpfchen getreten oder belastete sie der Fall? Er beschloss, besser nicht weiter darauf einzugehen. Sollte Emily sauer auf ihn sein, würde sie es ihn spätestens am Abend deutlich spüren lassen.

»Wo hast du das Siegel gefunden?«, fragte er Anna und hob für sie das Absperrband in die Höhe.

»Ich habe gleich hier vorne geparkt und da lag es.« Sie deutete auf den Stellplatz, an dem Ingrid Scholten und Klaus knieten.

»Das dachte ich mir schon.« Die Leiterin der Spurensicherung erhob sich. »Wir haben ein kleines Stückchen grünes Wachs zwischen den Pflastersteinen entdeckt. Es passt zum Siegel.«

»Was bedeutet das also für den oder die Täter?«, grübelte Oliver und blickte auf den Eingang des Kreisarchivs. »Hat er direkt vor der Tür geparkt und ist dann ins Gebäude gestiefelt, um die beiden Leichen einzumauern? Und niemand hat ihn gesehen?«

»Wir werden sämtliche am Bau beteiligten Firmen überprüfen müssen. Vermutlich hat er sich als Handwerker getarnt«, entgegnete Klaus.

»Davon gehe ich aus«, fügte Ingrid Scholten hinzu. »Wenn er nicht gerade Zauberkünstler im Umgang mit einem Dietrich oder Ähnlichem ist, muss er einen Schlüssel gehabt haben.«

»Oder er ist einfach durch die offene Tür hineinspaziert. Soweit ich weiß, fanden hier bis zum Tag vor der Einweihungsfeier Arbeiten statt.« Oliver seufzte und wandte sich an Anna und Emily. »Ich danke euch beiden. Wir machen jetzt alleine weiter.« Er beugte sich zu Emily, um ihr einen Kuss zu geben, als ein Wagen mit hoher Geschwindigkeit heranbrauste und mit quietschenden Reifen vor dem Absperrband stehen blieb.

Drei Männer sprangen aus dem Auto und stürmten auf sie zu, ihnen voran der Leiter des Kreisarchivs Lothar Neidhardt.

»Was ist denn hier passiert?«, fragte er sichtlich aufgeregt. »Ich dachte, wir können das Archiv bis Ende der Woche wieder nutzen, und jetzt teilt mir Herr Novak, unser Bauleiter, mit, dass ein Großaufgebot an Polizei hier im Einsatz ist und er die restlichen Arbeiten nicht ausführen kann.«

Er deutete auf den rundlichen schnauzbärtigen Mann zu seiner Rechten.

»Meine Mitarbeiter wurden vorhin von dieser Frau dort abgewiesen.« Der Finger des Bauleiters schnellte in die Höhe und zeigte auf Ingrid Scholten, die seinen Blick ungerührt erwiderte.

Oliver gab Emily einen Wink, damit sie mit Anna den Platz verließ. Dann setzte er ein freundliches Lächeln auf und wandte sich an die drei Männer.

»Tut uns leid, aber wir können das Kreisarchiv noch nicht freigeben. Wir stecken mitten in einer Mordermittlung.«

Lothar Neidhardt nahm sich ein wenig zurück. »Das ist wirklich eine ganz schlimme Geschichte. Ich ...« Er stockte kurz. In seiner Miene zeichnete sich Hilflosigkeit ab. »Hören Sie, ich will Ihnen nicht ins Handwerk pfuschen. Diese Morde müssen natürlich aufgeklärt werden. Doch bitte verstehen Sie auch mich. Ich habe Termine, und wie Sie wissen, war der Bau dieses Gebäudes im Vorfeld schon mit erheblichen Schwierigkeiten verbunden. Es darf einfach keine weiteren Verzögerungen geben, sonst kommen wir alle in Teufels Küche.«

Oliver zuckte mit den Achseln. »Wie gesagt, wir ermitteln hier noch. Die Spurensicherung benötigt Zeit. Ich kann Ihnen leider nichts anderes sagen.«

»Vielleicht kann ich das erklären«, sagte der Japaner, der links neben Lothar Neidhardt stand und bisher mit unbeweglicher Miene zugeschaut hatte. »Mein Name ist Hatano Takayuki. Ich bin der Architekt dieses Gebäudes.« Er neigte höflich das Haupt und sprach dann weiter: »Wir erwarten in Kürze eine japanische Delegation, die sich das neue Kreisarchiv anschauen möchte. Ungefähr zwanzig Leute reisen extra von weit her an. Es ist ein bedeutendes Ereignis für uns.«

Oliver blickte sich zu Klaus um, der sofort einsprang.

»Wir verstehen Ihr Anliegen, doch es wurden hier zwei Menschen ermordet aufgefunden, und die Aufklärung dieses Verbrechens hat oberste Priorität. Wenn wir das Gebäude und das angrenzende Gelände zu schnell freigeben, gehen uns möglicherweise wichtige Spuren verloren, die uns zum Täter führen könnten.«

Der Architekt lächelte und neigte den Kopf zur Seite. Dann murmelte er etwas auf Japanisch, ohne dass sein Lächeln vom Gesicht verschwand. In seinen Augen blitzte es kalt.

»Ich verstehe«, entgegnete er Sekunden später auf Deutsch. »Die Arbeiten müssen abgeschlossen sein, wenn die japanische Delegation hier eintrifft.«

Der Architekt betonte dabei jede Silbe, so als wären Klaus und Oliver nicht in der Lage, seine Worte zu begreifen.

»Wie gesagt, wir müssen hier alles gründlich untersuchen. Es gibt keine andere Möglichkeit«, wiederholte Oliver.

Zu allem Überfluss näherte sich nun auch noch der Zonser Pfarrer in Begleitung eines weiteren Geistlichen.

»Können wir behilflich sein?«, fragte der Pfarrer ruhig und blickte von einem zum anderen.

»Nein, danke«, sagte Oliver schnell und hoffte, dass die beiden Kirchenmänner einfach weitergingen. Doch der Leiter des Kreisarchivs nahm erneut Anlauf.

»Vielleicht würden Sie diesen Beamten erklären, dass wir hier arbeiten müssen«, richtete er sich an den Pfarrer. »Sie wissen doch, wie sehr unsere Stadt unter diesen ganzen Verzögerungen leidet. Es kann nicht angehen, dass die Polizei jetzt jeden Pflasterstein absucht.«

Der Begleiter des Pfarrers hob bedächtig die Hände und drängte sich vor. »Wenn ich da kurz etwas beitragen dürfte. Mein Name ist Albert Reininger. Ich bin Domkapitular und im Laufe der Zeit mit der ein oder anderen Baumaßnahme betraut gewesen. Es kostet stets viele Nerven, ein Bauwerk zu errichten. Aber ich bin sicher, dass die Kriminalpolizei hier auch nur ihre Arbeit tut. Seien Sie etwas milder mit den Herrschaften. Bestimmt lässt sich ein Weg beschreiten, der allen Parteien zugutekommt.«

Olivers Handy ging unverhofft los. Im Display leuchtete der Name seines Chefs Hans Steuermark auf.

»Was zum Teufel treiben Sie da?«, brüllte sein Chef durchs Telefon. »Der Landrat sitzt mir gegenüber, und was er zu sagen hat, gefällt mir überhaupt nicht!«

IX

VOR FÜNFHUNDERT JAHREN

»Wach endlich auf!«, zischte Matthias ihm ins Ohr.

Kaspar fuhr hoch.

»Wo bin ich?«, fragte er schlaftrunken.

»Auf deinem Lager, und jetzt komm mit.«

»Aber wohin denn?«

»Psst. Sei leise, oder willst du, dass der Mörtelrührer dich wieder mit den Fäusten malträtiert?«

Kaspar erwiderte nichts und kroch lautlos hinter Matthias aus dem Verschlag. Sein Herz pochte wild. Er hatte geträumt, dass er bis in alle Ewigkeit im Windenrad feststeckte, dass seine Beine wie Feuer brannten und dass er in der Hölle gelandet war. Er leckte sich über die ausgetrockneten Lippen und atmete tief durch, als sie draußen in der kühlen Nachtluft standen.

Matthias legte den Zeigefinger auf den Mund und winkte ihn mit sich. Sie schlichen am Rande des Kirchplatzes entlang und blieben in einiger Entfernung vor der Kirche stehen.

»Duck dich«, befahl Matthias und kauerte sich nieder. »Wir warten hier.«

Kaspar ging in die Knie. Er wollte gerade fragen, auf wen sie warteten. Doch Matthias' Hand presste sich blitzschnell auf seinen Mund. Also harrte er schweigend auf dem kalten Boden aus und starrte auf die Kirche, die in der Dunkelheit nicht mehr als ein riesiger schwarzer Schatten war. Langsam taten ihm die Oberschenkel weh. Auch nach einer schieren Ewigkeit regte sich nichts. Kaspar begann erbärmlich zu frieren. Doch in dem Moment, in dem er es fast nicht länger aushielt, nahm er plötzlich eine Bewegung wahr. Zwei dunkle Gestalten, eine größer, die andere kleiner, huschten an der Kirche entlang und blieben ungefähr in der Mitte davor stehen. Überrascht sah Kaspar zu Matthias, doch der bedeutete ihm, still zu sein. Die große, männliche Gestalt sagte etwas, das er aus der Entfernung nicht verstehen konnte. Daraufhin legte sich die kleinere auf den Boden und war kaum noch zu sehen. Der Mann hob einen Arm, er hielt eine Peitsche in der Hand und ließ sie mit aller Kraft niedersausen. Kaspar hörte einen unterdrückten Schrei. Es war derselbe klägliche Schmerzenslaut, den er auch in der Nacht zuvor vernommen hatte. Die Peitsche schwang abermals in die Höhe.

»Ist das der Steinmetz?«, fragte er leise.

Matthias nickte. »Er maßregelt seinen Sohn«, flüsterte er ihm ins Ohr.

»Seinen Sohn?« Kaspar war gar nicht klar gewesen, dass der Steinmetz einen Sohn hatte.

»Manchmal schnappt er sich auch einen Lehrling oder einen Tagelöhner. Deshalb habe ich dir geraten, dich von ihm fernzuhalten. Der Mann braucht jede Nacht jemanden, dem er wehtun kann. Er hat eine schwarze Seele.« Matthias erhob sich und zog Kaspar mit sich. Sie entfernten sich vom Kirchplatz und blieben in einer düsteren Gasse stehen.

»Aber warum zerrt er ihn vor die Kirche?«, fragte Kaspar fassungslos.

Matthias hob die Schultern. »Weiß nicht. Ich denke, er soll Buße tun, aber in der Kirche wird nicht geprügelt. Also tut er es davor.«

»Der Junge tut mir leid«, murmelte Kaspar und rieb sich die Wange, die ihm von der Prügelattacke des Mörtelrührers immer noch schmerzte. Was musste dieser arme Kerl da bloß jede Nacht durchleiden? Hatte er keine Mutter, die dem Steinmetz Einhalt gebot?

»Wir sollten ihm helfen«, schlug er kurzerhand vor.

»Bist du von Sinnen? Der Steinmetz schlägt uns tot.« Matthias schüttelte den Kopf. »Auf den Tag genau vor einer Woche hat er mich von meinem Strohlager zur Kirche geschleift.« Matthias zog sein Wams hoch. Verkrustete Striemen kamen auf seinem Rücken zum Vorschein. »Das überlebe ich kein zweites Mal.«

»Was hast du getan?«, wollte Kaspar wissen und starrte entsetzt auf die blutunterlaufenen Streifen. Dagegen waren seine Beulen und Blutergüsse nichts.

»Ich bin tagsüber auf der Baustelle mit ihm zusammengestoßen. Dabei ist ein Beutel mit Münzen aus seiner Tasche gefallen. Ich habe sofort alles aufgesammelt, aber es hat ihn nicht besänftigt. In der Nacht dann hat er mich aus dem Verschlag geholt. Und seitdem gehe ich dem Steinmetz aus dem Weg, wo ich nur kann, und ich schleppe die Steine so schnell wie niemand sonst. Auf diese Weise halte ich mir den Kerl vom Leib.«

Zum ersten Mal war Kaspar froh, Windenknecht zu sein. Der Baumeister Eduard Ambrosius ging auch nicht gerade zimperlich mit ihm um. Doch zu solchen Gewaltausbrüchen neigte er zum Glück nicht. Und mit Hubertus, dem Maurermeister, hatte Kaspar es gut getroffen. Immerhin durfte er nach jedem Steinblock, den er mit dem Tretkran hinaufgebracht hatte, eine Pause machen.

»Das tut mir wirklich leid«, erwiderte Kaspar leise und legte Matthias sanft eine Hand auf die Schulter. »Wollen wir nicht wenigstens einmal nachsehen, wie es dem Jungen geht?«

Matthias verdrehte die Augen. »Na schön. Aber wenn uns der Steinmetz bemerkt, dann mache ich mich sofort davon. Ich werde nicht umkehren, um dich aus seinen Fängen zu retten.«

»Einverstanden«, sagte Kaspar und ging mit Matthias zurück zum Kirchplatz.

Der Steinmetzmeister war verschwunden, genauso wie sein Sohn.

»Wo ist ihr Schlaflager?«

»Die Steinmetze schlafen in den Verschlägen auf der anderen Seite. Hoffentlich erwischen sie uns nicht.«

Auf Zehenspitzen umrundeten sie die Kirche und duckten sich hinter einen Vorsprung, von dem aus sie das Lager beobachteten. Plötzlich öffnete sich eine Holztür. Noch ehe Kaspar sehen konnte, ob jemand herauskam, nahm Matthias die Beine in die Hand und verschwand in der Dunkelheit.

»Matthias!«, rief Kaspar leise, doch sein Freund konnte ihn nicht mehr hören. Er dachte an seinen geschundenen Rücken und seufzte. Vermutlich sollte er ebenfalls das Weite suchen. Er würde am nächsten Tag sicherlich eine Gelegenheit finden, mit dem Sohn des Steinmetzmeisters zu sprechen. Trotzdem wandte er sich wieder dem Verschlag zu und beobachtete eine schmächtige Gestalt, die zu einem Baum humpelte und sich dort erleichterte. Das musste der Junge sein. Kaspar sprang auf und näherte sich.

»He, bist du der Sohn vom Steinmetzmeister?«, flüsterte er.

Der Knabe fuhr erschrocken herum und nickte schüchtern.

»Geht es dir gut?«

Wieder nickte der Junge, der nach Kaspars Schätzung höchstens zwölf Jahre alt war.

»Hast du Schmerzen?«

»Nein, und jetzt lass mich in Frieden, bevor mein Vater uns entdeckt.« Er wandte sich ab, doch Kaspar hielt ihn am Arm fest.

»Warum schlägt dich dein Vater?«

»Weil er will, dass ich einen Platz im Himmel bekomme. Er wäscht mich von meinen Sünden rein.«

Der schmächtige Junge riss sich mit erstaunlicher Kraft los und verschwand eilig in seinem Bretterverschlag.

Kaspar sah ihm nach. Plötzlich fielen ihm Matthias' Worte wieder ein. Er hatte den Steinmetzmeister angerempelt und ein Beutel mit Münzen war ihm aus der Tasche gefallen. War er der Mann, der die alte Frau beauftragt hatte? Zahlte er dreißig Schilling für etwas, das Kaspar immer noch nicht herausgefunden hatte? Er rief sich die tiefe Männerstimme in Erinnerung, die er aus seinem Versteck heraus gehört hatte. Es könnte durchaus der Steinmetz gewesen sein. Leider hatte er es bisher nicht geschafft, die Habseligkeiten der Alten am Waldesrand zu durchsuchen. Das würde er morgen nachholen. Grübelnd kehrte er zurück zu seinem Strohlager. Die bösen Augen, die ihn in der Dunkelheit verfolgten, bemerkte er nicht.

* * *

Die Sonne erhellte Zons mit goldenen Strahlen. Bastian atmete die duftende Frühlingsluft ein und spazierte am Rheinufer auf und ab. Er hatte sich zum Nachdenken hierher zurückgezogen. Weder Gertrude noch Bertha oder die bereits vor einer Woche verschwundene Judith waren wieder aufgetaucht. Doch wenn sie tatsächlich tot waren, wo lagen dann ihre Körper? Früher oder später hätte jemand die Leichen entdeckt. Selbst wenn sie im Wald verscharrt worden wären, hätten wilde Tiere die Toten freigegraben, und irgendwann wäre jemand darüber gestolpert. Stattdessen blieben die drei

Frauen wie vom Erdboden verschluckt. Bastian betrachtete seine Landkarte von Zons und dessen Umgebung und überlegte, wo Gertrude und Bertha neue Bettelorte auskundschaften wollten. Es war ein schwieriges Unterfangen, ihren Weg nachzuvollziehen. In den letzten Stunden hatte er mit seinen Stadtsoldaten etliche Bewohner befragt, aber niemand hatte die drei Weiber gesehen. Sie konnten im Grunde genommen überall sein. Es schien hoffnungslos. Trotzdem konnte Bastian nicht einfach aufgeben. Jeder Mensch hinterließ Spuren, auch diese drei Frauen. Er sah bloß nicht richtig hin. Nachdenklich zeichnete er mit dem Finger die Handelsroute beginnend am Feldtor nach. Die meisten Händler, die nicht mit dem Schiff über den Rhein ankamen, benutzten diese Strecke. Und natürlich warteten am Wegesrand etliche Bettler auf die reichen Kaufleute. Allerdings gab es dort auch entsprechendes Gerangel und am Ende blieb dem Einzelnen vermutlich nicht allzu viel. Vielleicht hatten sich Bertha und Gertrude einen Nebenweg ausgesucht, der nicht so bekannt war. Bastians Blick schweifte über die Karte und verharrte schließlich auf dem Kloster Knechtsteden, das sich westlich von Zons befand. Die Mönche trieben einen regen Handel und schon aufgrund ihres Gelübdes waren sie großzügig den Armen gegenüber.

Bastian sprang auf und eilte zum Reitstall, wo er sein Pferd bestieg und durch das Feldtor in Richtung Westen galoppierte. Es war denkbar, dass die Bettelfrauen in Knechtsteden Unterschlupf gefunden hatten. Er durfte nichts unversucht lassen. Er trieb seinen Gaul über den holprigen Weg durch den Wald und dachte an seinen drei Jahre älteren Bruder Albrecht, der seit seinem achten Lebensjahr im Kloster Knechtsteden lebte. Seit dem Tod seines ältesten Bruders Heinrich vor ein paar Jahren hatten sie sich kaum gesehen. Albrecht führte ein äußerst zurückgezogenes Dasein und verließ das Kloster so gut wie nie. Mit Heinrichs Tod war auch dessen Kontakt zum Rest der Familie weitestgehend abgebrochen. Bastian überkam ein mulmiges Gefühl bei der Vorstellung, in wenigen Minuten auf Albrecht zu stoßen. Ob es ihm gut ging?

Er verscheuchte diese Gedanken und konzentrierte sich auf den Weg und die Menschen, die ihm vereinzelt begegneten. Jedoch kam ihm nichts in irgendeiner Weise verdächtig vor. Er hielt an und befragte einen Mönch, der aus dem Kloster kam, um Brot und andere Lebensmittel in der Stadt zu verkaufen. Doch ihm war auf seinen täglichen Reisen nach Zons keine der drei Bettelfrauen über den Weg gelaufen. An Gertrude, die auf einem Auge völlig blind war, hätte sich der Mönch bestimmt erinnert. Bastian gab seinem Pferd die Sporen und legte den Rest der Strecke in Windeseile zurück. Als er endlich vor den Toren des Klosters Knechtsteden stand, pochte sein Herz aufgeregt. Er sprang ab und klopfte an die hölzerne Pforte. Ein schmales Brett wurde beiseitegeschoben und durch den nun offenen Schlitz blickten ihm zwei dunkelbraune Augen entgegen.

»Was ist Euer Begehr?«

»Ich möchte mit meinem Bruder Albrecht sprechen.«

Der Schlitz schloss sich wieder und die Pforte öffnete sich quietschend.

»Tretet ein, mein Freund«, sagte der Mönch und winkte ihn herein. »Bruder Albrecht hält sich in der Klosterbibliothek auf.« Er deutete auf ein Gebäude, das an das Haupthaus anschloss.

Bastian band sein Pferd an den nächsten Baum und eilte zum Eingang der Bibliothek. Plötzlich konnte er es kaum erwarten, Albrecht in die Arme zu schließen. Er zog die schwere Holztür auf und betrat die jahrhundertealte Bibliothek. Ein staubiger Geruch schlug ihm entgegen. Ehrfürchtig blickte er auf die deckenhohen Bücherwände, die vollgepackt mit bedeutenden Schriftrollen und kostbaren Büchern waren. Pfarrer Johannes, sein Ziehvater, hatte ihm bereits im Kindesalter das Lesen und Schreiben beigebracht. Er wusste den Wert von Büchern sehr zu schätzen. Doch in diesem Moment interessierte ihn nur die spindeldürre Gestalt, die mit gerunzelter Stirn in ein Buch vertieft an einem langen Eichentisch saß.

»Albrecht«, rief Bastian.

Sein Bruder sah auf und bei Bastians Anblick weiteten sich seine Augen. Ein Lächeln erhellte sein blasses Gesicht.

»Bastian, bist du es wirklich?«

Bastian stürzte auf seinen älteren Bruder zu und nahm ihn in die Arme.

»Wir haben uns viel zu lange nicht gesehen«, murmelte er ergriffen und schaute seinen Bruder an.

»Gut siehst du aus. Das Klosterleben scheint dir zu bekommen.«

Albrecht lächelte. »Und du scheinst immer noch jedes Jahr zu wachsen. Du überragst mich um beinahe zwei Köpfe.« Er klopfte ihm auf den Oberarm. »Und an Bewegung mangelt es dir wohl ebenfalls nicht.«

»Ich halte die Unholde aus Zons fern. So gut, wie ich kann«, erwiderte Bastian und warf einen Blick auf das Buch, in dem Albrecht las. »Wie ich sehe, beschäftigt dich die Architektur nach wie vor. Bei unserem letzten Treffen studiertest du den Dom von Köln.«

»Das ist wohl wahr. Der Herr hat uns mit Verstand gesegnet und mit dem Vermögen, Bauwerke zu errichten, die die Jahrhunderte überdauern. Es sind Werke für die Ewigkeit, wenn man es richtig anstellt.«

Bastian seufzte. »Hast du von unserer Pfarrkirche gehört?«

Albrecht schüttelte den Kopf. »Ein einfacher, aber gut durchdachter Bau, soweit ich mich erinnere. Meine Güte, es ist Jahre her, dass ich zuletzt in Zons war.«

»Das stimmt. Das letzte Hochwasser hat die Kirche unterspült und jetzt stürzt die Westmauer immer wieder ein.« Er sah seinem Bruder tief in die Augen. »Du bist in Zons jederzeit herzlich willkommen, Albrecht. Marie würde sich freuen, dich wiederzusehen, und Irene und Georg kennen dich nur vom Hörensagen.«

Albrecht nahm Bastians Gesicht in die Hände. »Ich danke dir, Bruder. Doch ich ziehe die Einsamkeit des Klosters vor. Vielleicht eines Tages, ich will es nicht ausschließen. Aber im Augenblick will ich Gott nah sein und das kann ich nur hier, in diesen Klostermauern. Sieh dich um. Es mangelt mir an nichts und ich will mich auf keinen Fall als undankbar zeigen.«

»Das verstehe ich«, gab Bastian zurück. »Es sind zwei wohlgeratene Kinder. Sie sind klug und du hättest deine Freude an ihnen.«

Albrecht lächelte verträumt. »Eines Tages, Bruder, ich verspreche es«, wiederholte er. »Und nun sag mir, was dich wirklich zu mir führt. Ich sehe eine Sorgenfalte auf deiner Stirn und ich kenne diesen unruhigen Blick. Du kannst mir nichts vormachen.«

Bastian sah ihn bekümmert an. »Drei Bettelweiber sind aus Zons verschwunden, und ich weiß nicht, wohin. Sie haben jedenfalls ihre wertvollsten Sachen zurückgelassen, weshalb ich befürchte, dass ihnen etwas zugestoßen ist. Ich wollte fragen, ob sie hier Zuflucht gesucht haben.«

Albrecht schürzte die Lippen. »Wir geben den Armen täglich von unserem Essen und teilen mit ihnen. Sie warten jeden Abend an der hinteren Pforte. Aber Unterschlupf gewähren wir nicht. Dafür ist unser Kloster zu klein und auch nicht wohlhabend genug. Bruder Paulus versorgt die Armen. Sprich mit ihm. Vielleicht ist ihm eines dieser armen Geschöpfe aufgefallen.«

»Ich danke dir«, sagte Bastian und wollte sich zum Gehen wenden, doch Albrecht hielt ihn zurück.

»Das mit eurer Pfarrkirche hört sich schrecklich an. Wer ist der Baumeister, der die Arbeiten beaufsichtigt?«

»Eduard Ambrosius«, antwortete Bastian.

»Den kenne ich. Er hat sich in Neuss und Köln sehr verdient gemacht. Und trotzdem bringt er die Mauer nicht zum Stehen?«

»Sie ist binnen weniger Tage mehrmals eingestürzt. Der Rhein hat mit seinem Hochwasser großen Schaden angerichtet. Dass es ausgerechnet unsere Kirche getroffen hat, ist schon furchtbar.«

»Ich schaue mir die Baupläne einmal an. Wir verwahren hier in der Bibliothek irgendwo eine Abschrift«, murmelte Albrecht und drückte Bastian zum Abschied fest an sich.

»Ich werde dir über die Baufortschritte berichten«, versprach Bastian und verließ die Bibliothek.

Bruder Paulus putzte einen großen eisernen Kessel in der Klosterküche, als Bastian eintrat. Der kleinwüchsige Mönch sang fröhlich vor sich hin, während er die Bürste schwang.

»Was kann ich für Euch tun?«, fragte er, nachdem Bastian sich vorgestellt hatte.

»Habt Ihr unter den Armen ein Weib gesehen, das auf einem Auge blind war?« Bastian hatte beschlossen, sich vorerst nach Gertrude zu erkundigen, da er ihr Erscheinungsbild am leichtesten beschreiben konnte. Der Mönch hielt mit dem Putzen inne und rieb sich nachdenklich über das Kinn.

»In letzter Zeit sind es immer mehr Arme, die bei uns auf etwas Essbares hoffen. Und das trotz der jetzt wärmeren Jahreszeit. Aber eine Bettlerin mit nur einem sehenden Auge ist mir nicht untergekommen. Ich lasse mir jeden Namen nennen, wenn ich die Mahlzeit übergebe. Es ist ein Akt der Barmherzigkeit, der nicht unpersönlich verlaufen soll, falls Ihr versteht. Gott hat uns Namen gegeben, damit wir uns gegenseitig anerkennen.«

»Ihr Name ist Gertrude und außerdem sind Bertha und Judith verschwunden.«

Bruder Paulus schüttelte entschieden den Kopf. »Nein, keines dieser Weiber hat in letzter Zeit um Nahrung gebeten. Es tut mir leid.«

»Nun, jetzt habe ich wenigstens Gewissheit. Ich danke Euch.« Bastian verabschiedete sich und ritt enttäuscht zurück nach Zons. Er hatte so sehr gehofft, auf einen Hinweis zu stoßen. Doch er stocherte immer nur im Nebel. Wie gerne würde er Gertrude und die anderen beiden Frauen lebend finden. Er lenkte sein Pferd mal an der rechten und dann wieder an der linken Seite des Weges entlang, wobei er unablässig den angrenzenden Wald absuchte. Bei jedem abgeknickten Zweig schaute er genauer hin und verfolgte die Spuren, die jedoch meist hinter dem ersten Baumstamm endeten. Vermutlich hatten Reisende eine kurze Rast eingelegt oder sich erleichtert. Nichts deutete auf die Bettelweiber oder Anzeichen von Gewalt hin. Der Wald erschien wie ein friedlicher schlafender Riese und Bastians Niedergeschlagenheit wuchs mit jedem Meter, den er zurücklegte.

Ungefähr auf der Hälfte der Strecke blitzte zwischen den Bäumen etwas Helles auf. Etwas, das nicht dorthin gehörte. Sofort brachte er sein Pferd zum Stehen.

Bastian stieg ab und näherte sich vorsichtig. Tatsächlich lugte ein Stück Leinentuch unter einem Haufen welker Blätter hervor. Bastian zog an einem Zipfel des Stoffes und erstarrte, als eine graue Haarsträhne zum Vorschein kam. Hastig fegte er Blätter und Zweige beiseite. Mit klopfendem Herzen lüftete er das Tuch. Was er erblickte, raubte ihm die Luft zum Atmen. Unter dem Stoff lag die alte Rosalinde. Ihre toten Augen starrten ihn klagend an.

Kaspar schlich an ein paar Bäumen vorbei und vergewisserte sich, dass die Alte nicht da war. Er blieb sicherheitshalber noch eine Weile in Deckung und lauschte in den Wald hinein. Vielleicht sammelte sie ganz in der Nähe Beeren und kam jeden Moment zurück. Er wollte sich nicht erwischen lassen. Vorsichtig näherte er sich dem dicken Stamm, hinter dem sie ihre Schätze versteckte. Dieses Mal schien die Sonne hell am Himmel. Er konnte von Glück reden, dass der Maurermeister in der nächsten Stunde keinen Nachschub an Steinen benötigte. Trotzdem musste er sich beeilen, bevor ihn jemand auf der Baustelle vermisste. Er hatte sich mit Bauchschmerzen davongemacht und vorgegeben, sich eine Weile auf seinem Strohlager auszuruhen. Stattdessen war er jedoch flugs zum Rheintor hinausgerannt, über das Feld und in den Wald. Diese dreißig Schillinge waren viel zu verlockend, als dass er sie einfach vergessen konnte.

Hastig durchsuchte Kaspar den Sack, den er hinter dem Baumstamm vorfand, und brachte ein paar Teller, Holzlöffel und allerlei nutzlosen Kram zum Vorschein. Wofür zum Teufel bekam die Alte nur so viel Geld? Hatte sie etwa noch ein anderes Versteck? Er warf den Sack beiseite und wühlte in der Erde am Fuß des Stammes. Nichts. Er sah sich um und stocherte in der kalten Asche an der Feuerstelle herum. Auch hier stieß er auf nichts Dienliches. Er umkreiste den Baum. Irgendwo musste die Alte doch ihre Münzen aufbewahren, oder trug sie diese stets mit sich?

Kaspar richtete den Blick zum Himmel, als würde er von dort Hilfe bekommen. Ein Vogel kreischte und ein Windstoß ging durch die üppigen Baumkronen. Etwas bewegte sich in dem Luftzug und schaukelte sanft hin und her. Kaspar kniff die Augen zusammen. Dann begriff er, dass hoch oben über seinem Kopf ein Beutel an einem Ast hing.

»Das werde ich nicht tun!« Ingrid Scholten stemmte die Arme in die Hüften und warf Hans Steuermark einen Blick zu, der ihn augenblicklich um zehn Zentimeter schrumpfen ließ. Steuermark blickte Hilfe suchend zu Oliver und Klaus. Oliver senkte den Kopf und betrachtete ausgiebig seine Fußspitzen. Klaus reagierte ebenfalls nicht.

»Hören Sie, Frau Scholten. Ich verstehe Ihren Unmut. Aber der Landrat hat Verpflichtungen. Wir können das Kreisarchiv nicht ewig blockieren«, argumentierte Steuermark vorsichtig.

»Was heißt denn hier ewig?«, hielt die Leiterin der Spurensicherung dagegen. »Wir untersuchen den Mord an zwei Teenagern, die in Betonsäulen eingemauert wurden. Denken Sie nicht, das hat Vorrang? Hier läuft ein Serienkiller frei durch die Gegend. Wie verkaufen Sie dem Landrat denn die nächsten Toten, die garantiert in Kürze auftauchen werden? Das dürfte für sein Image doch weitaus schädlicher sein als ein nicht ganz fertiggestelltes Kreisarchiv.«

Hans Steuermark tigerte nervös vor seinem Schreibtisch auf und ab. Dann blieb er stehen und presste die Hände vor der Brust zusammen, als wollte er zu einem Gebet anstimmen, das Ingrid Scholten beschwichtigen könnte.

»Sie haben ja vollkommen recht. Wir sollten jedoch ein wenig Diplomatie walten lassen. Die Delegation reist extra aus Japan an. Eine Absage ist nicht möglich und es sind außerdem noch zwei Tage Zeit. Ich würde vorschlagen ...«

Scholten erhob sich von ihrem Stuhl und schnitt dem Leiter des Kriminalkommissariats das Wort ab, indem sie einfach bloß die Hand hob. Oliver grinste stumm in sich hinein. Nie zuvor hatte er seinen Chef so kleinlaut erlebt. Aber mit Ingrid Scholten war nicht zu spaßen. Sie stand kerzengerade vor ihm, und obwohl Steuermark sie um mehr als einen Kopf überragte, wirkte er neben ihr wie ein Zwerg.

»Mein Vorschlag lautet: Wir lassen die Hundestaffel kommen und durchkämmen das komplette Außengelände. Das dauert zwei Tage und dann geben wir das Gelände frei. Entweder erledigen die Handwerker die Reparaturarbeiten in der Nacht, oder Sie schlagen dem Landrat vor, die Delegation in dieser Zeit durch Zons zu führen. Es gibt in dem Städtchen schließlich genug zu sehen.«

Hans Steuermark verzog unglücklich das Gesicht. »Können wir uns darauf einigen, dass Sie versuchen, in einem Tag fertig zu werden, maximal in eineinhalb Tagen? Dann könnten die Arbeiten am Nachmittag fortgeführt werden und es würde gerade so reichen. Ich stelle Ihnen weitere Hunde zur Verfügung, damit die Spurensuche schneller vorankommt.«

Scholten kniff die Augen zusammen und musterte Steuermark nachdenklich.

»Also gut«, erwiderte sie nach einer Weile. »Ich will zusätzlich das Team von Mark Kampmann aus Köln in zwei Stunden vor Ort haben.«

Steuermarks Augen weiteten sich entsetzt wegen Scholtens Forderung. Doch schließlich schlug er ein.

»In Ordnung. Ich kümmere mich darum.« Er setzte sich an seinen Schreibtisch und wählte eine Telefonnummer. Dabei schenkte er keinem der Anwesenden noch einen Funken Beachtung. Für ihn war das Meeting beendet, das spontan nach seinem Telefonat mit Oliver stattgefunden hatte.

Scholten stürmte aus seinem Büro. Oliver und Klaus folgten ihr durch den Flur.

»Puh. Eines ist mal sicher«, stöhnte Klaus und blickte zu Scholten. »Mit Ihnen möchte ich mich niemals anlegen.«

Ingrid Scholten lächelte. »Das ist ein Privileg meiner Stellung und meines Alters. Steuermark ist für mich fast noch ein Jungspund. Da helfen klare Ansagen.«

Sie blieb abrupt stehen und schaute Oliver an.

»Sobald wir mehr wissen, melde ich mich. Wir legen jetzt sofort los und mithilfe des Teams von Mark Kampmann werden wir hoffentlich zügig zu neuen

Erkenntnissen gelangen.« Sie verabschiedete sich und stürmte das Treppenhaus hinunter. Scholten war immer in Bewegung und verzichtete selbst früh am Morgen auf den Fahrstuhl.

Klaus schien seine Gedanken lesen zu können. Sein Partner drückte die Fahrstuhltaste und strich sich anschließend über den leicht vorgewölbten Bauch.

»Die Frau ist mir eine Stufe zu hart«, murmelte Klaus. »Aber die Nummer mit Steuermark hat mir gefallen.«

Oliver grinste. Er mochte Ingrid Scholten und ihre Art. Sie fackelte nie lange und hatte ein untrügliches Gespür, wenn es um die Aufklärung von Verbrechen ging. Ohne sie wären viele Fälle ungelöst geblieben. Er warf einen Blick auf die Uhr. Der Nachmittag war bereits fortgeschritten.

»Wir sollten uns beeilen. Mario Reuschel macht bestimmt gleich Feierabend.« Sie fuhren hinunter in die Tiefgarage und nahmen den Dienstwagen. Mario Reuschel arbeitete ehrenamtlich als Betreuer bei den Pfadfindern. Hauptberuflich war er als Elektroniker für Gebäudetechnik bei einer mittelständischen Firma angestellt, wo er auch seine Ausbildung durchlaufen hatte. Leon Kretschmar, der Mitschüler des ermordeten Benjamin Küsters, hatte ihnen erzählt, dass Benjamin sein Handy und das Portemonnaie bei ebendiesem Pfadfinder-Betreuer vergessen hatte. Gemeinsam mit seiner Schwester war er zurück zum Lager gelaufen, um die Sachen zu holen. Danach hatte niemand mehr die Geschwister lebend gesehen. Eine Ortung des Handys ergab, dass Benjamin sich zuletzt im Pfadfindercamp aufgehalten hatte. Bereits am ersten Abend des Ausflugs war das Handy zum letzten Mal in der Funkzelle eingeloggt gewesen. Gleiches galt für Annalenas Handy, das nach wie vor nicht auffindbar war.

Sie warteten am Eingang der Firma, die auf einem großen Werbeschild Elektroarbeiten aller Art, angefangen von der Beleuchtung bis hin zur Alarmanlage, anbot. Das Unternehmen hatte beinahe fünfzig Angestellte, die nach und nach aus dem Gebäude trudelten. Mario Reuschel erschien mitten unter ihnen. Oliver erkannte ihn sofort. Sie hatten sein Passfoto und auch das Bild aus dem Führerschein vorliegen. Reuschel war polizeilich ein unbeschriebenes Blatt. Bis auf ein paar Punkte in Flensburg wegen zu schnellen Fahrens hatte sich der junge Mann bisher nichts zuschulden kommen lassen. Mario Reuschel wirkte sportlich, hatte kurzes dunkles Haar und leuchtende blaue Augen. Seine Erscheinung machte ganz sicher Eindruck auf jedes fünfzehnjährige Mädchen, dem er seine Aufmerksamkeit schenkte. Annalena war bestimmt nicht die Einzige, die für den attraktiven Elektriker schwärmte.

»Mario Reuschel?«, fragte Oliver und zeigte seinen Dienstausweis, als der Mann überrascht nickte.

»Haben Sie einen Augenblick Zeit für uns?« Oliver stellte sich und Klaus kurz vor und führte Mario Reuschel etwas weiter vom Eingang der Firma weg, damit seine Kollegen nicht mithören konnten.

»Wir haben ein paar Fragen zu Annalena und Benjamin Küsters.«

»Sind die beiden wieder aufgetaucht?« Reuschel zog eine Zigarette aus seiner Hemdtasche und zündete sie in aller Seelenruhe an. Er nahm einen tiefen Zug und blies den Rauch in die Luft.

»Sie wissen also von dem Verschwinden der Geschwister«, stellte Klaus fest.

»Ihre Mutter hat mir fünfmal auf die Mailbox gesprochen. Ich habe es erst heute Morgen gesehen. Sie hat sich ganz schön verrückt gemacht. Dabei sind es doch schon Teenager.« Er rollte mit den Augen und hob die Schultern. Plötzlich stockte er und runzelte die Stirn. »Halt mal. Wenn sie wieder zurück sind, warum reden wir dann hier gerade?« In seinem Blick blitzte Sorge auf. »Ihnen ist doch nichts passiert, oder?«

Oliver deutete abermals auf seinen Dienstausweis. »Wir sind von der Kriminalpolizei«, erklärte er langsam, während Mario Reuschel alle Farbe aus dem Gesicht wich. »Wir ermitteln in einem Mordfall. Annalena und Benjamin Küsters wurden getötet.«

Olivers Worte schwebten wie eine dunkle Wolke in der Luft. Mario Reuschel ließ die Zigarette fallen und starrte ihn schockiert an.

»Tot?«, piepte er mit dünner Stimme und lehnte sich gegen den Zaun, der das Firmengelände umgab.

Er wirkte ehrlich geschockt, doch Oliver musterte ihn trotzdem intensiv. Oft waren Täter perfekte Schauspieler, die sich wochen- oder sogar monatelang auf ihre Rolle vorbereitet hatten.

»Wann haben Sie die beiden zuletzt gesehen?«, fragte er und holte sein Notizbuch aus der Tasche.

»Am Samstag letzte Woche, also vor sechs Tagen. Ich bin ehrenamtlich für die Pfadfinder tätig und wir kamen von einem Ausflug zurück, der drei Tage gedauert hat. O Mann, ich verstehe das gar nicht. Wann wurden sie denn gefunden?«

Oliver schwieg. Er wollte den Mann keineswegs in die Ermittlungen einweihen. Für die Befragung von Mario Reuschel war es völlig unerheblich, dass Annalena und Benjamin Küsters am Montag darauf entdeckt worden waren.

»Warum haben Sie die Mutter, Frau Küsters, nicht zurückgerufen?«, fragte er stattdessen.

»Ich habe ihr eine SMS geschrieben, dass ich nicht weiß, wo ihre Kinder sind. Allerdings erst heute Morgen, nachdem ich ihre Nachrichten auf meinem Handy abgehört hatte.«

»Sie wollen uns also weismachen, dass Sie die ganze Woche nicht auf Ihr Handy gesehen haben?«

Mario Reuschel fing an zu stottern: »Nein. Ich ... Also ... ich habe natürlich telefoniert, aber die Sprachnachrichten nicht abgefragt. Keine Ahnung, warum. Es wurde nicht richtig angezeigt.«

»Sie konnten aber schon sehen, dass Frau Küsters mehrfach versucht hat, Sie zu erreichen?«

Reuschel senkte den Blick. »Sie war nicht sonderlich gut auf mich zu sprechen. Ich hatte keine Lust auf ein weiteres Telefonat.«

»Ein weiteres Telefonat?« Oliver wurde hellhörig. »Worum ging es denn?«

Mario Reuschel seufzte. »Annalena ist ... nein ... sie

war verknallt in mich. Ihre Mutter fand das nicht so toll, weil sie noch minderjährig war. Um es kurz zu machen: Sie wollte, dass ich die Finger von Annalena lasse.«

»Und?«, fragte Klaus mit hochgezogenen Augenbrauen. »Haben Sie?«

Mario Reuschel schwieg. Erst nach einer ganzen Weile antwortete er: »Ich mochte sie. Wir haben uns hie und da getroffen. Mehr lief aber nicht. Ich verführe keine fünfzehnjährigen Mädchen. Ich bin doch nicht blöd.«

Oliver betrachtete Reuschel. Blöd erschien er ihm tatsächlich nicht. Trotzdem, war dieser Mann in der Lage, drei Menschen zu töten? Körperlich bestimmt. Das traf allerdings auf jeden gesunden Erwachsenen zu. Die Frage war, hatte Mario Reuschel ein Motiv?

»Warum haben Sie in den letzten Tagen nicht versucht, Kontakt zu Annalena aufzunehmen? Kam es Ihnen nicht merkwürdig vor, dass Sie fast eine Woche lang nichts von ihr hörten?«

»Wir haben uns gestritten«, nuschelte Reuschel verlegen. »Ich bin davon ausgegangen, dass es zwischen uns aus ist. Bestimmt hätte ich mich irgendwann noch mal bei ihr gemeldet.«

»Hatten Sie denn nun etwas mit Annalena oder nicht?«, hakte Oliver nach.

»Es war platonisch. Ich hätte sie nie angerührt. Wir wollten warten, bis sie achtzehn ist. Aber ehrlich gesagt hatte ich nicht vor, so lange mit ihr zusammen zu sein. Ich wollte, dass sie sich einen gleichaltrigen Freund sucht. Aus diesem Grund haben wir uns auch gestritten.«

»Das ist ja nahezu ritterlich von Ihnen«, warf Klaus kritisch ein. »Ich glaube Ihnen offen gestanden kein Wort.«

Oliver fiel das ebenfalls schwer. Hatte Mario Reuschel Annalena vielleicht getötet, um einen sexuellen Missbrauch zu vertuschen? Der Bruder hatte ihn womöglich beobachtet und musste deshalb gleichfalls sterben. Doch was war mit dem Mann vom Deich? War er auch ein Zeuge gewesen? Wie hing das alles mit dem grünen Schöffensiegel zusammen und warum hatte er den Mann erst später getötet? Oliver konnte es drehen und wenden, wie er wollte, es ergab sich einfach kein vollständiges Bild.

»Wo waren Sie am Samstag, nachdem der Ausflug beendet war?«

»Ich bin nach Hause und habe Musik gehört.«

»Kann das jemand bezeugen?«

Mario Reuschel starrte ihn mit aufgerissenen Augen an. »Ich habe mit der Sache nichts zu tun. Wirklich. Das müssen Sie mir glauben.«

»Bitte beantworten Sie einfach meine Frage«, entgegnete Oliver.

»Ich weiß nicht. Vielleicht meine Nachbarin Frau Kallenbach. Ich helfe ihr oft und sie nimmt meine Post entgegen.«

»Sind Sie zufälligerweise noch im Besitz von persönlichen Sachen von Benjamin oder Annalena?« Oliver erwähnte das Handy und das Portemonnaie ganz bewusst nicht. Er wollte herausfinden, ob Reuschel log.

»Nein. Benjamin hatte zwar sein Handy und seine Geldbörse bei mir im Zelt vergessen. Alle Wertgegenstände wurden gleich zu Beginn des Ausflugs eingesammelt und für die drei Tage in einer abschließbaren Box gelagert. Dazu zählten auch die Handys. Sonst schauen die Kids ununterbrochen *Tik Tok* oder chatten.«

»Und es hat Sie nicht gewundert, dass Benjamin nicht sofort am nächsten Tag nach seinen Sachen gefragt hat?«

»Aber ich habe ihm seinen Kram vorbeigebracht. Das heißt, ich habe beides in den Briefkasten der Küsters geworfen. Ist es denn nicht angekommen?«

Das wäre eine logische Erklärung. Benjamins Eltern hatten nicht erwähnt, dass das Handy und das Portemonnaie fehlten. Diese Auskunft hatten sie von Benjamins Mitschüler Leon erhalten. Oliver machte sich eine Notiz. Sie würden das Handy den Technikern übergeben. Vielleicht ergab sich hieraus eine neue Spur.

»Besitzen Sie ein Motorrad oder ein Fahrrad?«, wollte Klaus wissen.

»Beides. Warum?« Reuschel klang inzwischen extrem verunsichert. Er wirkte jedoch nicht wie ein Verdächtiger, sondern eher wie jemand, der der ganzen Situation nicht gewachsen war.

»Darf die Spurensicherung sich die Fahrzeuge einmal ansehen?«

Reuschel nickte langsam. »Brauche ich einen Anwalt?«

»Das müssen Sie selbst wissen. Wir tun hier nur unsere Arbeit. Es sind alles Routinefragen. Die stellen wir jedem. Helfen Sie uns einfach, den Mörder der beiden Teenager zu finden. Ist Ihnen denn während des Ausflugs oder vorher etwas Merkwürdiges aufgefallen? Gab es Streit oder kennen Sie jemanden, der den beiden schaden wollte?«

»Nein. Ich habe nichts bemerkt. Das ist aber auch nicht verwunderlich. Es waren vierzig Kinder und acht Betreuer auf dem Ausflug dabei. Natürlich kam es hin und wieder zu Auseinandersetzungen. Jedoch alles im Rahmen. Annalena und Benjamin hatten viel Spaß. Ich habe nur einmal mitbekommen, dass Benjamin sich mit Robin Förster gestritten hat. Die beiden gehen in dieselbe Klasse. Ich weiß leider nicht, worum es ging. Und Annalena schien einfach happy.«

Oliver kreiste den Namen von Robin Förster ein. Das war der Mitschüler, in den Benjamin verliebt gewesen war und dem er einen Liebesbrief geschrieben hatte. Robin sollte als Nächster befragt werden.

»Sie waren also den restlichen Samstag alleine zu Hause. Was haben Sie denn an den Tagen danach so gemacht?«

»Am Sonntag war ich zu Besuch bei meinen Eltern in Köln. Meine Schwester hat gerade ihr erstes Kind bekommen und wir haben das gefeiert.« Er lächelte stolz. »Und ab Montag war ich wieder arbeiten, da können Sie in der Firma nachfragen.«

»Und an den Abenden, was haben Sie da unternommen?«

»Dienstag habe ich mich mit Kollegen in einer Kneipe getroffen und gestern war Zocken angesagt. Mein bester Kumpel und ich haben an der Playstation gespielt, fast die ganze Nacht. Sie sehen es an meinen Augenringen.«

Oliver ließ sich die Kontaktdaten der Familie, der Kollegen und des Freundes geben. Sie würden Mario Reuschels Angaben bis ins Kleinste überprüfen. Er sah zu Klaus, doch der schüttelte den Kopf. Sie hatten keine weiteren Fragen mehr. Vorerst.

* * *

»Ich sage Ihnen mal was«, sagte Lothar Neidhardt aufgebracht und fuhr sich durch das schüttere Haar. »Da steckt Dietmar Kunz dahinter. Von Anfang an hat er das Projekt blockiert, und wissen Sie, was ich jetzt herausgefunden habe?« Lothar sah den Bauleiter auffordernd an und beugte sich dicht zu ihm hinüber.

»Er kannte die beiden Teenager«, flüsterte er Armin Novak, dem Bauleiter, ins Ohr. »Er hatte bis vor Kurzem etwas mit ihrer Mutter.«

»Sind Sie sicher?«

Lothar nickte energisch. »Ich habe sie selbst gesehen. Im Garten. Sie standen ziemlich nah beieinander. Damals wusste ich nur nicht, wer sie ist. Aber jetzt, wo auf Facebook überall der Mordfall an ihren Kindern umgeht, habe ich sie auf einem Foto erkannt. Da gibt es keinen Zweifel.«

»Und warum sollte Kunz so was tun? Ich meine, es

ist klar, dass der nicht alle Tassen im Schrank hat. Doch wenn er was mit ihr hatte, weshalb sollte er ihr wehtun?«

Lothar Neidhardt richtete sich auf und tippte sich mit dem Zeigefinger an die Stirn. »Darüber habe ich auch schon nachgedacht. Sie wollte ihren Mann nicht verlassen.« Er machte eine bedeutungsvolle Pause. »Wegen der Kinder. Darum musste er die beiden aus dem Weg räumen. Jetzt hält sie nichts mehr bei ihrem Mann und Kunz kann als der große Tröster auftreten.«

Der Bauleiter brummte missmutig. »Das ist aber weit hergeholt, finden Sie nicht? Ich mache mir viel eher Sorgen, weil zwei Leichen in dem Gebäude einbetoniert wurden. Das bleibt im Gedächtnis der Leute hängen, wenn Sie verstehen.«

Lothar sah Armin Novak erschrocken an. »Sie meinen, dass deshalb niemand mehr ins Kreisarchiv kommen wird?« Das war ihm bisher gar nicht in den Sinn gekommen. Doch es klang plausibel.

»Du liebe Güte. Sie haben recht. Wahrscheinlich legen die Leute auch noch Blumen ab, sobald das Gebäude wieder freigegeben ist, oder der Landrat zwingt uns, eine Gedenktafel aufzustellen. Gleich am Eingang an einer der Säulen, sodass sie jeder schon sehen kann, bevor er überhaupt einen Fuß über die Schwelle gesetzt hat.« Er strich sich erneut durchs Haar. »Langsam glaube ich, es liegt ein Fluch auf diesem Gebäude. Erst wird es nicht fertig und dann dieser Doppelmord.«

»Es ist schrecklich«, stimmte Armin Novak ihm zu und holte plötzlich ein Buch hervor.

»Es gibt da noch etwas, das mir Sorgen bereitet.« Er schlug eine Seite auf. »Sehen Sie diese Brücke?«

Lothar nickte. »Ja, und?«

»Das ist in Japan und ich habe dieses Buch auf dem Schreibtisch des Architekten gefunden.«

Er begriff nicht, worauf der Bauleiter hinauswollte.

»Ich sage nur: Hitobashira.«

Lothar verstand immer noch kein Wort. Was war ungewöhnlich daran, dass Hatano Takayuki als japanischer Architekt ein Buch über japanische Architektur besaß?

»Hitobashira? Was hat das zu bedeuten?«, fragte er.

»Übersetzt heißt es so viel wie *menschliche Säulen*.« Armin Novak tippte auf die Brücke. »Hier steht, dass man früher in Japan den Göttern ein Opfer erbracht hat, damit ein Bauwerk hält und gesegnet ist. Die Opfer wurden im Bau selbst oder in der Nähe von großen Dämmen, Gebäuden oder Brücken begraben. Lebendig!« Das letzte Wort betonte der Bauleiter und blickte Lothar dabei eindringlich an. Dann blätterte er ein paar Seiten weiter.

»Die Maruoka-Burg ist eine der ältesten Japans. Und warum steht dieses Bauwerk auch heute noch? Weil sich der Legende zufolge eine Frau geopfert haben soll. Ein anderes Beispiel ist der Jamon-Tunnel. Bei Restaurierungsarbeiten entdeckten Arbeiter in den Wänden aufrecht stehende Skelette. Eben menschliche Säulen.«

Der Bauleiter klappte das Buch mit einem lauten Knall zu.

»Ich lege es gleich zurück. Ich fand den Architekten vom ersten Tag an seltsam. Sie nicht auch?«

Lothar Neidhardt starrte Armin Novak fassungslos an. Er hatte recht. Gegen den Architekten erschien sein Nachbar Dietmar Kunz plötzlich vollkommen harmlos. Und benahm sich Hatano Takayuki nicht auch immer so merkwürdig distanziert? Von seinem eisigen Blick ganz zu schweigen.

»Jetzt, wo Sie es sagen, bekomme ich wirklich ein mulmiges Gefühl in der Magengegend. Wir hatten viele Baurückschläge zu verkraften und dann hörten die Katastrophen überraschend auf. Ich weiß noch gut, Herr Novak, dass Sie unbedingt eine neue Planung wollten. Fast hätten wir Takayuki übergangen und einen zweiten Architekten um eine Neuplanung gebeten.« Er schwieg und tupfte sich die Stirn ab. Vielleicht hatte Kunz doch nichts mit dieser schrecklichen Geschichte zu tun.

»Sie glauben also, dass Takayuki zwei Menschen geopfert hat, um sein neuestes Bauwerk zu segnen?«

»In Japan wurde das offenbar noch bis vor ein paar Jahrhunderten praktiziert«, brummte der Bauleiter. »Der Modernste scheint mir Takayuki auch nicht gerade zu sein.«

Lothar Neidhardt schluckte. »Wissen Sie was? Wir sollten uns den Mann vornehmen. Sprechen wir ihn doch direkt darauf an. Es ist sehr merkwürdig, dass dieses Buch, das von menschlichen Säulen handelt, auf seinem Tisch liegt, wenn gleichzeitig zwei Teenager hier einbetoniert werden. Dazu muss er Stellung nehmen.«

»Das sehe ich genauso«, erwiderte Armin Novak und winkte Lothar mit sich. »Kommen Sie. Takayuki hat sich ganz in der Nähe ein Häuschen gemietet.«

Keine fünfzehn Minuten später parkten sie vor einem geklinkerten, etwas in die Jahre gekommenen Einfamilienhaus.

»Er ist zu Haus«, flüsterte der Bauleiter und deutete auf einen weißen Toyota, der vor der Garage stand.

Lothar Neidhardt ging voraus und wollte gerade den Klingelknopf drücken, als Armin Novak ihn zurückhielt.

»Vielleicht schauen wir uns erst einmal um«, schlug der Bauleiter vor. »Wir wollen ihn schließlich nicht gleich aufschrecken.«

Obwohl Lothar das Verhalten von Novak langsam seltsam vorkam, stimmte er zu. »Also gut, dann werfen wir zuerst einen Blick in den Garten.«

Sie umrundeten das Grundstück und suchten eine Lücke in der dichten Hecke. An der hinteren Seite wurden sie fündig. Lothar Neidhardt quetschte sich zwischen die Zweige und spähte durch die Hecke auf den kurz geschnittenen Rasen. Hatano Takayuki hockte mit versteinerter Miene auf einem Kiesbeet. Er hatte die Lider geschlossen und die Hände vor der Brust gefaltet, so als würde er beten. Vor ihm standen etliche brennende Kerzen. Der Architekt sprach langsam etwas auf Japanisch, das Lothar nicht im Geringsten verstand. Plötzlich öffnete Takayuki die Augen, und für einen Moment bekam Lothar Angst, dass er sie entdeckt hatte.

Doch dann richtete der Japaner sich auf und begann mit kleinen Schritten im Kreis zu laufen. Erst jetzt fiel Lothar auf, dass mehrere Kreise in den Kies gezogen worden waren. Hatano Takayuki ging ein paar Runden und setzte sich wieder. Abermals faltete er die Hände vor der Brust. Er blieb so lange sitzen, dass Lothar der Rücken anfing zu schmerzen. Er rieb sich das Kreuz, aber das half nicht viel. Irgendwann hielt er es nicht mehr aus und zog sich aus dem Geflecht der Hecke zurück.

»Wollen wir nun klingeln?«

Armin Novak nickte und sie schritten zusammen zum Eingang.

Robin Förster blickte sie aus rot geweinten Augen an. Er hockte mit hängenden Schultern auf der Couch. Rechts und links von ihm saßen seine Eltern, sodass es beinahe aussah, als wäre der schmale Teenager zwischen ihnen eingeklemmt.

»Vielen Dank, dass Sie sich Zeit für uns nehmen«, sagte Oliver und schlug sein Notizbuch auf. Inzwischen war es draußen dunkel geworden. Der lange Tag nagte an ihm. Vor allem, weil die Ermittlungserfolge auf sich warten ließen. Die Obduktionsergebnisse waren unvollständig, da die Blut- und Gewebeproben noch im Labor untersucht werden mussten. Ingrid Scholten hatte bisher auch keine neuen Erkenntnisse geliefert. Die Kollegen im Revier überprüften die Alibis der Befragten und brauchten mehr Zeit. Zeit, die sie nicht hatten. Sie rann ihnen wie Sand zwischen den Fingern hindurch, und Oliver fragte sich, wie viele Opfer es noch geben würde. Das Hinterlegen der Siegel deutete auf einen Serientäter hin, und momentan wussten sie nicht einmal, woher das Material dafür stammte. Die Befragungen zogen sich wie Kaugummi in die Länge, weshalb sie sich aufgeteilt hatten. Während er Robin Förster befragte, nahm sich Klaus die anderen Pfadfinder-Betreuer vor, die den Ausflug begleitet hatten.

»Wie würdest du dein Verhältnis zu Benjamin beschreiben?«, fragte Oliver und unterdrückte ein Gähnen.

»Wir waren Freunde und kannten uns schon aus der Grundschule. Benni wohnt nur drei Straßen entfernt. Tut mir leid. Ich meinte natürlich *wohnte*.« Robin schniefte und wischte sich mit einem Taschentuch die Tränen von der Wange.

»Du hast den Pfadfinder-Ausflug auch mitgemacht. Ist dir an Benjamin oder seiner Schwester etwas merkwürdig vorgekommen?«

Robin biss sich auf die Unterlippe. »Wir haben uns gut verstanden. Nein. Da war nichts, weder bei ihm noch bei Annalena. Ich habe gesehen, wie sich die beiden auf den Nachhauseweg gemacht haben. Wenn ich gewusst hätte, dass ihnen etwas zustoßen könnte, wäre ich mitgegangen. Wie konnte überhaupt jemand Benjamin überwältigen? Er war total durchtrainiert. Den konnte niemand einfach so umhauen. Außerdem waren sie zu zweit. Ich verstehe das alles einfach nicht.«

»Wir werden es herausfinden, aber im Augenblick stecken wir noch mitten in den Ermittlungen. Es ist ein guter Hinweis von dir«, entgegnete Oliver. »Und während des Ausflugs, gab es da Streit?«

Robin schüttelte den Kopf. Oliver blätterte in seinem Notizbuch zurück und malte ein Ausrufezeichen hinter die Aussage des Pfadfinderbetreuers. Dieser hatte etwas anderes behauptet.

»Kannst du mir den Brief zeigen, den Benjamin dir geschrieben hat?«

Robin Förster errötete. »Natürlich«, sagte er und sprang auf. »Ich hole ihn.«

Kurz darauf kam er mit einem Papier in der Hand zurück.

»Es steht nicht besonders viel drin.«

Oliver stellte fest, dass der Brief tatsächlich nicht mehr als ein mit Kugelschreiber gemaltes Herz und die Namen von Benjamin Küsters und Robin Förster enthielt.

»Drehen Sie ihn um«, forderte Robin.

Auf der Rückseite stand ein einziger Satz: *Es tut mir leid.*

Oliver wurde stutzig. »Wofür hat Benjamin sich denn entschuldigt?«

Robin Förster antwortete prompt: »Er hatte mich beim letzten Date versetzt und wollte es mit dem Brief wiedergutmachen.«

In seinen Augen glitzerten wieder Tränen. Der Junge tat Oliver richtig leid.

XI

VOR FÜNFHUNDERT JAHREN

B astian durchforstete das umliegende Dickicht nach möglichen Spuren, wie Stofffetzen, Fußabdrücken oder wichtigen Gegenständen. Als er nichts fand, kehrte er zu Rosalinde zurück. Bei ihrem Anblick drehte sich ihm der Magen um. Erst gestern hatte er noch mit ihr gesprochen und heute war sie tot. Die arme alte Frau. Er ging neben ihr in die Hocke und betrachtete ihr blutleeres Gesicht. In den weit aufgerissenen Augen waren ein paar Äderchen geplatzt. Rosalindes Lippen wirkten spröde, ihre Hände und Nägel ebenfalls. Ihr zerlöcherter Mantel hing wie ein Fetzen über ihrem ausgemergelten Leib. Bastian suchte nach Einstichstellen, konnte jedoch keine entdecken. Auch in ihrem Rücken nicht. Ihr Kopf wies keine Verletzungen auf. Merkwürdigerweise war nirgendwo Blut. Nicht einmal ein kleiner Spritzer. Hätte nicht jemand ihren Leichnam in den Wald geschleppt und ihn mit Ästen und Zweigen bedeckt, wäre Bastian fast von einem natürlichen Ableben ausgegangen. Rosalinde war steinalt, ihre Tage waren gezählt gewesen. Was für einen Sinn hatte es überhaupt, sie umzubringen? Er seufzte. Niemand sollte einfach so im Wald verscharrt werden. Er würde dafür sorgen, dass sie ein anständiges Begräbnis bekam. Er strich ihr eine graue Strähne aus der Stirn und schloss ihre Lider. Dann murmelte er ein kurzes Gebet, wickelte sie in das Leinentuch ein und brachte sie zu seinem Pferd. Er legte den Leichnam quer über den breiten Pferderücken und schnürte ihn fest. Anschließend markierte er die Stelle, an der er Rosalinde gefunden hatte, und suchte den Waldboden an dieser Stelle abermals gründlich ab. In die feuchte Erde hatten sich tiefe Fußspuren eingedrückt und die Spuren von Rädern. Vermutlich hatte der Mörder sein Opfer mit einem Karren in den Wald geschafft. Er nahm ein paar Äste beiseite, mit denen Rosalindes Leichnam bedeckt gewesen war. Darunter kamen aufgewühlte Erde und Blätter zum Vorschein. Bastian tastete den Boden ab und stieß auf ein Stückchen dunkelgrünes Wachs. Am Rand des runden Wachsstückes erkannte er mehrere Schriftzeichen, die ihn an das Schöffensiegel erinnerten. Dieses Siegel wurde zur Beurkundung von Dokumenten verwendet. Er fragte sich, wie Rosalinde an das Siegel gekommen sein konnte oder ob es der Täter auf den Waldboden hatte fallen lassen. Doch welcher Mann, der im Besitz eines solch wichtigen Siegels war, sollte zu einem Mord fähig sein? Bastian steckte seinen Fund nachdenklich ein und stieg hinter Rosalinde aufs Pferd.

Zurück in Zons bog er sofort in die Grünwaldstraße ab, in der Josef Hesemann, der Zonser Arzt, unmittelbar neben der Kirche wohnte. Josef hatte einen untrüglichen Blick auf das Leben, auf Krankheiten und auch auf den Tod. Er würde ihm sagen können, wie Rosalinde gestorben war.

»Josef!«, rief er und donnerte mit der Faust gegen die Tür.

Der Arzt erschien auf der Schwelle.

»Bastian, was führt Euch zu mir?« Josef Hesemann sah zu seinem Pferd, das er an einem Pflock gegenüber festgebunden hatte, und seine Augenbrauen schossen überrascht in die Höhe. »Wartet. Ich lasse Euch ein. Wir gehen am besten sofort in den Innenhof.«

Er verschwand im Haus und einen Augenblick später öffnete sich das große Tor. Bastian hob die tote Rosalinde vom Pferd und trug sie in den Hof.

»Legt den Leichnam hierher auf den Tisch«, sagte Josef und verschloss den Eingang zum Innenhof vor neugierigen Blicken. Er wandte sich dem Tisch zu und zog das Tuch von der Leiche.

»Wer ist die Tote?«, fragte er.

»Es ist eines der Bettelweiber. Ihr Name ist Rosalinde. Ich habe sie unter Zweigen versteckt im Wald gefunden, als ich auf dem Rückweg vom Kloster Knechtsteden war. Sie ist jetzt das vierte Bettelweib in Folge. Drei sind verschwunden, und ich befürchte, dass sie ein ähnliches Schicksal getroffen hat.«

»Ihr glaubt, sie wurden alle getötet?«

Bastian nickte zögerlich. »Wir haben überall nach

ihnen gesucht. Niemand hat sie mehr gesehen. Ich werde nachher mit meinen Männern den Wald durchkämmen. Vielleicht finden wir sie in der Nähe, wo Rosalinde verscharrt war.«

»Wer sollte es denn auf arme Bettelweiber abgesehen haben? Bei denen ist doch nichts zu holen.« Josef Hesemann tastete den toten Körper ab und entfernte die Kleidung mit einem scharfen Messer.

»Da habt Ihr wohl recht. Die Frauen besaßen überhaupt nichts Wertvolles, wenn man von Gertrudes Amulett einmal absieht. Das würde sicherlich einen Haufen Schillinge einbringen. Merkwürdigerweise lag es an der Stelle auf dem Marktplatz, an der ich ihr zuletzt begegnet bin. So wie es aussieht, hat sie es verloren.«

Der Arzt untersuchte jede Stelle von Rosalindes entblößtem Körper. »Ich habe schon von Leuten gehört, die ihren Opfern das Blut abzapfen, um es zu verkaufen. Aber das ist hier nicht der Fall.« Er runzelte die Stirn und tastete den Bauch der Toten ab. »Der Bauch ist sehr stark aufgebläht. Der Tod entwickelt sehr viele Winde in einem zerfallenden Körper. Doch diese Wölbung erscheint mir äußerst verdächtig.«

Josef öffnete ihren Mund und steckte die Nase tief in Rosalindes Rachen.

»Das stinkt übel, wie verdorbener Fisch. Soll ich nachsehen?«

Bastian starrte den Arzt entsetzt an. »Wie meint Ihr das? Wollt Ihr sie etwa aufschneiden?«

Josef Hesemann nickte. »Ich muss es nicht tun.

Dann müsst Ihr Euch auf meine Nase verlassen. Es wäre nur ein kleiner Schnitt, ungefähr hier.« Er deutete auf eine Stelle links unterhalb der letzten Rippe, die mehr als deutlich hervorstach.

Bastian schüttelte den Kopf. »Pfarrer Johannes würde das nicht gutheißen. Ich will nicht, dass die Seele der armen Rosalinde in der Hölle landet, nur weil wir ein Loch in sie hineinschneiden.«

Josef widersprach nicht. Er kümmerte sich bereits um den Schädel der Alten.

»Die geplatzten Adern in ihren Augäpfeln deuten auf Ersticken hin. Ich schätze, jemand hat ihr ein Kissen oder etwas Ähnliches auf das Gesicht gedrückt. Oh ... wartet einmal.« Josef wandte sich ab und kramte in einem Kasten, in dem er jede Menge Instrumente aufbewahrte. Er holte eine Pinzette hervor und schob sie tief in Rosalindes Hals hinein. Kurz darauf kam ein Tuch zum Vorschein.

»Ich sagte doch, sie wurde erstickt«, sprach der Arzt mehr zu sich selbst als zu Bastian. Er legte das Beweisstück zur Seite und besah sich die Gliedmaßen genauer.

»Keine Kratzer, keine blauen Flecke, nichts«, verkündete er grübelnd. »Sie hat sich nicht gewehrt. Das erscheint mir merkwürdig. Niemand lässt sich ohne Gegenwehr knebeln.« Dann tippte er sich plötzlich an die Stirn. »Ich hab es. Sie wurde womöglich erst vergiftet und anschließend noch geknebelt. Der Täter wollte offenbar ganz sichergehen, dass sie auch wirklich tot ist.«

»Das verstehe ich nicht«, erwiderte Bastian. »Das

alte Weib hätte doch so oder so nicht mehr ewig gelebt. Es war kein Raub, also muss es Rache gewesen sein. Aber wofür? Wem sollte diese Alte denn etwas zuleide getan haben?«

»Hatte sie Kinder? Die können mitunter undankbar sein. Vielleicht hat sie auch jemanden bestohlen oder sie kannte ein Geheimnis, von dem niemand erfahren durfte.«

Bastian dachte nach, während Josef Hesemann den Leichnam weiter begutachtete. Rosalinde hatte bestimmt Kinder. Allerdings kannte er sie nicht. Die Alte war vor drei oder vier Jahren nach Zons gekommen, jedoch ohne Sack und Pack. Gestohlen hätte sie sicherlich bei passender Gelegenheit. Doch was hätte sie schon stehlen sollen außer ein paar Krumen Brot? Und ein Geheimnis? Dazu fiel Bastian ebenfalls nicht viel ein. Vielleicht war sie ja auch einfach nur zur falschen Zeit am falschen Ort gewesen. Womöglich hing ihr Tod überhaupt nicht mit dem Verschwinden der anderen Bettelweiber zusammen. Sein Bauchgefühl sprach ungeachtet dessen dagegen. Es musste eine Verbindung geben.

Plötzlich kam ihm ein ganz neuer Gedanke.

»Was ist, wenn es Schwäche war?«, fragte er den Arzt. »Was, wenn der Täter Rosalinde zuerst vergiftet hat, weil er nicht die Kraft hatte, sie mit den eigenen Händen zu erwürgen?«

Josef Hesemann hielt inne. »Ihr meint, es war ein hinterlistiges Weib?«

»Oder ein alter Mann. Vielleicht auch ein Kranker.«

Der Arzt biss sich nachdenklich auf die Unterlippe. »Euer Einwand ist nicht von der Hand zu weisen. Es wäre eine ebenso gute Erklärung wie meine.«

In Bastians Kopf wirbelten die Gedanken. Er sah den Händler Karl Peffgen vor sich, wie er zuerst die stinkenden Fische im Hafen in seine dreckige Tasche gesteckt hatte. Und wie er sie dann einer alten Frau verkaufte. Einer schwachen alten Frau. Plötzlich schien alles zusammenzupassen.

»Ich glaube, Ihr habt recht mit dem hinterlistigen Weib«, sagte Bastian aufgeregt. »Wenn Ihr sonst etwas Wichtiges an der Leiche findet, lasst es mich bitte umgehend wissen. Ich muss los.« Bastian stürmte durch das Tor und sprang auf sein Pferd. Er hatte zwar immer noch keine Ahnung, warum jemand Rosalinde nach dem Leben getrachtet hatte. Aber es kamen im Moment nur zwei Personen für ihn als Täter in Betracht. Peffgen oder diese alte Kräuterfrau. Er würde mit der Frau beginnen.

Bastian wollte seinem Pferd gerade die Sporen geben, als er Pfarrer Johannes aus der Kirche kommen sah. Er winkte seinem Ziehvater zu, doch der bemerkte ihn überhaupt nicht. Der Pfarrer schritt mit seltsam leerem Blick über den Kirchplatz, an all den schwitzenden Handwerkern vorbei zur Schloßstraße. Da Bastian in dieselbe Richtung wollte, sprang er ab und folgte ihm zu Fuß, das Pferd locker am Zügel neben sich. Pfarrer Johannes überquerte die Straße und steuerte auf das Kloster zu. Bastian vergrößerte seinen Abstand zu ihm und wartete, bis er im Inneren verschwunden war. Dann band er sein Pferd an einen Baum und begab sich auf denselben schmalen Pfad wie beim letzten Mal, als er Johannes und den Abt belauscht hatte. Er wusste selbst nicht genau, warum er das tat. Vermutlich, weil er den Pfarrer noch nie so kopflos erlebt hatte. Bastian konnte sich nicht entsinnen, wann Johannes ihn je übersehen hätte.

Tatsächlich vernahm er einen Moment später die Stimme des Abtes.

»Ich hörte, dass die Mauer schon wieder eingestürzt ist. Mein lieber Johannes, Ihr tragt wirklich ein schweres Schicksal.«

»Das ist der Grund, warum ich erneut das Gespräch mit Euch suche. Ich bin der Verzweiflung nahe. Dieser ständige Lärm bringt meinen Schädel zum Platzen und ich kann kaum noch eine vernünftige Messe für meine Gläubigen halten. Der Staub hat sich auf alle Bänke im Kircheninneren gelegt. Die Gemälde verblassen. Vom Glanz des Altars ganz zu schweigen. Es ist derzeit wahrhaftig unmöglich, Gott in dieser Kirche nah zu sein. Ich fühle mich ganz und gar fürchterlich und ich bitte Euch hiermit inständig um Unterstützung.«

Bastian hielt die Luft an. Ihm war bisher überhaupt nicht klar gewesen, wie sehr der in die Jahre gekommene Pfarrer unter der Baustelle und den damit verbundenen Unannehmlichkeiten litt.

»Nun, mein lieber Johannes. Es liegt mir natürlich fern, Euch im Stich zu lassen. Ich möchte meine Forderungen aus unserem letzten Gespräch keinesfalls wiederholen. Doch das Kloster hat kein Geld. Wir können Euch in dieser Hinsicht wahrhaftig nicht beistehen.« Der Abt machte eine Pause und fuhr dann fort: »Möglicherweise können wir uns auf einen Kompromiss einigen. Ich überlasse Euch für die Dauer der Bauarbeiten unsere Klosterkirche und im Gegenzug dürfen ich und meine Mönche jeden dritten Gottesdienst halten. Was sagt Ihr dazu?«

»Ich habe wirklich Sorge, dass diese Mauer nie und nimmer mehr aufgebaut werden kann. Was dann, lieber Abt? Was dann?«

»Beruhigt Euch, lieber Johannes«, entgegnete Theodor von Grünwald mit ruhiger Stimme. »Gott wird uns erhören und diese Mauer wird nicht mehr einstürzen. Lasst uns zusammen beten.«

Die Schritte der beiden Männer entfernten sich. Bastian eilte zu seinem Pferd und nahm sich vor, heute Abend mit Johannes zu sprechen. Er würde ihm abermals anbieten, in seinem Haus zu wohnen. Sie hatten genug Platz für einen dauerhaften Gast und Pfarrer Johannes brauchte dringend Ruhe. Bastian fühlte sich schlecht, weil er sich überhaupt nicht um Johannes gesorgt hatte. Er hätte doch spüren müssen, dass der Pfarrer allmählich mit seinen Kräften am Ende war. Gedankenverloren saß er auf und preschte die Schloßstraße entlang. Er lenkte das Pferd durch das Rheintor hinaus und in den Wald, wo er die alte Kräuterfrau zuletzt an einer Feuerstelle gesehen hatte.

Das Erste, was ihm auffiel, war der fehlende Kessel. Das Holz der Feuerstelle war heruntergebrannt. Ringsherum lagen Gräten, Fischreste und ein paar Knochen.

Von der Frau war weit und breit nichts zu sehen. Bastian seufzte. Die Alte hatte sich offenbar aus dem Staub gemacht. Verdammt. Dann musste er eben erst einmal Karl Peffgen aufspüren. Der Händler würde ihm schon sagen, wie die Alte hieß und wo er sie finden würde. Gerade wandte er sich ab, als er ein leises Stöhnen hörte.

Er hielt inne und lauschte. Wieder stöhnte jemand. Bastian folgte dem Geräusch, das hinter einem Baumstamm hervorkam. Er schlich sich heran und entdeckte einen Mann, der regungslos auf dem Waldboden lag. An seinem Hinterkopf klaffte eine blutende Wunde. Sofort eilte Bastian zu ihm und drehte ihn herum. Entsetzt erkannte er den jungen Windenknecht, dem er noch vor Kurzem geholfen hatte.

»Kaspar«, murmelte er und tätschelte seine Wangen. »Kaspar! Wach auf!«

Die Augen des Burschen zuckten. Er kam jedoch nicht zu sich. Bastian hob den schlanken Jungen auf die Schultern und brachte ihn zu seinem Pferd. In wildem Galopp kehrte er zurück zu Josef Hesemann und hoffte, dass dieser Kaspar helfen konnte.

* * *

Jemand berührte sein Gesicht. Es duftete nach Kräutern. Etwas stach ihm in den Schädel und es schmerzte fürchterlich. Dann tat es für einen Moment nicht mehr weh. Er atmete auf. Doch schon landete der nächste Stich in seinem Kopf. Die Sinne schwanden ihm. Er flog davon, eingepackt in weicher Wolle. Das Licht ging an, und er dachte, dass Gott jeden Augenblick seine Himmelstore für ihn öffnen würde.

»He, Bursche. Wach auf!«

Ein ekelerregender Geruch schoss ihm in die Nase und er fuhr blitzartig hoch. Ein Fremder betrachtete ihn aus gutmütigen Augen. Er hielt eine Ampulle in der Hand, aus der ein grässlicher Gestank strömte.

»Igitt. Was ist das?«, fragte Kaspar.

Der Fremde grinste. »Immerhin bist du am Leben und der Schlag auf den Kopf scheint deinen Verstand nicht beeinträchtigt zu haben.« Der Mann deutete auf die Ampulle. »Das ist Ammoniak. Ich habe es aus fauligem Urin destilliert. Damit lässt sich jede noch so tiefe Ohnmacht auf der Stelle beenden.«

Kaspar musterte das Fläschchen kritisch. Plötzlich spürte er wieder den pochenden Schmerz. Er tastete seinen Kopf ab und fühlte einen dicken Verband.

»Was ist denn mit mir geschehen?«

Der Fremde zuckte mit der Schulter. »Jemand hat dir eins übergezogen. Die Wunde ist gesäubert und genäht. Komm in drei Tagen noch einmal zu mir. Dann nehme ich den Verband ab und schaue mir die Naht an. Der Faden muss bald raus.«

Noch während Kaspar über den Faden in seinem Kopf nachdachte, drehte der Fremde sich um und formte die Hände zu einem Trichter vor dem Mund.

»Bastian. Kommt her. Der Bursche ist aufgewacht.«

Es dauerte nicht lange und Bastian Mühlenberg erschien im Türrahmen und sah ihn besorgt an.

»Kannst du mir schon ein paar Fragen beantworten?«

Kaspar tastete abermals nach dem Verband an seinem Kopf und nickte zögerlich.

»Ich werde es versuchen.«

Bastian Mühlenberg hockte sich zu ihm.

»Was wolltest du bei dem alten Kräuterweib?«

Hinter Kaspars Stirn setzte ein schmerzhaftes Brummen ein. Was sollte er jetzt bloß erwidern? Er konnte Mühlenberg ja kaum die Sache mit den dreißig Schillingen auf die Nase binden.

»Ich wollte mir eine Salbe holen. Meine Schenkel schmerzen vom schweren Laufen im Windenrad«, log er und hoffte, dass der hünenhafte Stadtsoldat ihm die Geschichte abkaufte.

»Und woher kanntest du diese Frau?« Mühlenberg kniff die Augen zusammen und musterte ihn aufmerksam.

Kaspar spürte, wie ihm das Herz in die Hose rutschte.

»Ich bin ihr gefolgt«, sagte er hastig. »Sie hat auf der Baustelle an der Kirche Salben verkauft und in der Pause bin ich hinter ihr her.«

»Und was ist dann passiert?«

Kaspar rieb sich den schmerzenden Kopf. »Ich weiß es nicht mehr. Ich stand an der Feuerstelle, die Alte war plötzlich weg und ich bin erst hier wieder aufgewacht.«

Bastian Mühlenberg musterte ihn schweigend. Kaspar fühlte sich immer unbehaglicher. Es kam ihm so vor, als könnte der Stadtsoldat seine Lüge riechen.

Seine großen dunklen Augen blickten tief in ihn hinein.

»Wie heißt die Alte?«, wollte Mühlenberg nach einer Weile wissen.

Dieses Mal musste Kaspar nicht lügen. Er zuckte mit den Achseln.

»Ich weiß es nicht.«

»Halte dich von diesem Weib fern. Verstanden?«

Kaspar nickte hastig.

»Und wenn du ihr noch einmal begegnest, gibst du mir sofort Bescheid!«

»Das werde ich ganz bestimmt tun«, versprach Kaspar.

Mühlenberg erhob sich. »Du kannst jetzt gehen. Eduard Ambrosius wartet sicher schon auf dich.«

Kaspar nahm die Beine in die Hand und machte sich davon, bevor Mühlenberg auf die Idee kam, ihm weitere unangenehme Fragen zu stellen. Er huschte ein paar Schritte durch die Grünwaldstraße und blieb in einiger Entfernung vor der Baustelle stehen. Er musste nachdenken. Oben in der Baumkrone hatte ein Beutel gehangen, daran erinnerte er sich genau. Doch er war nicht einmal dazu gekommen, hinaufzuklettern, denn wie aus dem Nichts hatte ihn ein Schlag getroffen und alles um ihn herum war schwarz geworden. Vermutlich hatte er großes Glück, dass er noch am Leben war. Trotzdem kam er nicht umhin, den dreißig Schillingen hinterherzutrauern. Wie sollte er nur herausfinden, worum es überhaupt ging, wenn die Alte sich auf- und davongemacht hatte? Falls er Pech hatte, kehrte sie nie wieder zu dieser Feuerstelle zurück, und er hatte ja wirklich keine Ahnung, wie sie hieß oder woher sie kam. Er wusste nicht einmal, mit wem sie auf der Baustelle gesprochen hatte. Kaspar schüttelte verzweifelt den Kopf und versuchte, sich die Männerstimme in Erinnerung zu rufen. Er war sich nicht sicher, ob tatsächlich der Steinmetz dahintersteckte. Trotzdem beschloss er, ihn zu verfolgen. Am besten, er fing gleich damit an. Kaspar hatte schließlich nichts zu verlieren.

Bastian würde die Alte finden, und wenn es das Letzte war, was er tat. Er ärgerte sich, dass er sie nicht schon in der Nacht, in der er Karl Peffgen verfolgte, nach ihrem Namen gefragt hatte. Fest stand jedenfalls, dass diese Frau den verdorbenen Fisch von Peffgen gekauft hatte. Sie war die Verursacherin von Rosalindes Tod. Aber warum? Er kam immer noch nicht dahinter.

Wütend fegte er ein paar Zweige beiseite und wühlte in der nassen Erde. Zehn seiner Männer hatten sich im Wald um die Stelle verteilt, an der er Rosalindes Leichnam entdeckt hatte. Bald würden sie wissen, ob hier oder in der Umgebung auch die anderen Bettelweiber verscharrt worden waren. Wernhart suchte nur ein paar Fuß von ihm entfernt, genauso wie Balthasar. Bastian hatte zuvor versucht, Karl Peffgen ausfindig zu machen, doch dieser weilte nicht länger im Gasthaus »Zum Anker«. Am Morgen hatte er seine Zelte dort abgebrochen und war in die Nachbarstadt Neuss weitergezogen. So zumindest hatte Peffgen es dem Gastwirt weisgemacht. Er wollte spätestens zum nächsten Markttag wieder nach Zons kommen. Bastian würde ihn bereits am Feldtor erwarten und zur Rede stellen. Peffgen steckte mit dieser Kräuterfrau unter einer Decke. Etwas ganz Übles ging in Zons vor sich und Bastian würde das Böse aufhalten.

»Ist jemand fündig geworden?«, rief er ungeduldig in den Wald hinein und wuchtete einen schweren Stamm aus dem Weg.

»Nein«, hallte es von allen Seiten zurück.

Bastian suchte frustriert weiter. Wenn der Tod von Rosalinde mit dem Verschwinden der anderen drei Bettelweiber zusammenhing, dann mussten sie doch irgendwo auf Beweise stoßen. Er hatte in seiner Zeit als Stadtsoldat mit vielen Mördern zu tun gehabt und eines dabei gelernt: Mörder blieben stets auch Menschen und Menschen liebten die Gewohnheit. Sie verkehrten nicht gerne im Unbekannten und das galt erst recht für Verstecke. Die meisten kehrten immer wieder dorthin zurück.

»Ich habe hier etwas!«, brüllte Wernhart mitten in seine Gedanken hinein.

Sofort rannte Bastian zu ihm.

»Was?«, rief er und erkannte einen Schuh.

XII

GEGENWART

Oliver starrte auf den Bildschirm. In seinem Kopf wirbelten die verschiedenen Puzzleteile dieses Falls durcheinander.

»Ich fand Tom Kretschmar gleich verdächtig«, erklärte Klaus und kreiste den Namen auf dem Whiteboard rot ein.

Oliver nickte gedankenverloren und startete die Aufnahme von der Überwachungskamera über dem Eingang zum Paintball-Gelände erneut. Um elf Uhr zwanzig betraten Leon und Tom Kretschmar die Halle, genauso wie sie es bei der Befragung berichtet hatten. Die Mutter der Brüder hatte diese Angabe ebenfalls bestätigt. So weit, so gut. Das Band lief im Zeitraffer. Mittlerweile war eine Mannschaft von zehn Polizisten fast rund um die Uhr mit den Mordfällen beschäftigt. Sie hatten das Leben des fünfundzwanzigjährigen Tom Kretschmar von allen Seiten durchleuchtet. Er hatte bereits wegen Körperverletzung eine Haftstrafe abgesessen. Nach drei abgebrochenen Ausbildungen absolvierte er jetzt eine Lehre zum Maurer. Hinzu kam, dass er dem ermordeten Benjamin Küsters einen hässlichen Brief geschrieben hatte, in dem er sich wünschte, Benjamin wäre nie geboren worden.

Das Video zeigte nun Aufnahmen, die um die Mittagszeit entstanden waren. Fast auf den Punkt um dreizehn Uhr verließ Tom Kretschmar allein und ohne seinen jüngeren Bruder die Paintballhalle. Knapp zwei Stunden später kehrte er zurück und um siebzehn Uhr sah man ihn zusammen mit Leon herauskommen. Dies entsprach genau ihren Angaben. Doch was hatte Tom Kretschmar zwischen dreizehn und fünfzehn Uhr gemacht? Ein Beamter, der Kretschmars Alibi überprüft hatte, war dieser Frage bereits nachgegangen. Er hatte keine Mühen gescheut und war fündig geworden. Die Überwachungskamera des Ausbildungsbetriebes hatte den Verdächtigen gefilmt. Fünfzehn Minuten nach Verlassen der Paintballhalle tauchte Kretschmar in seinem Betrieb auf und verschwand gleich darauf wieder mit einem Eimer Mörtel in der Hand und diversen Werkzeugen. Eine Nachfrage beim Betrieb hatte ergeben, dass Auszubildende nicht befugt sind, Material aus der Firma mitzunehmen. Leider hatten sie nicht feststellen können, wohin Tom Kretschmar mit dem Mörteleimer verschwunden war. Am Kreisarchiv gab es wegen der Bauarbeiten keine Überwachungskameras und in der Umgebung ebenfalls nicht.

»Was Benjamin Küsters angeht, hat er auf alle Fälle ein Motiv. Er konnte Benjamin nicht ausstehen, weil er homosexuell war und um seinen Bruder herumschar-wenzelt ist. Annalena war möglicherweise einfach im Weg. Da die Leichen einbetoniert wurden, kommt er als Täter definitiv infrage«, sagte Oliver und vergrub die Hände in den Haaren. »Nur zu Opfer Nummer drei gibt es bisher keine Verbindung.«

»Wir wissen ja noch nicht einmal, um wen es sich handelt«, entgegnete Klaus und verstärkte den roten Kreis um Tom Kretschmars Namen auf dem White-board. »Was ist mit seinem kleinen Bruder? Leon käme theoretisch ebenfalls in Betracht. Auch wenn er im Nachhinein behauptet, die Sache mit der Vervielfälti-gung des Liebesbriefes täte ihm leid, so hat er bei der Aktion dennoch mitgemacht.«

Oliver nickte. »Ich glaube es zwar nicht, aber er könnte durchaus ein Mittäter sein. Vielleicht auch nur ein Mitwisser. Er würde seinen Bruder sicherlich nicht an die Polizei verraten.«

»Das sehe ich ebenso, und das Alibi durch die Mutter ist nicht besonders stark.« Klaus seufzte. »Trotzdem reicht das alles nicht für einen Haftbefehl.« Er tippte mit dem Stift auf den nächsten Namen. »Mario Reuschel hätte jedenfalls ein Motiv, was Annalena angeht. Ich sage nur: sexueller Missbrauch von Minder-jährigen.«

»Aber die Obduktion hat ergeben, dass sie noch Jungfrau war«, warf Oliver ein und griff zu dem Bericht, der seit dem frühen Morgen auf seinem Schreibtisch lag. Die Ergebnisse hatten ihn schockiert. Im Blut der Opfer war ein Frostschutzmittel nachgewiesen worden, das zum Organversagen und damit zum Tod geführt hatte. Zwar fand sich ebenfalls ein Beruhigungsmittel, doch die Rechtsmediziner konnten nicht mehr nachvollziehen, ob es vor der tödlichen Dosis Ethylenglykol verabreicht worden war. Auch dem dritten Opfer, dem unbekannten Mann vom Deich, wurde eine Spritze Frostschutzmittel injiziert. So wie es aussah, hatten sich alle drei gegen ihren Mörder gewehrt. Oliver betrachtete die Fotos der von Mörtel beziehungsweise Erde gereinigten Leichen. Die Unterarme der Toten wiesen zahlreiche Kratzspuren und Druckstellen auf.

Klaus malte trotzdem eine rote Linie um den Namen von Mario Reuschel.

»Okay, Annalena hatte keinen Geschlechtsverkehr. Aber wir wissen, dass die allermeisten Tötungsdelikte Beziehungstaten sind. Und mir ist bewusst, dass das dritte Opfer bislang nicht ins Schema passt.«

»Nicht nur das. Mario Reuschel ist kein Maurer so wie Tom Kretschmar. Ich weiß nicht, wie gut ein Elektriker betonieren kann. Außerdem ist Reuschel polizeilich bisher nicht in Erscheinung getreten.«

»Er hat sich aber während des Ausflugs merkwürdig benommen. Ich habe mit den sieben anderen Betreuern gesprochen.« Klaus deutete auf die entsprechenden Namen. »Alle haben ausgesagt, dass er auffällig viel Zeit mit Annalena verbracht hat. Und dann hat es ihn nicht gewundert, wenn sie sich fast eine Woche lang nicht meldet?«

»Stimmt. Er hat vermutlich auch gelogen, was den Streit zwischen Robin Förster und Benjamin Küsters anging. Laut Robin gab es keinen und der Junge wirkt zumindest harmlos.«

Klaus setzte den Stift an und fragte: »Soll ich den Namen auch einkreisen? Wie sieht denn sein Alibi aus? Er hat doch am Ausflug teilgenommen, richtig?«

»Ja, markiere ihn. Er soll sich mit Benjamin gestritten haben. Seine Eltern behaupten, er sei im Anschluss an den Ausflug sofort nach Hause gekommen und habe das ganze Wochenende mit ihnen verbracht. Ich denke, auf Robin Förster brauchen wir vorerst keinen Fokus zu legen. Was ist mit den Alibis der anderen Betreuer?«

»Bis auf einen kann es keiner gewesen sein. Die Kollegen haben das gründlich überprüft. Der ohne Alibi heißt Emil Kutschkow. Er ist Krankenpfleger und lebt alleine in einem Zwei-Zimmer-Appartement in Dormagen. Laut eigenen Angaben ist er nach dem Ausflug mit dem Motorrad unterwegs gewesen. Er kann allerdings nicht einmal einen Tankbeleg vorweisen, weil er bar gezahlt und den Kassenzettel weggeworfen hat. Der Mann ist dreißig Jahre alt und durchtrainiert. Körperlich wären die Morde für ihn sicher kein Problem. Die Motivlage ist jedoch dünn.«

Oliver kratzte sich nachdenklich am Kopf. »Er könnte ebenfalls ein Auge auf Annalena geworfen haben. Als Krankenpfleger hätte er zudem leichten Zugang zu Beruhigungsmitteln. Und auf die Idee, jemanden mit Frostschutzmittel umzubringen, muss man ja auch erst einmal kommen.«

Klaus klopfte mit dem Stift auf den Namen. »Im

Gespräch wirkte er auf mich ehrlich, aber befragen wir ihn doch ein zweites Mal. Ich hatte höchstens eine Viertelstunde Zeit.« Er kreiste den Namen ein.

Oliver sprang von seinem Stuhl auf und gesellte sich zu Klaus ans Whiteboard.

»Demnach haben wir Tom Kretschmar ganz oben auf der Liste stehen. Wir sollten ihn zur Vernehmung ins Revier einladen. Die Sache mit dem Mörteleimer ist erklärungsbedürftig, und wenn er was zu verbergen hat, verstrickt er sich vielleicht in Widersprüche. Die Betreuer Reuschel und Kutschkow dürfen wir genauso wenig aus den Augen verlieren. Nicht zu vergessen die ellenlange Aufstellung mit den Namen der Handwerker, die Zugang zum Kreisarchiv hatten. Die Kollegen brauchen dafür noch Zeit.« Oliver nahm Klaus den Stift aus der Hand und schrieb einen weiteren Namen auf die Tafel.

»Dietmar Kunz? Wer verflucht ist das noch mal?«, wunderte sich Klaus.

»Der stellvertretende Leiter des Kreisarchivs und Oppositionsführer im Kreistag. Lothar Neidhardt, der Leiter des Kreisarchivs, hat mir seinen Namen genannt, als ich ihn fragte, wer zu diesem Doppelmord fähig wäre.«

»Interessant«, erwiderte Klaus und blätterte durch eine Liste. »Der Mann hat zumindest einen Schlüssel zum Kreisarchiv.«

* * *

Anna krümmte sich über die Toilette und würgte. Es kam ihr vor, als würde ihr Innerstes nach außen gestülpt. Als wolle ihr Körper dieses Baby um jeden Preis wieder loswerden. Sie ließ sich erschöpft auf den Boden sinken und tupfte die schweißnasse Stirn mit einem Handtuch ab. Zum Glück hatte Maximilian Dienst in der Kinderklinik und deshalb nicht bei ihr übernachtet. Sie fragte sich, ob sie noch Sex mit ihm haben durfte, jetzt wo in ihr neues Leben wuchs. War es nicht merkwürdig, wenn seine Männlichkeit auf das winzige Wesen tief in ihrem Bauch stieß?

Ihr wurde erneut übel. Hastig raffte sie sich auf und beugte sich über die Toilette. Sie würgte abermals, doch es kam längst nichts mehr heraus. Dieser ständige Brechreiz machte sie fertig. Die Ärztin hatte ihr etwas dagegen verschrieben, aber es half nur minimal. Dazu diese Stimmungsschwankungen. Eine Träne rollte ihr über die Wange. Sie fühlte sich auf einmal so traurig. Gestern hatte sie sich sogar mit Maximilian gestritten, obwohl sie es gar nicht wollte. Er hatte sie nur komisch angesehen und dann war sie explodiert. Ausgerechnet sie! Sie war normalerweise der Verstand in Person und hatte ihre Emotionen im Griff. Vor allem stritt sie nicht wegen Kleinigkeiten. Das war lächerlich. Als Nächstes ging sie Maximilian womöglich noch an, wenn er den Toilettendeckel offen ließ oder die Schuhe im Flur nicht sorgfältig abstellte. Verdammt. So konnte es nicht weitergehen! Sie hatte Maximilian angezickt, weil er einen Stapel Post vom Esstisch geräumt hatte. Darunter hatte das Ultraschallbild gelegen. Zum Glück war es ihm nicht aufgefallen. Sie hatte es unauffällig beiseitegenommen und geschimpft, dass er ständig alles durcheinanderbrachte. Was ja im Grunde auch stimmte. Er hatte ihr ganzes ordentliches, geplantes Leben in ein heilloses Chaos gestürzt. Und das nur, weil er da war. Weil sie ihn liebte. Weil sie bald eine Familie sein würden. Oder vielleicht auch nicht. Womöglich war es keine gute Idee, dieses Kind zu behalten. Sie fühlte sich nicht bereit. Anderseits wusste sie, dass sie dieses Kind lieben würde. Über alles. Das tat sie schon jetzt. Warum musste ihr Leben eigentlich so kompliziert sein? Gab es nicht einfach ein Ja oder Nein? Weshalb schwankte sie ständig? Bei anderen wirkte das Leben so leicht. Sie verliebten sich, sie heirateten, sie bekamen Kinder. Emily zum Beispiel. Sie liebte Oliver. Sie zogen zusammen. Alles erfolgte in einer natürlich vorgesehenen Reihenfolge. Und was war mit ihr? Sie verliebte sich in Bastian Mühlenberg. Einen Mann, den es gar nicht gab. Dann traf sie auf seinen Nachfahren, der ihm bis aufs Haar glich. Doch statt sich zu verlieben, zusammenzuziehen und den Dingen ihren Lauf zu lassen, wurde sie schwanger, noch bevor sie überhaupt darüber nachgedacht hatten, sich eine gemeinsame Wohnung zu suchen. Vielleicht wollte Maximilian das gar nicht. Woher sollte sie eigentlich wissen, ob er es ernst mit ihr meinte? Seine ewigen Dienste, die vielen Nächte, in denen er nicht bei ihr war. Wer wusste denn schon, ob er am Ende nicht log und sich heimlich mit einer anderen vergnügte. Und sie hockte zu Hause, hing über der Toilette und trug sein Kind in sich. An ihr blieb alles hängen. Und selbst wenn nicht. Nahmen nicht viele Männer Reißaus, sobald ihre Freundin schwanger wurde? Wie sollte sie ihm überhaupt beibringen, dass er bald Vater wurde? Hinter ihrer Stirn pochte es plötzlich so heftig, dass sie wieder würgen musste. Die Wände des Badezimmers begannen sich zu drehen.

Verdammt!

Sie brauchte eine Pause. Besser noch eine Ablenkung. Sie musste ein Stück Normalität haben. Sie taumelte mit dem Handtuch vor dem Mund aus dem Bad und kramte in ihrer Handtasche. Sie fand den Flyer, den sie seit Tagen mit sich herumtrug. *Moderne Architektur. Kunstvolle Linien. Das Zusammenspiel von Mensch und Natur.* Eine tolle Veranstaltung, die in ihrer Bank in Düsseldorf stattfand und zu der sich Hunderte von Leuten einfinden würden. Genau das brauchte sie jetzt. Anna griff zum Handy und rief Emily an.

Sie sah wunderschön aus. Eigentlich zu schön, um sie zu töten. Aber es musste sein. Es gab keine andere Möglichkeit. Seit Tagen scharwenzelte er um das Mädchen herum, und er spürte bei ihrem Anblick ein Verlangen, das nicht sein durfte. Sie sprang hoch, um einen Tennisball zu treffen. Ihr T-Shirt hob sich, und er sah ihren makellosen Bauch und die festen Brüste, die sich unter dem Stoff abzeichneten. Unwillkürlich kneteten seine Hände die Luft in den Hosentaschen. War es nicht Verschwendung, sie einfach so sterben zu lassen? Er könnte sie vorher noch in die Geheimnisse der Liebe einweihen. Sie war genau richtig für ihn. Ihr gertenschlanker Körper hatte sich gerade vom Mädchen zur Frau verwandelt. Überall wuchsen ihre Rundungen. Nicht nur ihre Brüste, sondern auch die Hüften und ihr süßer Hintern. Aufgeheizt leckte er sich über die Lippen und versuchte, wieder klar im Kopf zu werden. Er war nicht hier, um seinen sündigen Gedanken zu frönen. Er war hier, damit er ihren Tagesablauf kennenlernte. Er stellte sich vor, wie er sie in seinem neuen Wagen herumfuhr. Wie sie sich auf dem Beifahrersitz zurücklehnte und ihn anlächelte. Verflixt. Er musste diese Tagträume stoppen. Am Ende brachte er es nicht mehr fertig, ihr etwas zu tun. Und das war nicht zu ändern.

Wirklich nicht? Es kribbelte unerträglich in seinen Lenden, und er fragte sich, ob er sie nicht schon ein paar Tage früher holen konnte. Sie würden es sich in seiner Laube gemütlich machen. Er würde sie zwischen ihren schlanken langen Beinen berühren. Sie würde es genießen, denn er wusste, wie Frauen es wollten. Er hörte sie bereits stöhnen, als plötzlich ein Schrei über den Platz hallte und ihn aus seinen Fantasien riss. Eine Frau auf dem Nachbarplatz hatte einen Ball aufs Auge bekommen und saß zusammengekrümmt auf dem Boden. Musste diese blöde Kuh sich ausgerechnet jetzt verletzen? Hätte sie nicht aufpassen können? Sein kleiner süßer Liebling rannte davon. Er blickte ihr seufzend hinterher. Wahrscheinlich besorgte sie Eisbeutel, damit die dumme Gans endlich still wurde. Eine unbändige Wut schoss in ihm hoch. Warum konnte er eigentlich nicht diese Frau nehmen? Ihr Geheule krallte sich in seinen Gehörgängen fest. Es war unerträglich. Er presste die Zähne zusammen und kämpfte dagegen an, auf den Tennisplatz zu stürmen und ihr den Hals umzudrehen. Er sah noch, wie sein Mädchen mit einer Tüte Eisbeuteln zurückkehrte, und riss sich dann los.

Er hatte zu tun. Er musste dieses verfluchte Siegel ersetzen. Unauffällig. Stunden hatte er damit zugebracht, eine Lösung zu finden. Und irgendwann hatte sich ein Plan in seinem Kopf geformt. Zugegebenermaßen erschien er auf den ersten Blick riskant. Doch er war es wert. Er durfte sich einfach nicht erwischen lassen. Das Problem war nicht das dunkelgrüne Wachs, es war der Siegelstempel. Er hatte einen kleinen Betrieb ausfindig gemacht, der solche Stempel herstellen könnte. Aber das dauerte zwei Wochen. Es blieb ihm also nur ein Ausweg. Er musste das Original stehlen.

»Und da wurde auch nichts gelöscht?«, fragte Oliver enttäuscht und scrollte durch die Kontakte auf Benjamin Küsters' Handy. Die meisten waren ihm unbekannt und ausgerechnet mit Robin Förster sowie Leo und Tom Kretschmar hatte es in den Tagen vor Benjamins Tod keine Kommunikation gegeben. Sie hatten sich das Handy umgehend von Benjamins Mutter besorgt. Tatsächlich hatte es zusammen mit dem Portemonnaie im Briefkasten gelegen. Zumindest in dieser

Hinsicht hatte Mario Reuschel, der Pfadfinder-Betreuer, nicht gelogen.

»Ich dachte, die Jugendlichen von heute sprechen nicht mehr miteinander, sondern schreiben sich selbst dann Mitteilungen, wenn sie nebeneinandersitzen«, brummte er unzufrieden und reichte Klaus das Handy. »Da schicke ich mit Emily ja mehr Nachrichten hin und her.«

»Auf dem Ausflug mussten sie das Handy abgeben, aber dass Benjamin Küsters auch in den Tagen vorher kaum Nachrichten geschrieben hat, ist schon seltsam«, stimmte Klaus ihm zu.

»Vielleicht war der Akku leer oder kaputt«, sagte Ingrid Scholten. »Fragen Sie doch mal seine Mutter. Womöglich hatte er Handyverbot, weil er etwas ausgefressen hat. Leider muss ich ein paar schlechte Neuigkeiten obendrauflegen. Wir konnten keine relevanten Spuren mehr auf dem Gelände um das Kreisarchiv sicherstellen. Weder dort noch am Deich fanden sich DNS-Spuren. Unglücklicherweise haben wir auch am Motorrad und am Fahrrad von Tom Kretschmar keine DNS der Opfer festgestellt. Ich kann Ihnen also nichts liefern, damit Sie ihn verhaften können. Dafür haben die Kollegen herausgefunden, welches Wachs für das Schöffensiegel verwendet wurde. Leider handelt es sich um ein Standardprodukt, das in jeder Drogerie erhältlich ist.«

Oliver erhob sich. »Trotzdem danke«, erwiderte er. »Wir nehmen uns jetzt Tom Kretschmar vor. Er dürfte jeden Moment hier eintreffen. Ich hoffe, dass wir etwas aus ihm herausquetschen können.«

Ingrid Scholten rauschte über den Gang davon, und Oliver begab sich mit Klaus die Treppe hinunter. Eine Etage tiefer lagen die Vernehmungsräume und in Nummer drei würde die Befragung stattfinden. Als sie sich dem Raum näherten, klingelte Olivers Handy.

Er meldete sich kurz angebunden, denn er sah Tom Kretschmar in Begleitung eines Beamten auf sich zukommen.

»Hatano Takayuki«, sagte der japanische Architekt des Kreisarchives in abgehacktem Deutsch. »Ich hätte eine Erklärung für das Mordmotiv. Wenn Sie kurz Zeit hätten, würde ich Ihnen das gerne erläutern.«

Oliver schwieg für einen Moment verblüfft. Den Architekten hatte er bisher überhaupt nicht im Visier gehabt.

»Natürlich. Gerne. Ich bin nur gerade in einem Gespräch. Ich rufe Sie später zurück. Dann können wir einen Termin machen. Einverstanden?«

»Ja, vielen Dank«, sagte Takayuki und legte auf.

Oliver steckte sein Handy weg und betrat mit Klaus den Vernehmungsraum. Tom Kretschmar hatte sich bereits gesetzt und sich lässig zurückgelehnt. Er musterte Oliver und Klaus kalt aus seinen stechend hellblauen Augen.

»Wir haben da eine Frage zu Ihrem Paintballspiel«, begann Oliver das Gespräch und kam direkt auf den Punkt. »Haben Sie zwischendurch noch etwas anderes gemacht?«

Kretschmar runzelte die Stirn, hielt jedoch Blickkontakt. Schließlich zuckte er mit den Schultern. »Ich hab ein paar Besorgungen erledigt. Ist das schlimm?«

»Wie man es nimmt«, entgegnete Oliver ruhig. »Je nachdem, zu welchem Zeitpunkt Sie diese Dinge erledigt haben, stimmt Ihr Alibi nicht mehr. Dann könnten wir Sie verdächtigen, schwere Straftaten begangen zu haben. Es wäre also in Ihrem eigenen Interesse, uns Ihren Tagesablauf am relevanten Samstag vollständig zu schildern.«

Tom Kretschmar fuhr sich mit den Fingern durch den üppigen Bart. »Okay. Ich sage es Ihnen. Ich habe an meiner Hütte gewerkelt. Leon wollte ständig durch denselben Trainingsparcours, und ich fing an, mich zu langweilen. Da bin ich eben mal rüber.« Er zuckte mit den Schultern, wobei er längst nicht mehr so lässig wirkte wie am Anfang des Gesprächs.

Klaus beugte sich vor und legte ihm ein Blatt Papier und einen Stift hin.

»Schreiben Sie doch bitte noch mal auf, was Sie genau am fraglichen Samstag unternommen haben.«

Tom Kretschmar presste die Lippen aufeinander.

»Soll das jetzt so eine Art Geständnis werden? Da mache ich nicht mit.« Er schob das Blatt von sich und fegte den Stift vom Tisch.

Klaus hob überrascht die Augenbrauen. »Warum sind Sie denn so wütend? Sie wollen uns sicherlich dabei unterstützen, den Mörder von Benjamin und Annalena zu finden. Das ist doch richtig, oder?«

Kretschmar blies die Backen auf und verschränkte

die Arme vor der Brust. »Na, klar helfe ich ihnen. Aber diese miesen Bullentricks, die mache ich nicht mit. Ich habe schon mal gesessen. Kapiert? Auf solche Spielchen falle ich nicht rein.«

Oliver schlug die Akte des Fünfundzwanzigjährigen auf und zeigte auf die dort dokumentierte Verurteilung zu einer Gefängnisstrafe.

»Wir wissen, dass Sie eine Haftstrafe wegen Körperverletzung verbüßt haben. Sie haben Ihre damalige Freundin krankenhausreif geschlagen. Sie hatten ihr mehrere Rippen gebrochen und ihre Milz war gerissen. Eine ziemlich brutale Tat, wenn Sie mich fragen.«

Kretschmar wackelte inzwischen unablässig mit den Knien. »Ich habe mit den Küsters-Kindern nichts zu tun. Verstanden? Ich habe die beiden nicht erledigt.«

Oliver überlegte, Kretschmar mit dem Siegel zu konfrontieren, entschied sich jedoch dagegen. Sollte Kretschmar die Taten begangen haben, dann kannte er das Siegel, und im anderen Fall würde er Fakten ausplaudern, die bisher nur dem Täter und der Polizei bekannt waren. Dafür war es definitiv noch zu früh.

»Was haben Sie denn nun am Samstag alles so getan?«, fragte er stattdessen. »Sie können es uns erzählen, wenn Sie es nicht aufschreiben möchten.«

Tom Kretschmar stöhnte. »Ich habe doch schon gesagt, dass ich gegen Mittag rüber in meine Gartenlaube bin, um dort zu werkeln. Die genaue Uhrzeit weiß ich nicht mehr. Das muss zwischen eins und vier gewesen sein. Ich baue derzeit an, die Laube braucht einen weiteren Raum. Ich habe das Fundament gesetzt. Sie können gerne nachschauen.«

Oliver notierte sich die Adresse und überlegte, ob es in der Kürze der Zeit wirklich möglich war, ein Fundament zu gießen.

»Gibt es jemanden, der bezeugen kann, dass Sie in Ihrem Garten waren?«

Kretschmar schüttelte den Kopf. Genau in diesem Moment klopfte es an der Tür des Vernehmungsraums. Ein Kollege schaute herein und winkte Oliver und Klaus heraus.

»Wir haben das dritte Opfer identifiziert«, verkündete er, als sie im Flur standen.

XIII

VOR FÜNFHUNDERT JAHREN

»Wo ein Schuh ist, da muss doch noch mehr sein«, sagte Bastian verschwitzt und stocherte mit einem langen Stock im Dickicht. Inzwischen hatten sie einen großen Teil des Waldes durchforstet, aber bis auf diesen einen Frauenschuh und das Stück des Schöffensiegels nichts weiter gefunden. Er hatte so gehofft, auf eine Spur zu stoßen, jedoch schienen die drei vermissten Bettelweiber wie vom Erdboden verschluckt. Wie konnte es möglich sein, dass niemandem etwas aufgefallen war? Er seufzte. Die Antwort lag nahe. Kaum jemand kümmerte sich um Bettelweiber. War eines weg, kam ein anderes hinzu. Wer zählte sie schon? Wäre Gertrude nicht verschwunden, hätte auch er nicht derartig viel Augenmerk auf die Sache gelegt. Bloß das persönliche Verhältnis zu Gertrude und ihren beiden Söhnen hatte ihn veranlasst, der Angelegenheit nachzugehen.

Es stellte also irgendjemand etwas mit den Bettelweibern an. Nur was? Bastian erkannte nach wie vor keinen Sinn. Die Frauen waren weder jung noch schön oder gar reich. Auch Josef Hesemann hatte am Leichnam der alten Rosalinde nichts weiter feststellen können. Niemand hatte ihr Blut abgezapft oder Körperteile entfernt. Ob er sich am Ende doch irrte und die Bettlerinnen einfach in die nächste Stadt gezogen waren? Vielleicht hing der Tod von Rosalinde nicht mit dem Verschwinden der anderen Weiber zusammen. In Bastians Magen grummelte es. Da war ein Zusammenhang. Er konnte es spüren.

»Darf ich Euch etwas sagen?«, fragte Balthasar, während Bastian weiter im Dickicht herumstocherte.

»Nur zu«, entgegnete er, ohne aufzusehen.

»Im Franziskanerkloster in Zons geht ein merkwürdiges Gerücht um, und ich dachte, Ihr solltet davon erfahren.«

Bastian hielt inne und sah Balthasar an. Der junge Mann gehörte erst seit Kurzem zu seinen Stadtsoldaten. Er war vorher Novize im Franziskanerkloster gewesen und kannte deshalb jeden der dort lebenden Brüder ziemlich gut.

»Was ist Euch denn zu Ohren gekommen?«

»Es heißt, dass der Abt die Kirchenmauer absichtlich einstürzen lässt, damit er die Gemeinde für sich gewinnen kann. Ihr kennt ja sicherlich den Zwist zwischen dem Kloster und der Pfarrkirche. Der Abt meint, eine Kirche für Zons wäre vollkommen ausreichend.«

Bastian blickte Balthasar nachdenklich an. »Und wie

sollte der Abt es anstellen, die Mauer zum Einsturz zu bringen?«

Balthasar rückte dicht an Bastian heran. »Behaltet es bitte für Euch«, flüsterte er in sein Ohr. »Ich habe versprochen, es nicht weiterzusagen. Man sagt, der Abt habe den Steinmetz bestochen.«

Bastian öffnete überrascht den Mund. Auf diese Idee wäre er niemals gekommen. »Aber das wäre ja ein schrecklicher Betrug. Die Kirche bringt viel Geld für die Handwerker auf.«

Balthasar nickte. »Ich weiß. Ich dachte mir, dass ich es Euch unbedingt erzählen muss.«

»Ich danke Euch, Balthasar.« Bastian wandte sich erschüttert seinem Stock zu und stieß ihn wütend ins Unterholz. Er kannte den Abt Theodor von Grünwald seit Langem, genauso wie dessen immerwährenden Streit mit Pfarrer Johannes. Dass der Abt zu solch einer Tat fähig sein sollte, konnte er allerdings nicht glauben. Theodor von Grünwald war ein gebildeter Mann, der wusste, wo die Grenze zwischen Gut und Böse verlief. Bastian kannte ihn als besonnen und gutherzig, auch wenn er eine gewisse Härte walten ließ, die jedoch für das karge Klosterleben vonnöten schien.

Und der Steinmetz? Würde er sich damit nicht selber schaden? Wer stellte einen Handwerker ein, dessen Arbeit immer wieder zusammenbrach? Und wie genau sollte er den Einsturz überhaupt zustande bringen? Der Maurermeister müsste doch bemerken, wenn die Steine nicht passten. Oder untergrub er etwa heimlich das Fundament?

»Die Männer sind erschöpft. Wollen wir nicht langsam zurückkehren?« Wernhart näherte sich durch das Unterholz, das bei jedem seiner Schritte knackte. »Wir haben den halben Wald durchforstet. Ich denke nicht, dass wir noch etwas finden werden, und außerdem geht die Sonne bald unter.«

»Vermutlich hast du recht, mein Freund.« Bastian stieß einen lauten Pfiff aus und gab das Kommando zur Heimkehr.

»Wernhart, kannst du für mich den Händler aufspüren? Peffgen weilt nicht mehr im Gasthaus ›Zum Anker‹ und ich brauche seine Aussage. Er muss mir sagen, wo diese Kräuterfrau steckt, der er den fauligen Fisch verkauft hat.«

Sie begaben sich nach Zons zurück und trennten sich auf der Schloßstraße hinter dem Feldtor. Bastian eilte zur Baustelle, wo er den Söhnen von Gertrude den Schuh zeigen wollte.

* * *

Kaspar tastete vorsichtig seinen Schädel ab. Er lag auf seinem Strohlager und fühlte sich schrecklich. In der Nacht hatte sich der Verband gelöst. Die Wunde schmerzte nach wie vor. Er glitt mit dem Finger über die grässliche Schwellung und stieß auf etwas Hartes, vermutlich der Faden, von dem der Arzt Josef Hesemann gesprochen hatte.

»Nimm deine dreckigen Pranken von der Wunde«, schimpfte Matthias. »Willst du an Wundbrand krepieren?«

Kaspar ließ sofort die Hand sinken. Er hatte das schwarze, übel riechende Fleisch bei einem Soldaten gesehen, der von einer Lanze ins Bein getroffen worden war. Der Ärmste war elendig verreckt. Kaspar nahm den Verband und wickelte ihn notdürftig um seinen Kopf. Er musste aufpassen, schließlich war er hier, um seiner kranken Mutter zu helfen. Er sprang auf und schlüpfte in seine Hose, als es gegen die Holztür des Verschlages donnerte.

»An die Arbeit, ihr Faulpelze!«, brüllte der Baumeister Eduard Ambrosius. »Steineschlepper und Windenknechte raus!«

Kaspar öffnete die Tür. Ambrosius starrte ihn mit hochrotem Kopf an.

»Beeil dich, Bursche. Die Mauer ist heute Nacht erneut eingestürzt und wir müssen alle Steine wieder hochziehen. Wo steckt der Steineschlepper?«

Matthias trat heraus und fing sich eine klatschende Ohrfeige ein.

»Jetzt steh hier nicht so verschlafen rum. Los. Du sammelst die Steine ein und stapelst sie neben dem Kran auf einen Haufen. Hurtig!«

Matthias duckte sich und wich dem nächsten Faustschlag aus. »Wir haben noch nichts gegessen«, jammerte er unvernünftigerweise.

Dem Baumeister fielen fast die Augen aus den Höhlen. Seine Wangen plusterten sich regelrecht auf. Kaspar entfernte sich unwillkürlich ein paar Schritte. Ambrosius stürzte sich mit einer atemberaubenden

Schnelligkeit auf Matthias, packte ihn am rechten Ohr und zerrte ihn mit sich zur Kirche.

»Du sammelst auf der Stelle die Steine ein. Dein leerer Magen kümmert mich nicht! Steh gefälligst früher auf, wenn du etwas essen willst.« Der Baumeister stieß Matthias zu Boden, sodass dieser genau vor einem großen Stein landete.

»An die Arbeit«, brüllte Ambrosius abermals und klatschte laut in die Hände.

Kaspar sprang Matthias zur Seite. Gemeinsam rollten sie den Stein zum Tretkran und befestigten ihn an zwei Seilen. Kaspar stieg in das Windenrad und fing an zu laufen. Die Wunde an seinem Hinterkopf pochte. Ihm war so heiß, dass er befürchtete, der Schädel könnte ihm platzen wie eine überreife Frucht.

»Beeil dich, Kaspar. Gleich ist es geschafft!«, rief der Maurermeister von oben.

Kaspar schnaufte und spannte die Oberschenkel an. Er warf sich nach vorn, damit das Rad sich schneller drehte. Endlich ertönte der erlösende Pfiff. Der Stein war oben angekommen. Schwer atmend blieb er stehen und beugte sich vor, wobei er sich auf den Knien abstützte. Er holte ein paarmal tief Luft, bis sich sein Herzschlag beruhigte. Dann kletterte er aus dem Windenrad und schlich sich um die Kirche.

Schon aus der Ferne erkannte er die massige Gestalt des Steinmetzes. Der Mann schlug auf einen riesigen Felsbrocken ein und begradigte die ungleichmäßigen, zerklüfteten Kanten. Kaspar lehnte sich gegen die Kirchenmauer und horchte in sich hinein. In seiner

Erinnerung stieg der Tag hoch, an dem er hinter der Hütte kleine Steine auf den Karren geladen hatte. Die Stimme der Alten kreiste abermals deutlich in seinem Kopf, doch die des Mannes klang verschwommen. Was, wenn er sich irrte und er einen der Mörtelrührer gehört hatte?

»Himmel, nun schlag schon kräftig zu!«, fuhr der Steinmetz einen seiner Handlanger an. »Wir brauchen gerade Kanten. Na los!«

Kaspar schloss die Augen und glich die Stimme mit der aus seiner Erinnerung ab. Er zweifelte und öffnete die Lider. Dort, wo eben noch der Steinmetz schimpfte, stand jetzt sein Handlanger und machte sich an dem Brocken zu schaffen. Verwirrt suchte Kaspar den Platz ab. Der Steinmetz war fort. Doch wohin?

Lautlos hastete er zu der kleinen Hütte und warf einen Blick durch das Fenster hinein. Holz stapelte sich darin bis zur Decke. Daneben lagerten Stroh und auf einem Tisch verschiedene Werkzeuge. Aber vom Steinmetz war nichts zu sehen. Kaspar schlich zurück. Der schmächtige Sohn des Steinmetzen ließ gerade seinen Meißel fallen und wischte sich den Schweiß von der Stirn. Langsam ging der Junge zum Wasserfass. Kaspar stellte sich ihm in den Weg.

»Wo ist dein Vater?«

Der junge Steinmetz blickte sich um und zuckte mit den Achseln. »Er wird wohl Nachschub besorgen. Wir tauschen alle Steine aus, weil die Mauer schon wieder eingestürzt ist. Es ist wie verhext. Das Wasser gräbt sich immer wieder durch und lässt das Mauerwerk verrutschen.«

»Und wo holt er die neuen Steine her?«, fragte Kaspar interessiert.

»Vom Lager bei der alten Ruine. Er wird erst am Abend zurückkehren«, erklärte der Junge und lächelte erleichtert. »Sieh, die Sonne scheint. Es ist ein schöner Tag.«

Kaspar nickte. »Das stimmt«, erwiderte er und überlegte, wie er zu dieser Ruine gelangen könnte.

* * *

»Karl Peffgen muss noch in der Stadt sein. Ich habe alle Wachen befragt. Er ist in den vergangenen zwei Tagen an keinem der Stadttore aufgetaucht.«

»Und wenn er übersehen wurde?«, fragte Bastian grübelnd und starrte den Schuh an, den sie im Wald gefunden hatten.

Wernhart schüttelte heftig den Kopf. »Nein. Du weißt, was ich von diesem Kerl halte. Ich habe allen Soldaten schon nach dem letzten Markttag eingeschärft, auf ihn zu achten.«

Bastian nickte und dachte an Gertrudes Söhne. Sie hatten den Schuh erkannt. Er gehörte zweifelsfrei ihrer Mutter. Da sie nur ein Paar besaß, befürchtete Bastian das Schlimmste. Er sah ihren blassen leblosen Körper vor sich, wie den von Rosalinde. Sie war tot, das stand für ihn fest. Doch wo war ihr Leichnam abgeblieben? Ihrer und die der anderen Bettelweiber?

»Wenn Peffgen noch in Zons ist, sollten wir ihn finden. Ich schlage vor, wir teilen die Männer auf. Je zwei von ihnen sollen am Hafen, in den Gasthäusern und bei den Huren im Frauenhaus nachsehen.«

»Und wo schauen wir nach?«, fragte Wernhart.

»Es gibt da etwas, was ich erledigen muss«, entgegnete Bastian. »Es hat nichts mit den Bettelweibern zu tun. Ich fühle mich einfach in der Pflicht. Hilfst du mir?«

Wernhart nickte. »Natürlich. Ich stehe immer an deiner Seite, mein Freund. Warte, ich schicke nur schnell die Männer los.«

Bastian ging langsam voraus, und als Wernhart neben ihm war, sagte er: »Wir statten dem Steinmetz einen Besuch ab.«

»Dem, der mit seinen Handlangern aus Köln angereist ist?«, fragte Wernhart neugierig.

»Genau der. Soweit ich weiß, liegt seine Unterkunft auf der Rückseite der Kirche.« Bastian schlug eine schnellere Gangart an. Er brauchte Klarheit. Sollte der Steinmetz hinter dem Rätsel der brüchigen Mauer stecken, würde er ihn höchstpersönlich zum Juddeturm schleifen und dort einsperren, bis die Schöffen Gericht über ihn gehalten hätten. Und den Abt würde er sich ebenso vornehmen.

Als sie an der Kirche ankamen, sahen sie überall schwitzende Männer, die unablässig Steine beschlugen. Die alten Steine sollten allesamt ausgetauscht werden, so hatte es der Baumeister befohlen. Die Steinmetze machten aus unförmigen Felsbrocken gleichmäßige Steinquader. Die Luft roch nach dem Staub der Steine und den Ausdünstungen der Handwerker. Der Lärm war ohrenbetäubend. Bastian konnte gut nachvollziehen, dass Pfarrer Johannes es unter diesen Umständen in seiner eigenen Kirche nicht mehr aushielt.

»Wo ist der Steinmetzmeister?«, fragte er einen schmächtigen Jungen mit verquollenen Augen.

»Mein Vater besorgt neues Material, das dem Hochwasser hoffentlich standhalten wird.«

Bastian betrachtete den Burschen, der keinerlei Ähnlichkeit mit seinem Vater aufwies. Er hatte weder dessen üppigen Bauch noch die stämmige Figur.

»Euer Vater verdient gut daran, immer wieder neue Steine zu besorgen, richtig?« Bastian musterte den Jungen, dessen Augen sich erschrocken weiteten.

»Ich weiß davon nichts«, antwortete er mit spitzer Stimme und senkte den Blick.

»Warum stürzt diese Mauer ständig ein? Was meinst du?« Bastian ließ nicht locker. Wenn dieser Bursche wirklich der Sohn des Steinmetzen war, hatte er die Machenschaften seines Vaters bestimmt mitbekommen.

»Ich kenne den Grund nicht. Glaubt mir, ich wäre lieber wieder zu Hause, dann müsste ich nicht jede Nacht im Verschlag zubringen. Ich könnte bei meiner Mutter sein.« Der Knabe lief rot an und stotterte etwas Unverständliches.

Erst jetzt fiel Bastian auf, wie jung er noch war.

»Schon gut«, sagte er sanfter. »Ist dir denn gar nichts Seltsames aufgefallen?« Er beugte sich zu ihm hinunter. »Gibt es jemanden, der vielleicht nicht möchte, dass diese Mauer jemals steht?«

Der Junge streckte die Hände vor. Sie waren über und über mit blutigen Blasen bedeckt. »Glaubt mir, ein jeder von uns wäre gerne früher fertig als später.«

Bastian blickte erschrocken auf seine geschundenen Hände. »Lasst Euch vom Arzt eine Salbe verschreiben und tragt tagsüber Handschuhe«, riet er. »Und jetzt zeigt mir den Verschlag Eures Vaters.«

Die Alte ließ die Münzen von einer Hand in die andere gleiten und genoss das Gefühl. Der Betrag würde ihren Bauch auf Wochen füllen. Sie lehnte sich gegen den Baumstamm und träumte vor sich hin. Die letzten Sonnenstrahlen kitzelten ihre Nasenspitze. Dankbar nahm sie die Wärme auf und lauschte dem Zwitschern der Vögel. Das Leben konnte so friedlich und wundervoll sein. Doch plötzlich hörte sie Schritte. Zweige knackten. Jemand rannte durch den Wald. Er kam genau auf sie zu. Noch ehe sie aufspringen konnte, war er bei ihr und packte sie grob. Er zerrte sie hoch auf die Füße.

»Wo ist sie?«

Die Alte begriff nicht, wovon er überhaupt sprach.

»Wer?«, krächzte sie überrascht.

»Jetzt stellt Euch nicht so an, Weib! Ihr hattet eine neue Lieferung versprochen, aber da ist nichts.«

Die Alte musterte ihn wissend und prustete los. »Ihr wollt mich an der Nase herumführen und den Preis herunterhandeln. Hab ich recht?«

Der Mann packte ihre Kehle und drückte fest zu. Offenbar war er nicht zu Scherzen aufgelegt. Er neigte sich zu ihr hinunter, sodass sie seinen schlechten Atem riechen konnte.

»Hört mir gut zu. Bis zum nächsten Sonnenaufgang will ich haben, wofür ich bezahle, verdammt. Habt Ihr mich verstanden?«

Sie nickte hektisch, damit er sie losließ. Doch er starrte ihr nur mit eisigem Blick in die Augen, während sie hilflos nach Luft schnappte. Endlich nahm er die Hände von ihrem Hals.

»Verflucht seid Ihr«, röchelte sie und rieb sich die Kehle.

Er hob drohend die Faust.

»Achtet auf Eure Worte«, sagte er und baute sich vor ihr auf.

Sie biss sich auf die Lippe und verkniff sich einen erneuten Fluch. Dieser Kerl war der Teufel in Person. Sie hätte es gleich wissen sollen. Doch jetzt steckte sie schon zu tief in der Sache drin. Es gab keinen Ausweg und keine Möglichkeit zu entfliehen. Er würde sie überall finden. Da war sie sicher. Er warf ihr einen letzten finsteren Blick zu und verschwand so schnell, wie er gekommen war. Sie starrte ihm eine halbe Ewigkeit hinterher und setzte sich schließlich in Bewegung. Ob der Mistkerl log? Sie hatte ihren Teil wie vereinbart abgeliefert. Kurz überlegte sie, noch einmal nachzuschauen, entschied sich jedoch dagegen. Womöglich lauerte er ihr auf. Nein, sie würde nicht in seine Falle tappen. Besser besorgte sie Ersatz und damit hatte es sich. Man legte sich nicht mit dem Teufel an, wenn einem das Leben lieb war. Das hatte schon ihre Mutter gepredigt. Sie sah in den Kessel und kratzte die restliche Suppe zusammen. Die Menge würde reichen. Sie tat noch ein paar Kräuter hinzu, um den grässlichen Geruch ein wenig zu übertünchen. Anschließend machte sie sich auf den Weg. Sie wusste genau, wo sie neue Ware herbekam. Und hoffentlich reichte es ihm dann. Irgendwann musste es doch genug sein, selbst für einen Teufel wie ihn.

Bastian und Wernhart sahen sich im Verschlag des Steinmetzmeisters um. Vier Strohlager, ein Schemel, weiter nichts. Die Decke war so niedrig, dass Bastian den Kopf einziehen musste.

»Wo schläft dein Vater?«, fragte Bastian den schmächtigen Burschen, der mit ängstlichem Gesicht auf das Lager gleich an der Tür deutete.

Bastian hob das platt gedrückte Stroh an. Ein paar schmutzige Strümpfe kamen zum Vorschein, Mäusekot und sonstiger Dreck. Er rümpfte die Nase und kämpfte sich von vorn bis hinten durch, ohne jedoch etwas Wichtiges zu finden. Wernhart durchsuchte den Mantel des Steinmetzen, der an einem Haken über dem Lager hing. Er beförderte ein kurzes Messer und eine Feile zutage, ansonsten waren die Taschen leer.

Bastian schaute sich im Verschlag um und entdeckte einen Leinenbeutel.

»Wem gehört der?«, fragte er den Sohn des Steinmetzen.

»Meinem Vater.«

Bastian schüttelte den Beutel aus. Ein Seil, weitere Werkzeuge, ein Tuch, in dem drei Münzen eingewickelt waren, und etwas Dunkelgrünes, das ihn stutzig machte. Sofort durchsuchte er seine eigenen Taschen und holte das Wachsstück hervor, das er bei Rosalindes Leichnam gefunden hatte.

»Das gibt es doch gar nicht«, murmelte er überrascht und fügte sein Fundstück nahtlos an die andere Hälfte des Siegels.

XIV

GEGENWART

Ingrid Scholten stocherte mit einem Meißel auf dem Fundament herum. Sie standen in einer Kleingartenparzelle vor den Toren von Zons. Die Sonne brannte bereits kräftig auf sie herab, obwohl es erst April war. Es roch nach Grillfleisch und Oliver lief unwillkürlich das Wasser im Mund zusammen. Laut Dienstplan hätte er heute eigentlich einen freien Tag gehabt, doch pflichtbewusst hatte er diesen verschoben. Trotzdem bereute er seine Entscheidung im Moment. Wie gerne hätte er diesen wunderschönen Frühlingstag mit Emily verbracht. Überhaupt hatten sie sich in letzter Zeit viel zu wenig gesehen und das, obwohl sie jetzt endlich eine gemeinsame Wohnung bezogen hatten. Emily erschien ihm neuerdings irgendwie abwesend. Ständig telefonierte sie mit Anna, während er am Abend allein auf der Couch hockte und darauf wartete, dass sie sich zu ihm gesellte. Gut, er schaute nicht fern, sondern studierte die Akten der aktuellen Mordfälle.

Wenn er ehrlich war, hatte er nicht wirklich Zeit für Emily. Und er war es auch, der den heutigen freien Tag hatte platzen lassen. Oliver seufzte. Emily dachte über ihn vermutlich ebenso. Die Liebe war schon eine komische Sache. Es gab Momente, die erlebte er so intensiv, dass er sie gerne für immer festhalten wollte. Und dann kamen die Phasen, in denen das Leben bloß vor sich hin plätscherte. Manchmal fühlte er sich wie ein Luftballon im Wind, und er hatte Angst, dass ihn ein Luftzug von Emily forttreiben konnte und er es nicht mal merkte. Lebten sie im Augenblick nur nebeneinanderher? Fokussierten sie sich zu sehr auf sich selbst, statt zu schauen, wie es dem anderen gerade erging? Erst am Morgen hatte Emily völlig geistesabwesend gewirkt. Sie war ohne einen Abschiedskuss aus der Wohnung gestürmt, das Handy am Ohr und die Autoschlüssel in der Hand. Ein flüchtiger Blick an der Tür hatte ihm gegolten, und plötzlich war sie schon fort, bevor er sie noch einmal an sich ziehen konnte. Früher wäre er ihr gefolgt. Notfalls bis zum Auto, und er hätte sie zum Abschied geküsst. Aber heute Morgen hatte er im Internet nach dem dritten Opfer recherchiert, einem gewissen Henry Schilling. Es war ihm wichtiger gewesen, mit seiner Arbeit voranzukommen, als der Frau nahe zu sein, die er liebte. Irgendwie nagte diese Erkenntnis an ihm. Und dann ging ihm unablässig dieses Foto durch den Kopf. Anna hatte es blitzschnell umgedreht, als sie zum Frühstück bei ihnen saß. Immer wieder sah er die Szene vor sich. Verschwieg Emily ihm etwas?

Er schüttelte seine zermürbenden Gedanken ab und konzentrierte sich erneut auf das Fundament.

»Kann man denn herausfinden, wann genau es gegossen wurde?«, fragte er und wischte sich eine Schweißperle von der Stirn.

Die Leiterin der Spurensicherung steckte ein größeres Stück Beton in eine Plastiktüte und sah ihn an. »Wir werden es versuchen. Allerdings ist es schwierig. Gestern hat es geregnet, heute ist es relativ trocken. Das sind alles Faktoren, die eine Rolle spielen. Am Ende wird es wohl auf eine Schätzung hinauslaufen.«

»Das bedeutet also, Tom Kretschmar kann nicht eindeutig belegen, zu welchem Zeitpunkt er dieses Fundament erstellt hat«, schloss Klaus aus Scholtens Worten. »Es sei denn, es gäbe einen Zeugen.«

»Und den gibt es nicht«, fügte Oliver hinzu. Sie hatten die letzten zwei Stunden damit verbracht, die Besitzer der umliegenden Parzellen zu befragen. Ein Nachbar behauptete sogar, dass Kretschmar am Samstag zur Mittagszeit nicht in seinem Garten gewesen war. Wenn Oliver sich so umsah, konnte er diese Aussage durchaus nachvollziehen. Aus sämtlichen Fugen spross Unkraut. Der Rasen glich einer Naturwiese, auf der mehr Disteln und Brennnesseln wuchsen als an jedem Wegesrand. Ein verrosteter, offenbar lange nicht benutzter Grill stand verwahrlost auf einer überwucherten Terrasse. Er fragte sich, warum Kretschmar die schäbige Gartenlaube überhaupt durch einen Anbau erweitern wollte. Ein vollständiger Abriss hätte aus seiner Sicht größeren Sinn, denn das verrottete Holz war nicht mehr zu retten.

»Können Sie feststellen, ob es sich bei dem Beton um Material aus Kretschmars Ausbildungsbetrieb handelt?«

Scholten nickte. »Wir werden es auch mit den Säulen aus dem Kreisarchiv abgleichen.«

Oliver überlegte, ob es für einen Haftbefehl reichen würde, falls es nachweislich dieselbe Zusammensetzung wäre. Tom Kretschmar hatte ein Motiv und er hatte sich Baumaterial besorgt, kurz bevor Benjamin und Annalena tot und einbetoniert aufgefunden wurden. Dagegen sprach das Alibi für die Tatzeit von seiner Mutter und seinem jüngeren Bruder. Ein Richter würde vermutlich eher zugunsten des Verdächtigen entscheiden. Andererseits hatte Kretschmar bereits eine Haftstrafe wegen Körperverletzung verbüßt. In einem solchen Fall könnte ein Richter auch weniger Milde zeigen.

»Wann können wir mit Ergebnissen rechnen?«, fragte er und blickte auf die Uhr. Er wollte dringend zurück an seinen Computer, um mehr über das dritte Opfer herauszufinden. Sollte sich hier eine Verbindung zu Tom Kretschmar ergeben, stiegen die Chancen auf einen Haftbefehl.

»Ich mache Druck beim Labor«, versprach Ingrid Scholten. »Vor morgen wird es allerdings nichts.«

»Wir sollten Kretschmar festsetzen«, erklärte Klaus, als sie wieder im Dienstwagen saßen und ins Revier fuhren. »Es ist doch offensichtlich, dass der Kerl Dreck am Stecken hat.«

»Ich würde ihn auch lieber früher als später aus dem Verkehr ziehen, aber ich befürchte, dass die Beweislage nicht für einen Haftbefehl ausreicht. Wir müssen uns mit dem dritten Opfer, Henry Schilling, beschäftigen und herausfinden, ob es eine Beziehung zu Tom Kretschmar gibt.«

Klaus verzog das Gesicht. »Ich habe vorhin einen Anruf erhalten. Sieht nicht gut aus. Henry Schilling ist Aushilfslehrer an dem Gymnasium, auf das auch Annalena und Benjamin gingen. Er ist ledig, dreißig Jahre alt und nebenher als Fitnesstrainer in einer Muckibude in Dormagen tätig. Er ist erst vor einem halben Jahr aus Baden-Württemberg hierher gezogen. Es wäre ein großer Zufall, wenn er Tom Kretschmar gekannt hätte.«

Oliver trat auf die Bremse und hielt an einer roten Ampel.

»Aber dann könnte es doch über Leon, den kleinen Bruder von Tom, eine Verbindung zwischen Henry Schilling und Tom Kretschmar geben. Er besucht schließlich dieselbe Klasse wie Benjamin«, überlegte er.

Klaus zog zweifelnd die Augenbrauen in die Höhe. »Ich schicke jemanden los, der das klären soll.«

»Sie könnten außerdem ins selbe Fitnesscenter gegangen sein«, ergänzte Oliver. »Wurde das überprüft?«

»Keine Ahnung. Das werden wir gleich erfahren, wenn wir im Büro sind.« Oliver gab Gas. »Vielleicht kümmerst du dich darum. Ich habe jetzt einen Termin mit diesem Japaner, dem Architekten des neuen Kreis-archivs.«

Den Rest der Fahrt schwiegen sie. Olivers Gedanken kreisten um den Fall, doch er kam einfach nicht weiter. Sie hatten immer noch zu viele lose Enden, die sich nicht verknüpfen ließen. Er lenkte den Wagen in die Tiefgarage und parkte. Vor dem Fahrstuhl trennten sie sich. Klaus fuhr ins Büro und Oliver nahm die Treppe. Der Besprechungsraum für Besucher befand sich im Erdgeschoss. Als er die Tür öffnete, wartete Hatano Takayuki bereits auf ihn. Der zierliche Mann erhob sich und verneigte sich leicht in seine Richtung.

»Es freut mich sehr, dass wir heute sprechen können, Herr Kriminalkommissar.« Der Architekt setzte sich wieder und Oliver nahm ihm gegenüber am Tisch Platz.

»Der Bauleiter des Kreisarchivs, Armin Novak, hat mich da auf etwas aufmerksam gemacht«, begann Takayuki und schlug ein Buch auf, das er mitgebracht hatte. Er zeigte Oliver eine alte japanische Burg. »In Japan gibt es eine sehr alte Tradition. Sie nennt sich Hitobashira. Das bedeutet übersetzt *menschliche Säulen*. Dabei geht es um Menschenopfer, die den Göttern gemacht wurden, damit ein Bauwerk hielt und gesegnet war. Keine Naturgewalt sollte einem solchen Bau etwas anhaben können. Bereits um siebenhundertzwanzig nach Christus wurden solche Opfer in Japan zum ersten Mal erwähnt. Die Burg auf diesem Bild heißt Maruko und ist eine der ältesten erhaltenen Burgen Japans. Sie wurde mit einer Hitobashira erbaut. Eine arme halbblinde Frau und Mutter zweier Kinder meldete sich freiwillig. Sie nahm dem Fürsten und Bauherrn dafür das Versprechen ab, dass er einen ihrer Söhne zum Samurai ausbilden ließe. Doch der Fürst hielt sich nicht an sein Versprechen. Man sagt, dass der Geist der Toten noch heute für regelmäßige Überschwemmungen des Burggrabens sorgt. Es gibt viele weitere Burgen und Schlösser mit einer menschlichen Säule, aber auch für die Stabilität von Staudämmen oder Brücken wurden Menschen geopfert.« Der Architekt machte eine Pause und sah Oliver durchdringend an, bevor er hinzufügte: »Ich habe gehört, dass die Toten vom Kreisarchiv in Säulen eingemauert wurden.«

Oliver räusperte sich überrascht und blätterte in dem Buch.

»Das ist in der Tat sehr hilfreich«, erklärte er und überflog einen Text, der beschrieb, wie für ein anderes Schloss eine Jungfrau geopfert worden war. Die Beispiele erinnerten ihn unweigerlich an die aktuellen Mordfälle. Er fragte sich nur, weshalb der Mörder ausgerechnet auf eine alte japanische Tradition zurückgreifen sollte.

»Kann ich mir das ausleihen?«, bat er. »Wir werden Ihren Hinweisen selbstverständlich nachgehen. Vielen Dank dafür.«

»Ich schenke Ihnen das Buch«, entgegnete der Japaner großzügig und lächelte. »Ich bin Experte auf diesem Gebiet, und wenn Sie mehr wissen möchten, können Sie jederzeit auf mich zukommen.«

Oliver erhob sich und reichte dem Architekten zum

Abschied die Hand. Draußen auf dem Flur blickte er Hatano Takayuki nachdenklich hinterher.

* * *

Sie stand unter der Dusche und wusch sich den Schweiß ab. Ihr rechtes Handgelenk tat weh, weil sie den Schläger nicht richtig festgehalten hatte. Die Wucht eines Tennisballs hatte es nach hinten wegknicken lassen, und seitdem spürte sie einen dumpfen Schmerz, der auch durch das warme Wasser nicht nachließ. Shampoo tropfte aus ihrem Haar ins Gesicht und verfing sich in ihren Wimpern. Sie kniff die Augen zusammen und tastete nach dem Waschlappen. Rasch wischte sie den Schaum ab und ging im Geist noch einmal die letzten Tipps ihres Trainers durch. Nächste Woche fand ein wichtiges Turnier statt und Nele war schrecklich aufgeregt. Sie trainierte inzwischen jeden Tag und wurde immer besser. Allmählich lief sie zur Höchstform auf. Heute hatte sie sogar Melanie besiegt, die bisher als Favoritin galt. Ihr Herz begann schneller zu klopfen, sobald sie bloß daran dachte. Sie hätte das nie für möglich gehalten. Melanie war zwei Jahre älter und fast einen Kopf größer. Sie spielte Tennis wie ein Profi und hatte in den letzten Monaten bei Turnieren alles abgeräumt, was zu gewinnen war. Nele würde nie den Moment vergessen, in dem der Matchball auf sie zuflog. Sie hatte in derselben Sekunde gewusst, dass sie siegen würde, wenn sie den Ball nur richtig zurückschmetterte. Schmetterbälle lagen ihr nicht sonderlich.

Ihre geringe Körpergröße wirkte sich eher nachteilig aus. Doch dieses Mal hatte sie das Defizit ausgeglichen. Sie hatte sich in die Luft geschwungen und mit ganzer Kraft zugeschlagen. Der Tennisball kam kurz vor der Linie auf, unerreichbar für ihre Gegenspielerin. Das unbeschreibliche Glücksgefühl ließ sie auch zwei Stunden später noch taumeln.

Nele drehte das Wasser ab und legte sich ein Handtuch um. Die anderen Mädchen waren längst zu Hause. Sie hingegen hatte nach dem Spiel ausgiebig mit ihrem Trainer gesprochen und inzwischen brach schon der Abend herein. Die Sonne glitzerte in tiefem Rot durch die schmalen Fensterscheiben der Umkleide. Nele nahm auf der Bank vor dem Spind Platz und genoss mit geschlossenen Augen noch einmal ihren Triumph. Im Geiste durchlief sie das Spiel gegen Melanie. Sie fühlte die Angst, als sie ganz zu Beginn des Matches in Rückstand geraten war. Ihr Herz pochte schneller mit jedem Punkt, den sie aufholte. Sie durchlebte jeden einzelnen Schlag, setzte gekonnt die Rückhand ein und gewann den nächsten Aufschlag. Sie spürte, wie ihre Gegnerin zunehmend nervöser wurde, Fehler machte und wie das Spiel zu ihren Gunsten kippte.

Plötzlich hörte Nele ein Geräusch und schlug die Augen auf.

Sie blickte sich kurz in der Umkleide um. Sie war allein. Für drei, vier Sekunden lauschte sie angespannt und fiel dann zurück in ihren Tagtraum. Gerade als sie den letzten Matchball gewann, schepperte etwas. Wieder sah sie sich um. Ihr Blick glitt über die geschlossene Tür. Alles wirkte harmlos. Sie nahm auch keinen Luftzug wahr. Ob ihr Trainer noch in der Männerumkleide duschte?

Sie legte das Handtuch ab und öffnete den Spind, um ihre Sachen herauszuholen. Sie schlüpfte in ihren Slip und in die enge Jeans, zog das T-Shirt über den BH und band die Sneakers zu. Zum Schluss holte sie die Sporttasche aus dem Schrank und verschloss ihn sorgfältig. Den Schlüssel schob sie in die Tasche und genau in diesem Moment hörte sie erneut ein Geräusch. Diesmal war es ganz nah bei ihr. Erschrocken fuhr sie herum und blickte in die abgrundtiefen dunklen Augen eines Fremden. Nele erstarrte. Für zwei, drei Sekunden konnte sie sich nicht rühren. Der Fremde presste ihr die Hand auf den Mund und packte mit der anderen ihren Arm. In ihrem Kopf liefen mehrere Filme auf einmal ab. In einem rannte sie weg. In dem anderem hob sie das Knie und stieß es ihrem Angreifer zwischen die Beine. Im nächsten rammte sie ihm den Schädel mit voller Wucht gegen das Nasenbein.

Nele entschied sich für die letztere Möglichkeit. Plötzlich spielte sich alles wie bei einem Tennismatch ab. Sie fokussierte sich. Sie bündelte ihre Kräfte und im Bruchteil einer Sekunde schoss ihr Kopf nach vorn. Etwas knackte fürchterlich. Der Mann heulte auf und ließ sie los. Sie flüchtete in Windeseile, ohne nachzudenken. Sie funktionierte einfach nur. Doch als sie an der Treppe ankam, war er hinter ihr. Sie sprang die Stufen hinauf und stolperte. Er krallte die Finger um ihren Knöchel und zog sie hinunter. Sie trat nach ihm und hielt sich mit beiden Händen am Geländer fest. Aber sie rutschte immer weiter ab. Ihre Finger verloren die Kraft. Fast wie in Zeitlupe sah sie, wie sich einer nach dem anderen vom Handlauf löste. Nele schrie und schrie und schrie.

* * *

»Das sind fantastische Neuigkeiten!« Oliver legte auf und ballte die Hand zur Faust. Klaus sah ihn erwartungsvoll an.

»Ingrid Scholten hat ein Haar von Benjamin Küsters in der Gartenlaube von Tom Kretschmar entdeckt. Die Schlinge scheint sich immer enger zu ziehen. Ich denke, Hans Steuermark genehmigt uns auf alle Fälle die Observierung dieses Mistkerls.«

»Das ist super!«, stimmte Klaus zu und rieb sich die Hände. »Nehmen wir uns die Mutter und den Bruder noch einmal vor. Vielleicht widerrufen sie das Alibi und dann haben wir ihn.«

»Das sollten wir tun«, erwiderte Oliver nachdenklich. Er blätterte durch die Akte des dritten Opfers. Die Recherchen zu Henry Schilling waren längst nicht abgeschlossen. Es schien bisher keine Verbindung zwischen ihm und Tom Kretschmar zu geben, auch über dessen Bruder Leon nicht. Sie hatten sich erkundigt, in welchen Klassen Henry Schilling ausgeholfen hatte. Demnach unterrichtete er hauptsächlich Geschichte für jüngere Jahrgänge und Religion. Annalena und Benjamin Küsters hatten ihn gekannt. Leon

Kretschmar allerdings nahm am Religionsunterricht nicht teil.

»Weißt du was, übernimm du die Mutter von Kretschmar und seinen Bruder. Ich kümmere mich der Vollständigkeit halber um die drei anderen Verdächtigen, die auf dem Whiteboard stehen.« Oliver wollte herausfinden, ob einer von ihnen eine Verbindung zum dritten Opfer hatte.

Klaus nickte. »Okay. Dann sehen wir uns in schätzungsweise zwei Stunden wieder hier.« Er nahm seine Sachen und den Autoschlüssel und machte sich auf den Weg.

Oliver blätterte durch seine Notizen zu Mario Reuschel. Die Beziehung, die er zu Annalena gepflegt hatte, ließ ihn verdächtig erscheinen. Allerdings sprach ansonsten nicht viel gegen ihn. Seine Angaben entsprachen der Wahrheit. Er hatte nachweislich keinen Sex mit dem Mädchen gehabt. Doch dass er sich tagelang nach dem Ausflug nicht bei ihr gemeldet hatte, irritierte ihn. Selbst für den Fall, dass sie sich gestritten oder Schluss gemacht hätten, blieb es merkwürdig. Keine Beziehung endete einfach so, von hundert auf null. Mario Reuschels Erklärungen leuchteten ihm nicht ein. Er hätte Annalenas Verschwinden bemerken müssen. Und dann gab es noch den zweiten Pfadfinder-Betreuer Emil Kutschkow, der kein Alibi für den Zeitpunkt der Morde an den Geschwistern besaß. Oliver legte das Notizbuch ab und rief die Kollegin an, die das Alibi durchleuchtet hatte.

»Wer hat eigentlich kein Alibi für den Zeitraum, in

dem der Mord an Henry Schilling ausgeübt wurde? Im Obduktionsbericht steht, dass der Tod vermutlich am Dienstagabend eingetreten ist. Das war vor sechs Tagen.«

»Ich wollte Ihnen gerade den Bericht schicken«, erwiderte die Kollegin. »Tom Kretschmar war angeblich zu Hause, seine Mutter kann das bezeugen. Mario Reuschel und Emil Kutschkow haben kein Alibi. Sie waren alleine in ihren Wohnungen. Die Nachbarn können keine Angaben machen.«

»Danke. Können Sie bitte auch herausfinden, was Dietmar Kunz in den fraglichen Zeiten gemacht hat?«, bat Oliver und legte auf. Im Grunde genommen hatte keiner ein handfestes Alibi. Er beschloss, Emil Kutschkow zuerst zu befragen. Das hatte den Vorteil, dass er dabei auch noch mehr über Mario Reuschel erfahren konnte.

Fünfundzwanzig Minuten später klingelte er an der Eingangstür eines Häuserblockes, der um die zwanzig Parteien beherbergte. Auf dem nahe gelegenen Park- platz war ihm bereits Kutschkows Motorrad aufgefallen. Die Chancen standen gut, dass er zu Hause war. Es dauerte nicht lange und aus der Gegensprechanlage ertönte eine tiefe Stimme.

»Ja, bitte?«

Oliver stellte sich vor und der Türöffner brummte. Er betrat den muffigen Hausflur und begab sich in die zweite Etage, wo ein kleiner, durchtrainierter Mann auf ihn wartete.

»Ihre Kollegen haben mich bereits befragt«, erklärte

er und winkte Oliver herein. »Mehr habe ich gar nicht zu erzählen. Ich war zwar auf dem Ausflug dabei, aber Benjamin Küsters und seine Schwester waren nicht in meiner Gruppe. Ich hatte kaum etwas mit ihnen zu tun.«

»Verstehe«, erwiderte Oliver und setzte sich auf einen Ledersessel im Wohnzimmer. »Ich habe ein paar weitere Fragen«, erklärte er und schlug seine Notizen auf. »Können Sie mir sagen, wer dieser Mann ist?« Er legte ein Foto von Henry Schilling auf den Couchtisch.

Kutschkows Augen weiteten sich augenblicklich. »Na klar. Das ist Henry. Er gehört zu uns, war aber beim Pfadfinder-Ausflug nicht dabei. Er war krank. Hatte Magen-Darm-Probleme. Was ist mit ihm?«

»Kennen Sie sich gut?«, hakte Oliver vorsichtig nach und jubelte innerlich. Endlich hatte er eine Verbindung zum dritten Opfer aufgespürt. Emil Kutschkow rutschte auf seinem Sessel herum und schüttelte den Kopf.

»Gut wäre übertrieben. Wir kennen uns nur über die Pfadfinder. Er ist noch nicht lange dabei. Jetzt sagen Sie bitte nicht, dass ihm etwas zugestoßen ist. Ich habe mich über die Fragen Ihrer Kollegen schon gewundert. Aber ...« Kutschkow blickte Oliver an und schloss die Augen. »Er ist tot. Stimmt's?«

»Es tut mir leid«, sagte Oliver leise und wartete einen Moment, bevor er weiterfragte: »Wie war denn Henry Schillings Verhältnis zu Benjamin und Annalena Küsters? Gab es da Berührungspunkte?«

Emil Kutschkow seufzte tief. »Ich weiß nicht. Sie hatten nicht sehr viel miteinander zu schaffen. Er hat eine andere Gruppe betreut. Benjamin und Annalena waren in Mario Reuschels Gruppe. Aber das wissen Sie ja schon.«

»Wie sah die Beziehung zwischen Henry Schilling und Mario Reuschel aus? Kamen die beiden gut miteinander klar?«

»Ich denke ja. Sie waren jedoch nicht enger befreundet, wenn Sie das meinen.«

Oliver musterte Kutschkow, der damit begonnen hatte, die Finger zu kneten.

»Und Sie? Sind Sie mit Mario Reuschel befreundet?«

»Wir sind Kumpels. Ab und an unternehmen wir was zusammen. Wieso stellen Sie mir all diese Fragen? Ich komme mir langsam vor, als verdächtigen Sie mich.«

Oliver klappte sein Notizbuch zu. »Ich will offen zu Ihnen sein. Sie besitzen für keinen der Tatzeitpunkte ein Alibi und deswegen können wir Sie nicht von der Liste streichen.«

»Von der Liste der Verdächtigen?«

Oliver nickte. »Gibt es etwas, was Ihnen in letzter Zeit merkwürdig vorgekommen ist? Immerhin sind drei Pfadfinder ums Leben gekommen.«

Emil Kutschkow schüttelte nervös den Kopf. »Nichts. Ich hätte mich in diesem Fall gemeldet.«

Oliver betrachtete den Mann nachdenklich. Warum war er nur so angespannt? Bisher hatten sie kein besonderes Augenmerk auf ihn gelegt. Es fehlte ein Motiv. Er erhob sich und gab Kutschkow die Hand.

»Wir kommen auf Sie zurück, sobald sich neue Fragen ergeben.«

Kaum saß Oliver wieder im Wagen, klingelte sein Handy.

»Bergmann hier«, meldete er sich.

»Hier spricht Robin Förster, der Mitschüler von Benjamin. Wissen Sie noch, wer ich bin?«, fragte die dünne unsichere Stimme.

Oliver trat auf die Bremse und fuhr in eine Parknische. Robin Förster war der Junge, in den sich Benjamin Küsters verliebt hatte.

»Natürlich erinnere ich mich. Was gibt es denn?«

Robin Förster räusperte sich. »Ich wollte nur sagen, dass Benni und ich ... also ... wir haben uns doch gestritten auf dem Ausflug. Es ist so ...« Er hielt inne und atmete so laut, dass Oliver das Handy unwillkürlich ein Stück vom Ohr nahm. »Benni wollte nichts mehr von mir. Er hatte sich in seinen Betreuer verknallt.«

In Olivers Kopf ratterte es. Der Name schoss in ihm hoch: Mario Reuschel.

XV

VOR FÜNFHUNDERT JAHREN

Vor der alten Burgruine türmten sich alle möglichen Gesteinsbrocken auf. Das riesige Zwischenlager war ein bekannter Handelsplatz. Kaspar taten die Fußsohlen weh. Er war die Strecke gelaufen, weil ihm selbst das Geld für einen Esel fehlte. Hubertus, der Maurermeister, dachte, er läge mit Bauchschmerzen auf seinem Strohlager. Kaspar konnte nur beten, dass niemand sein Fehlen bemerkte. Matthias würde ihn sicherlich nicht verraten. Doch wenn einem der Mörtelrührer auffiel, dass er sich davongeschlichen hatte, stand es schlecht um ihn.

Er duckte sich hinter einen Strauch und sah sich das bunte Treiben an. Händler kamen mit ihren leeren Karren und luden Steine auf. Manche ließen sich Säcke mit Kieselsteinen füllen, die von Knechten auf dem Rücken zur Baustelle geschleppt wurden. Kaspar dachte an Matthias, der bereits sein halbes Leben lang Steine transportierte. Ein solches Schicksal blieb ihm hoffentlich erspart. Er wollte sich diese fünfzehn Schillinge verdienen, und er war nun fest davon überzeugt, dass es sich beim Steinmetzmeister um den Auftraggeber des alten Weibes handelte. Zweifel überkamen ihn nur noch selten. Kaspars Gedanken kreisten unaufhörlich um die Schillinge und um die Medizin, die er seiner Mutter damit kaufen konnte. Die Aussicht, nicht mehr auf der Baustelle an der Zonser Kirche schuften zu müssen, beflügelte ihn. Er schirmte die Augen mit einer Hand gegen die Sonne ab und suchte den Steinmetz. Den massigen Mann sollte er eigentlich nicht übersehen, aber er fand ihn nicht. Ob sein Sohn nicht die Wahrheit gesagt hatte? Oder war er gar am falschen Ort?

Kaspars Laune sank auf einen Tiefpunkt. Er hatte sich in allen Farben ausgemalt, wie leicht er an das Geld gelangen könnte. Doch das Leben machte ihm wie so oft einen Strich durch die Rechnung. Frustriert ließ er sich auf den Boden sinken und begann, seine schmerzenden Füße zu reiben. An den Rückweg wollte er überhaupt nicht denken. Die Sonne senkte sich bereits herab. Bald würde man nach ihm schauen. Er fluchte leise und stand wieder auf. Vielleicht sollte er einen der Händler fragen, ob der Steinmetzmeister heute hier gewesen war. Kaspar wollte eigentlich unerkannt bleiben, aber womöglich hatte er den Steinmetz verpasst. Schließlich war er zu Fuß hierhergekommen. Diese Möglichkeit durfte er nicht außer Acht lassen. Verflucht. Kaspar sah sich ein letztes Mal um und kam dann hinter dem Strauch hervor. Er ging auf einen hochgewachsenen, schlaksigen Kerl mit langem grauem Mantel zu, der vor einer Reihe Steinblöcke stand, wie sie auch für die Zonser Kirche verwendet wurden. Der Mann verhandelte gerade mit einem dickbäuchigen Kunden über den Preis. Kaspar blieb ein wenig abseits stehen und wartete ungeduldig ab, als er das Trampeln von Pferdehufen vernahm.

Bastian Mühlenberg preschte mit ein paar weiteren Stadtsoldaten heran. Im letzten Moment versteckte er sich hinter einem großen Stein. Er hörte mit an, wie Bastian Mühlenberg nach dem Steinmetzmeister fragte. Der hochgewachsene Mann zeigte in die Richtung, in die der Steinmetz den Steinbruch verlassen hatte. Kaspar war also zu spät dran gewesen. Wie gelähmt sah er, wie Bastian Mühlenberg mit seinen Soldaten davongaloppierte.

»Den Mistkerl schnappen wir uns«, presste Bastian nur mit mühsamer Beherrschung hervor und trieb sein Pferd an. Den Steinmetz würde er umgehend in den Juddeturm stecken. So viel stand fest. Gerhard Wolter hatte nicht nur die Bettelweiber auf dem Gewissen. Er hatte zudem die Mauer von Pfarrer Johannes' Kirche wieder und wieder zum Einsturz gebracht. Wie auch immer der Kerl es geschafft hatte, die anderen Handwerker auf der Baustelle zu täuschen, ihm konnte er nichts mehr vormachen. Das dunkelgrüne Schöffensiegel, das Bastian in seinem Beutel im Verschlag hinter der Baustelle entdeckt hatte, bewies eindeutig, dass er schuldig war. Ein Teil des Wachses war herausgebrochen und es passte haargenau zu dem Stück bei Rosalindes Leichnam. Er hatte sich gleich gewundert, wie ein Bettelweib an das Schöffensiegel gelangt sein sollte. Und wenn es nicht von ihr stammte, dann von ihrem Mörder. Vom Steinmetz. Wütend trieb er sein Pferd voran in die Richtung, die der Händler ihnen gewiesen hatte. Es führten zwei Wege von dort nach Zons. Der kürzere, auf dem sie hergeritten waren, und der längere, dessen ebene Beschaffenheit für volle Handelskarren besser geeignet war. Allzu weit konnte Gerhard Wolter noch nicht gekommen sein. Er war mit einem Esel und einem Karren losgezogen und er transportierte mehrere schwere Steinbrocken, wie ihm der Händler mit dem langen grauen Mantel verraten hatte. Er konnte nicht viel schneller als eine Schnecke vorankommen. Tatsächlich nahm Bastian in der Ferne eine Gestalt mit Karren wahr. Sofort zog er das Tempo an und holte den Mann geschwind ein.

»Gerhard Wolter, bleibt auf der Stelle stehen!«, befahl Bastian und sprang aus dem Sattel. Er packte den Mann. »Ich nehme Euch gefangen wegen des Mordes an vier Bettelweibern und wegen des absichtlich herbeigeführten Einsturzes der Sankt-Martinus-Kirche.«

Der Steinmetz starrte Bastian entsetzt an. »Was zum Teufel werft Ihr mir da vor? Ich habe nichts dergleichen getan. Seht Ihr nicht die Steine, die ich ausgewählt habe? Sie sind von besonders fester Qualität und dieses Mal werden sie halten. Und mit irgendwelchen Bettelweibern habe ich nichts zu schaffen. Wie kommt Ihr darauf, dass ich mich an den Armen vergreife?«

Der Steinmetz sprach überzeugend, das musste Bastian ihm zugestehen. Hätte er nicht das Siegelstück in dessen Beutel gefunden, würde er jetzt zweifeln. Doch so erschien ihm die Beweislage eindeutig.

»Ihr könnt Euch rechtfertigen, wenn Ihr in Eurem Kerker im Juddeturm sitzt«, entgegnete er und winkte Balthasar herbei.

»Nimm den Eselskarren und bring ihn zur Baustelle«, bat er ihn. »Wir reiten mit dem Steinmetz zurück nach Zons, damit wir keine Zeit verlieren.« Bastian warf Gerhard Wolter einen eisigen Blick zu.

»Streckt die Arme in die Luft«, befahl er und tastete Wolters Taschen ab. Er beförderte ein paar Münzen und ein Messer zutage.

»Los! Steigt auf.« Er deutete auf Balthasars Rappen und sah zu, wie der massige Steinmetz hinaufkletterte. Dann schnappte er sich die Zügel des Rappen und ritt neben ihm her. Wernhart und die anderen Männer folgten ihm auf dem Fuß, während Balthasar auf dem Eselskarren immer weiter zurückfiel und sicherlich nicht vor Sonnenuntergang in Zons ankommen würde.

»Ich habe nichts Schlimmes getan, Bastian Mühlenberg. Ihr irrt Euch!«, beteuerte der Steinmetz unterwegs, doch Bastian reagierte nicht darauf. Er wollte ihn zuerst in den Juddeturm bringen und dann befragen. Am besten gemeinsam mit Wernhart. Bastian spürte einen unbändigen Zorn in sich. Er war nicht sicher, dass er dem Mann nicht an die Gurgel gehen würde. Vier Bettelweiber waren tot. Bei dem Gedanken an Gertrudes Söhne wurde ihm übel. Die Sache mit der Kirchenmauer war zwar bei Weitem nicht so abscheulich und ließ sich reparieren, trotzdem machte es ihn wütend. Pfarrer Johannes war nicht mehr der Jüngste. Er rieb sich für seine Gemeinde auf, und da musste ausgerechnet dieser Hurensohn dafür sorgen, dass die Mauer immer wieder einstürzte? Wie viel hatte der Abt ihm wohl bezahlt?

Die Wut trieb Bastian in Windeseile zurück nach Zons. Ohne Halt ritten sie geradewegs über die Schloßstraße zum Juddeturm.

»Runter mit Euch«, knurrte Bastian und zerrte den Steinmetz vom Pferderücken. Er hämmerte mit der Faust gegen die schwere Tür des Gefängnisturms.

Ein dickbäuchiger Wachsoldat mit grimmiger Miene öffnete.

»Bringt ihn in die Folterkammer«, befahl Bastian und sah zufrieden, wie Gerhard Wolter zusammenzuckte. Die Ausreden und Unschuldsbekundungen würden diesem Mistkerl bald vergehen. Üblicherweise musste Bastian so gut wie nie eines der Folterwerkzeuge einsetzen. Ihr Anblick genügte den Übeltätern meistens schon.

Der Wachsoldat packte Wolters am Kragen und zerrte ihn die Stufen in das erste Geschoss hinauf.

»Ich habe doch nichts getan«, jammerte der Steinmetz und bekam vom Wachsoldaten dafür einen kräftigen Hieb versetzt.

»Halt's Maul«, brummte der Soldat. »Spar dir das Gejammere für die Befragung.«

»Ich will das machen«, bat Wernhart hinter Bastian und wollte an ihm vorbeistürmen, aber Bastian hielt ihn auf.

»Lass ihn noch ein wenig schmoren«, schlug er vor. »Je mehr Angst er hat, desto schneller wird seine Zunge sich lösen.«

Wernhart nickte. »In Ordnung, zermürben wir ihn ein bisschen. Ich kann es kaum erwarten, ihm auf den Zahn zu fühlen.«

»Ja, iss nur. Die Suppe wird Euch guttun«, murmelte sie und rieb sich heimlich die Hände. Es war so einfach, Menschen zu täuschen. Sobald jemand tat, als meinte er es gut mit ihnen, vergaßen sie alle Vorsicht. Selbst die Leidgeprüften unter ihnen konnten einer liebevollen Geste nicht widerstehen. Dabei stank ihre Suppe erbärmlich. Wenn sie bloß daran roch, wallte Übelkeit in ihr auf. Doch die magere Frau, die sie auf dem Weg nach Zons aufgegabelt hatte, verschlang das Gift, als gäbe es keine größere Köstlichkeit auf Erden.

Sie sah sich um und prüfte, ob jemand in der Nähe war. Der Weg wurde heute besonders stark genutzt. Das hatte sie ein wenig unterschätzt. Das Feuer unter dem Kessel leuchtete meilenweit. Sie konnte bloß hoffen, dass sie damit nicht weitere hungrige Mäuler anlockte.

»Schmeckt es?«, fragte sie heuchlerisch und setzte

ein freundliches Lächeln auf. Warum auch nicht? Die Frau war etliche Schillinge wert. Jetzt musste sie nur noch umfallen. Natürlich wirkte die Suppe nicht sofort und schon gar nicht tödlich. Sie tastete nach dem Kissen, das sie für den nächsten Schritt bereithielt. Es stank nach dem fauligen Speichel der anderen Weiber, die auf sie hereingefallen waren. Sie beruhigte ihr Gewissen. Diese Frauen waren selbst schuld und immerhin starben sie nicht mit leerem Magen. Sie wären sowieso früher oder später verhungert. Im Grunde tat sie ihnen einen Gefallen. Je schneller sie im Himmelreich ankamen, desto besser. Warum sollten sie länger auf dieser unwirtlichen Erde ausharren, wenn doch das Paradies auf sie wartete?

»Es dreht sich alles«, hauchte die dürre Bettlerin plötzlich und sprang auf. Sie taumelte direkt auf den Feuerkessel zu.

Im letzten Augenblick ging sie dazwischen, packte die Frau bei den Hüften und riss sie zu Boden. Blitzschnell legte sie ihr das Kissen aufs Gesicht. Noch bevor sie wieder zu sich kommen konnte, drückte sie fest zu. Das dürre Ding fing an, mit Armen und Beinen zu zappeln. Sie musste ihre ganze Kraft aufbringen, um die Bettlerin auf der Erde zu halten. Sie hätte besser ein wenig länger gewartet, bis das Gift seine komplette Wirkung entfaltete. Jetzt musste sie diesen fürchterlichen Todeskampf miterleben. Ihre Nackenhaare stellten sich auf. Sie hielt die Luft an und schloss die Augen. Sie versuchte, an etwas anderes zu denken.

Endlich hörte die Frau auf zu zucken.

Sie blieb trotzdem noch eine Weile rittlings auf ihr sitzen, nur um sicherzugehen, dass sie auch tatsächlich tot war.

* * *

»Hat der Abt Euch bestochen?«, herrschte Bastian den Steinmetz an.

»Nein. Das habe ich doch jetzt schon hundertmal gesagt. Ich kenne den Abt überhaupt nicht. Bin ihm nie begegnet. So glaubt mir bitte endlich.« Gerhard Wolter hockte auf einem Schemel und hielt sich die Hände vors Gesicht.

Bastian sah dem Mann die Verzweiflung an, und für einen Moment war er versucht, ihm zu glauben. Aber dann kramte Wernhart die Daumenschrauben aus der Kiste und legte sie vor den Steinmetz auf den Tisch.

»Ihr seid ein harter Bursche. Fangen wir also noch einmal ganz von vorne an. Was habt Ihr mit Gertrude angestellt?«

Wolter stöhnte laut auf. »Nichts, verdammt. Ich habe überhaupt nichts mit ihr angestellt.«

Wernhart presste die Lippen aufeinander und nahm eine der Daumenschrauben in die Hand.

»Nichts? Ist das Euer Ernst?« Er winkte mit dem Folterwerkzeug. »Überlegt Euch die nächste Antwort gut.«

Der Steinmetz blickte gequält auf und schüttelte den Kopf. »Ich habe weder Gertrude noch eines der anderen Bettelweiber getötet. Warum hätte ich das tun sollen?«

»Warum?«, erwiderte Wernhart. »Das ist die Frage, die wir Euch gestellt haben. Ich kann sie nicht für Euch beantworten.«

Er legte ihm die Daumenschrauben an und zog sie fest. Gerhard Wolter biss die Zähne zusammen.

»Warum?«, wiederholte Wernhart ruhig, bevor er die Schrauben noch weiter anzog.

Der Steinmetz verdrehte die Augen, schwieg jedoch. Bastian holte das dunkelgrüne Siegelstück aus seiner Tasche.

»Das habe ich in Eurem Verschlag gefunden. Woher habt Ihr es?«

In diesem Moment griff Wernhart erneut nach den Daumenschrauben. Noch bevor er weiter drehen konnte, schrie der Steinmetz auf und brabbelte etwas Unverständliches. Seine Lippen verzerrten sich, Speichel lief ihm aus den Mundwinkeln. Unvermittelt kippte er vornüber auf den Tisch und regte sich nicht mehr.

»Mach die Schrauben locker, Wernhart«, forderte Bastian und zog den Oberkörper des Steinmetzen hoch.

»Gerhard! Wacht auf!« Bastian schlug ihm leicht auf die Wangen. Aber es war zwecklos. Wolter hatte die Augen geschlossen und hing wie ein schlaffer Sack in Bastians Armen.

»Verdammt. Wir müssen ihn aufwecken. Hol einen Eimer Wasser.« Bastian legte den ohnmächtigen Mann auf den Boden.

Wernhart ging nach unten, kehrte kurz darauf mit einem Kübel Wasser zurück und goss ihn über dem

Steinmetzen aus. Gerhard Wolter zuckte nicht einmal mehr. Er lag völlig regungslos da. Bastian rüttelte an seinen Schultern und nahm ihm schließlich die Daumenschrauben ab.

»Es wird wohl dauern, bis er wieder zu sich kommt«, seufzte er und warf Wernhart einen verzagten Blick zu. »Ich glaube, du hast die Schrauben zu fest angezogen.«

Wernhart schnaufte. »Der Kerl hat uns doch auf der Nase herumgetanzt. Ich wollte die Wahrheit aus ihm herausquetschen. Jetzt mach mir bloß keine Vorwürfe. Der wird schon wieder wach.«

»Mich beschleicht das Gefühl, dass er es nicht war. Hast du mal in seine Augen gesehen? Er wirkte ehrlich verzweifelt.«

Wernhart winkte ab. »Sie versuchen alle, uns zu täuschen. Er weiß schließlich, was ihm droht, wenn herauskommt, dass er gemordet hat. Die Schöffen werden ihn hinrichten lassen.«

Bastian seufzte. Irgendwie war seine Wut verraucht. Was, wenn der Steinmetz das Siegel irgendwo gestohlen hatte? Vielleicht sogar von Peffgen. Der Langfinger wusste sicherlich, wo er die Siegel herbekam und wie er sie gewinnbringend verscherbeln konnte. Sosehr er auch darüber nachdachte, ihm fiel einfach kein Grund ein, warum der Steinmetz die Bettelweiber getötet haben sollte.

»Nein. Ich denke, wir machen einen Fehler«, stieß Bastian aus. »Wir dürfen uns nicht vom Zorn leiten lassen. Er vernebelt unsere Sinne. Bevor wir auf das Schöffensiegel gestoßen sind, haben wir den Händler

Karl Peffgen und das alte Kräuterweib gesucht. Rosalinde wurde mit Fischsuppe vergiftet. Das hat jedenfalls Josef Hesemann festgestellt. Das Weib hat sie gekocht. Ich habe mit eigenen Augen gesehen, wie Peffgen ihr den gammligen Fisch verkauft hat.«

Wernhart sah ihn verdattert an. Hinter seiner Stirn arbeitete es. Nach einer Weile sagte er: »Dann lass uns Peffgen befragen. Unsere Leute müssten ihn inzwischen doch geschnappt haben.«

Bastian rannte die Steintreppe hinunter und rief nach dem Soldaten, der unten vor dem Juddeturm Wache hielt.

»Los, trommel die Männer zusammen, die auf der Suche nach Karl Peffgen waren. Ich will sie hier versammelt haben, und zwar schnell.«

* * *

Erschöpft kehrte Kaspar zum Tretkran zurück, immerhin hatte niemand seine Abwesenheit bemerkt. Niemand bis auf Matthias, der ihn jedoch nicht an den Maurermeister verraten hatte.

»Erzählst du mir, wo du warst?«, fragte sein Freund und biss auf einen Strohhalm, den er anschließend vom rechten hinüber zum linken Mundwinkel schob.

»Ich versuche, etwas herauszufinden«, murmelte Kaspar und schlug die Augen nieder. Er überlegte krampfhaft, was er Matthias sagen sollte. Er wollte ihn nicht anlügen, aber von dem Geld wollte er auch nichts preisgeben.

»Es ... es geht um meine Mutter«, stotterte er. »Sie ist krank und braucht Medikamente. Teure Medikamente. Deshalb schufte ich hier auf der Baustelle.«

Matthias runzelte die Stirn und musterte ihn durchdringend.

»Das verstehe ich«, erwiderte er. »Doch das erklärt nicht, wo du gewesen bist. Hast du so wenig Vertrauen zu mir?«

Kaspar hob entschuldigend die Hände. »Nein, so ist es nicht. Ich vertraue dir. Du hast mir immer geholfen und mich auch nicht verraten. Aber ich kann dir das einfach nicht erzählen.«

Matthias sah ihn traurig an und schwieg, während er hin- und hergerissen war. Warum eigentlich weihte er seinen Freund nicht ein? Er hatte sowieso keine Möglichkeit mehr, an das Geld zu gelangen. Das alte Weib war verschollen und der Steinmetz saß im Juddeturm. Es schadete nicht, Matthias davon zu berichten. Vielleicht wusste er sogar etwas über diese Sache und konnte ihm helfen. Das Schlimmste, womit er rechnen musste, war, die Schillinge am Ende mit ihm zu teilen.

»Also gut. Du bist mein Freund und deshalb verrate ich dir jetzt ein Geheimnis«, hob Kaspar an und bemerkte zufrieden, wie Matthias' Augen zu leuchten begannen. Er erzählte ihm von dem Gespräch, das er belauscht hatte, und von den dreißig Schillingen, die er verdienen könnte, wenn er nur wüsste, worum es ging.

»Und du weißt weder, wie die Alte heißt, noch wer der geheimnisvolle Mann ist?«, fragte Matthias am Ende ungläubig.

Kaspar seufzte und schüttelte missmutig den Kopf. »Unglücklicherweise nicht. Ich habe wirklich alles versucht, um es herauszufinden.« Er deutete auf seine zerschundenen Füße. »Doch es war vergeblich. Ich werde wohl die nächsten Wochen weiter hier schuften müssen.«

Matthias tätschelte seinen Hinterkopf. »Weißt du was, mein Freund. Ich denke, ich kann dich aufheitern.«

»Tatsächlich?«

Matthias grinste. »Ich kann dir zwar bei der Sache mit dem alten Weib und dem Steinmetz nicht weiterhelfen, aber ich verrate dir auch etwas.«

Kaspar horchte erwartungsvoll auf.

»Heute gibt es Lohn, mein Lieber, und deinen Worten entnehme ich, dass du ihn noch nicht abgeholt hast.«

Kaspar klatschte sich mit der flachen Hand gegen die Stirn. »Dem Himmel sei Dank. Das habe ich in der Aufregung ganz vergessen.« Er sprang auf und stürmte aus dem Verschlag.

»Versauf nicht gleich den gesamten Wochenlohn«, rief Matthias ihm lachend hinterher.

Kaspar sputete sich und rannte zur Kirche, wo Eduard Ambrosius an einem Tisch hockte, vor dem sich eine Schlange gebildet hatte. Kaspar stellte sich hinten an. Die Sonne ging allmählich unter und tauchte den Platz in ein tiefes Rot. Kaspar fühlte sich auf der Stelle besser, vor allem wenn er an seinen Lohn dachte. Er wartete geduldig, bis er an der Reihe war, und hielt dann die Hand auf.

»Kaspar«, brummte der Baumeister und fuhr mit der Federspitze über die Namen auf der Liste. »Sieben Schilling für die Woche und drei ziehe ich für dein Lager wieder ab. Bleiben also vier Schilling für dich.« Ambrosius öffnete ein Ledersäckchen und kramte umständlich vier Münzen hervor.

»Bitte schön«, sagte er, ohne aufzublicken, und ließ die Geldstücke in Kaspars Hand fallen. »Der Nächste. Na los, geht es etwas schneller?«

Kaspar wurde von seinem Hintermann unsanft beiseitegestoßen. Hastig schloss er die Hand zur Faust, damit er auch ja keine Münze verlor. Ein Stück abseits zog er sein Leinentuch aus der Hosentasche und wickelte die Schillinge sorgsam darin ein. Er steckte das Tuch wieder ein und wandte sich frohen Mutes ab. Er hüpfte über den Kirchplatz und beschloss, sich ein wenig die Beine zu vertreten. Gedankenverloren lief er die Schloßstraße hinauf und setzte sich am Hafen auf einen Stein. Er holte das Leinentuch hervor und strich sanft darüber, so als berge es einen kostbaren Schatz. Plötzlich kroch ein hagerer Mann mit langen, fettigen Haaren aus der Klappe an einem Bootsrumpf hervor. Der Mann torkelte unbeholfen auf ihn zu. Seine Augen starrten ihn wirr an. Kaspar wollte gerade aufspringen, als der Mann ein Messer zückte und es ihm an die Kehle hielt.

»Gib mir das Tuch«, knurrte er und drückte mit der scharfen Klinge fest zu.

»Mario Reuschel ist nicht erreichbar«, stöhnte Oliver und legte auf. »Ich fasse es nicht.«

»Wieso regst du dich so auf?«, fragte Klaus und winkte ab. »Ich gebe dir Brief und Siegel darauf, dass der Richter einen Haftbefehl für Tom Kretschmar ausstellt. Für die Durchsuchung seiner Wohnung haben wir bereits grünes Licht. Ingrid Scholten ist mit ihrem Team vor ein paar Minuten ausgerückt. Wir haben den Mistkerl.« Klaus lehnte sich zufrieden zurück.

»Ich glaube, Tom Kretschmar ist nicht unser Täter«, erklärte Oliver und schüttelte den Kopf.

»Ach, komm schon. Nur weil Benjamin Küsters nicht mehr in diesen Robin, sondern wie seine Schwester in den Betreuer verknallt war, heißt das doch nichts. Das kommt häufig vor. Schüler verlieben sich in ihre Lehrer.« Klaus stand auf und tippte auf das Whiteboard. »Tom Kretschmar hat kein Alibi. Zu keinem der Tatzeitpunkte. Und denk mal an das Haar von Benjamin Küsters in Kretschmars Gartenlaube. Vermutlich hat er die Geschwister dort festgehalten.«

»Oder Benjamin hat es auf einer Gartenparty verloren. Ich sehe einfach keine Verbindung zu Henry Schilling und ein Geständnis hat Kretschmar bisher ebenfalls nicht abgelegt«, entgegnete Oliver und verzichtete darauf, auch noch das Siegel zu erwähnen. Zumindest grünes Wachs und der Siegelstempel müssten sich in Kretschmars Besitz befinden. Sie würden ja bald wissen, ob die Spurensicherung in der Wohnung etwas entdecken konnte.

Klaus winkte ab. »Das braucht seine Zeit. Du musst ein wenig geduldiger werden. Ich habe die Mutter von Tom Kretschmar zwei Stunden lang durch die Mangel gedreht, bis sie endlich mit der Wahrheit rausgerückt ist und das Alibi widerrufen hat. Ich knöpfe mir den Typen gleich noch einmal vor.«

»Ich will ihn als Täter ja auch nicht völlig ausschließen, aber warum ist Mario Reuschel untergetaucht? Keiner weiß, wo er steckt. Die Streife hat sich inzwischen in der gesamten Nachbarschaft und in Reuschels Firma umgehört. Er ist heute Morgen nicht zur Arbeit erschienen.«

Klaus verzog das Gesicht. »Vielleicht macht er blau.«

»Ich denke eher, dass sein Pfadfinder-Kumpel Emil Kutschkow ihm von meinem Besuch und den vielen Fragen erzählt hat.« Oliver rieb sich angestrengt die Schläfen. Er befürchtete, einen Fehler gemacht zu haben. Er hätte sich Mario Reuschel zuerst vorknöpfen sollen. Stattdessen hatte ihn sein Vorgehen möglicherweise vorgewarnt. Wo auch immer er jetzt steckte, hoffentlich hatte er nicht bereits das nächste Opfer im Visier. Das Telefon auf seinem Schreibtisch klingelte und er hob sofort ab.

Eine Streife teilte ihm mit, dass auch Emil Kutschkow nicht auffindbar war. Vom Krankenhaus, in dem er arbeitete, hatten sie erfahren, dass Kutschkow kurzfristig eine Woche Urlaub genommen hatte. Oliver legte auf. In seinem Kopf schrillten die Alarmglocken.

»Sie sind beide weg«, erklärte er Klaus. »Mario Reuschel und Emil Kutschkow. Findest du das nicht verdächtig? Im Gegensatz zu Tom Kretschmar haben sie eine direkte Verbindung zum dritten Opfer. Sie kannten Henry Schilling.«

Oliver konnte Klaus ansehen, wie der Widerstand in ihm bröckelte. Auch er hätte diesen Fall lieber heute als morgen aufgeklärt. Doch noch waren sie nicht so weit, dass sie Informationen einfach außer Acht lassen konnten.

»Okay. Geben wir eine Fahndung nach den beiden raus und versuchen einen Durchsuchungsbeschluss zu erwirken.« Klaus hob den Telefonhörer und sah ihn prüfend an. »Ich nehme mir Tom Kretschmar aber trotzdem gleich vor.«

Oliver nickte und im selben Augenblick flog die Bürotür auf. Hans Steuermark stand mit rotem Kopf im Türrahmen.

»Sie müssen sofort los. Es wurde eine weitere Leiche

gefunden. Eine junge Frau mit einem Wachssiegel in der Hand.«

* * *

Olivers Magen schien plötzlich mehrere Tonnen zu wiegen. Er betrachtete das schlanke Mädchen mit den schmutzigen dunkelblonden Haaren, das auf einer schwarzen Folie neben dem Schlossturm auf dem Burggelände in Zons lag, gleich hinter den Räumlichkeiten des alten Kreisarchivs. Ihre Augen waren geschlossen. Der Mund leicht geöffnet, sodass Oliver die mit Dreck verschmierten Zähne sehen konnte. Der Täter hatte sie in Jeans und T-Shirt verscharrt, ohne sie abzudecken. Weshalb sie jetzt von oben bis unten mit Erde beschmiert war. Er schätzte sie auf siebzehn Jahre, vielleicht auch ein wenig älter. Bei dem ganzen Schmutz ließ es sich schwer sagen.

»Wer hat sie gefunden?«, fragte er und begutachtete das ungefähr einen halben Meter tiefe Loch, in dem die Tote vergraben worden war.

»Der Mann dort vorne«, antwortete eine junge Polizistin, die eine Rolle Absperrband in der Hand hielt und gerade den Weg durch den Torbogen absperrte.

Oliver erkannte den Mann mit der randlosen Brille und dem schütteren Haar sofort.

»Das ist Lothar Neidhardt«, stieß er aus und winkte Klaus heran, der mit einem Kollegen der Streife sprach.

»Der Leiter des Kreisarchivs hat die Tote entdeckt«, flüsterte Oliver und spürte die Verwirrung, die ihn bei seinen eigenen Worten überkam. Dieser Fall wurde zusehends merkwürdiger.

»Das gibt es doch gar nicht«, brummte Klaus. »Soweit ich mich erinnere, hat er ein Alibi für sämtliche Mordzeitpunkte.«

»Ja, das stimmt. Ich finde es trotzdem seltsam.« Oliver ging auf Lothar Neidhardt zu, der blass und fassungslos vor einem großen Baum stand und in sein Taschentuch schniefte.

»Langsam glaube ich wirklich, mein Archiv ist verflucht«, hob er an, als er Oliver und Klaus erkannte. »Erst blockiert jemand den Neubau des Archivs und jetzt taucht dieses arme Mädchen hinter den alten Räumlichkeiten auf. Das kann doch nicht wahr sein.« Er schluckte mehrmals, sodass sein Kehlkopf auf und ab hüpfte. »Ich meine natürlich, dass es ganz schrecklich ist. Niemand wird je wieder in das Archiv kommen.«

»Wie haben Sie die Tote entdeckt?«, fragte Oliver und gab ihm zum Gruß die Hand.

»Es war eigentlich die Putzfrau. Sie hat heute Morgen hier sauber gemacht, und dann sind ihr die Vögel aufgefallen, die sich vor dem Schlossturm versammelt hatten. Sie ist raus und hat nachgesehen. Die Erde war ganz locker. Da ist sie stutzig geworden und hat eine Schaufel geholt. Ich habe ihr geholfen. Wir haben gegraben und sind ziemlich schnell auf einen Fuß gestoßen.« Er drehte sich um und gab einer rundlichen kleingewachsenen Frau mittleren Alters einen Wink. Als sie näher kam, sagte er:

»Wenn ich vorstellen darf? Das ist Frau Schmidt. Sie ist seit Jahren für uns tätig und äußerst zuverlässig.«

»Guten Tag, mein Name ist Oliver Bergmann und das ist mein Partner Klaus Gruber von der Kriminalpolizei Neuss. Erzählen Sie uns doch bitte, wie Sie die Tote gefunden haben.«

Frau Schmidt hob die Hände ans Gesicht. »Es ist so schrecklich. Das blutjunge Mädchen. Wer hat ihr das bloß angetan?« Sie schüttelte den Kopf und seufzte. »Ich habe die vielen Vögel gesehen. Schwarze Krähen, die in der Erde herumpickten. Ich wusste augenblicklich, dass etwas nicht stimmt. Das Gras an der Stelle war komplett weg. Gestern war es da noch grün. Mir war gleich klar, dass dort jemand gegraben hat. Die Erde war zwar festgetreten, aber sie sah frisch aus. Ich habe mir das genau angesehen und eine silberne Kette entdeckt, die halb in der Erde steckte. Natürlich habe ich sofort Herrn Neidhardt Bescheid gesagt und eine Schaufel geholt. Er hat mitgeholfen und dann ...« Sie stockte und deutete auf die Tote. »Dann haben wir ihren Fuß freigelegt. Herr Neidhardt hat die Polizei informiert und die haben das arme Mädchen schließlich ausgegraben.«

»Und gestern, sagen Sie, war das Gras noch da?«, hakte Oliver nach.

Die Putzfrau nickte energisch. »Ich bin hundertprozentig sicher. Das ist fast die Stelle, an der ich immer rauche.«

»Ist Ihnen denn sonst etwas aufgefallen?«

»Nein, es war alles beim Alten. Wie gesagt, bloß die Vögel kamen mir heute Morgen seltsam vor.«

»Und Ihnen?« Oliver wandte sich an Lothar Neidhardt, der jedoch ebenfalls den Kopf schüttelte.

»Ich habe gestern den ganzen Tag im Büro verbracht. Wenn hier jemand herumgeschlichen wäre, hätte ich es bestimmt mitbekommen. Jemand muss sich nachts auf das Gelände geschlichen haben.«

»Vielen Dank erst einmal. Die Spurensicherung ist unterwegs und wir transportieren die Leiche baldmöglichst ab. Bitte reden Sie vorerst mit niemandem über diesen Vorfall.«

Oliver entließ die beiden und wandte sich Klaus zu.

»Falls die Tote wirklich heute Nacht hier vergraben wurde, scheidet Tom Kretschmar als Täter aus. Er wurde die ganze Zeit observiert.«

Klaus warf ihm einen langen Blick zu.

»Verdammt, wenn du recht behältst, stehen wir wieder am Anfang«, murmelte er.

Oliver sagte nichts und kniete sich neben den Leichnam. Er zog Gummihandschuhe über und nahm der Toten das dunkelgrüne Schöffensiegel aus der Hand. Auf der Vorderseite war der heilige Martin mit Schwert auf seinem Ross eingeprägt und auf der Rückseite fand sich wie auch bei den anderen Siegeln ein Kreis. Oliver steckte das Fundstück vorsichtig in eine Plastiktüte. Er sah sich die Tote genauer an und suchte nach Verletzungen. Doch wie bei den vorherigen Opfern konnte er auf den ersten Blick keine offensichtliche Todesursache ausmachen. Vermutlich wurde sie ebenfalls mit Frostschutzmittel getötet. Ihm graute bei der Vorstellung.

»Wann trifft die Spurensicherung ein?«, fragte er

Klaus und tastete währenddessen die Hosentaschen der Toten ab. Sie waren leer.

»Ich schätze, in einer Stunde«, antwortete sein Partner. »Das Team war noch in Tom Kretschmars Wohnung zugange.«

Oliver erhob sich und machte ein Foto vom Gesicht des Mädchens. »Wir müssen schnellstmöglich herausfinden, um wen es sich handelt. Vielleicht gibt es wieder eine Verbindung zu den Pfadfindern.«

Er schaute sich um und fragte sich, was den Mörder eigentlich antrieb. Ging es hierbei wirklich um persönliche Motive? Das dunkelgrüne Siegel gab ihm zu denken. Hatten die Morde etwas mit Zons zu tun? Er öffnete sein Handy und rief eine Landkarte auf. Mit dem Finger tippte er auf die Fundorte der Leichen. Zuerst das neue Kreisarchiv, dann der Deich und nun das Burggelände mit dem alten Archiv. Er verband die Orte miteinander und suchte nach Anhaltspunkten. Leider fand er absolut nichts.

»Was verdammt noch mal hast du getan?«, brüllte der Mann und hieb mit voller Wucht die Peitsche auf ihn nieder.

»Ich wollte nur den Siegelstempel kurz haben«, kreischte er, weil er den Schmerz nicht hatte kommen sehen. Er hatte fest damit gerechnet, dass er um diese Uhrzeit allein sein würde. Doch er hatte sich geirrt. Er war unvorsichtig gewesen. Berauscht von der unglaublichen Schönheit des Mädchens. Von ihrer Leidenschaft, ihrer Wut und von ihren Tränen.

»Wofür brauchst du diesen Stempel? Und lüg mich nicht an!«

Die Peitsche sauste erneut auf ihn hinab und traf ihn mit aller Härte. Dieses Mal schrie er nicht, obwohl der Schmerz ihn beinahe zerriss. Er presste die Zähne aufeinander und wartete, bis die grellen Blitze vor seinen Augen verschwanden und das Stechen im Rücken allmählich nachließ.

»Ich habe ein Siegel verloren«, stieß er hervor und zog gleichzeitig den Kopf ein. Er spürte den nächsten Schlag schon, bevor der Mann hinter ihm überhaupt ausgeholt hatte.

»Du verdammter kleiner Bastard. Wie oft habe ich dir gesagt, du sollst auf deine Sachen achtgeben! Ständig verlegst du Dinge oder verlierst sie. Bist du denn von allen guten Geistern verlassen?«

Die Peitsche knallte so schnell auf ihn nieder, dass er vergaß zu atmen. Er krümmte sich auf dem Boden, die Hände über dem Kopf und wartete auf das Ende des Wutausbruchs. Er hatte den Zorn des Mannes bereits allzu häufig erlebt. Jeglicher Widerstand war zwecklos. Das Beste, was er tun konnte, war, sich dem Schmerz zu ergeben und die Peitschenhiebe über sich ergehen zu lassen. Er schaffte es, an sein Auto zu denken und an das hübsche Mädchen. Er lächelte sogar, als er ihr wundervolles Gesicht vor seinem geistigen Auge sah.

* * *

Oliver trank den Sekt in einem Zug aus und setzte ein verkrampftes Lächeln auf. Er fühlte sich völlig deplatziert auf dieser Veranstaltung. Hinzu kam, dass er eigentlich überhaupt keine Zeit dafür hatte. Auf seinem Schreibtisch im Revier stapelten sich die Akten, die er bis morgen unbedingt noch einmal durchgehen wollte. Irgendwo da drin steckte ein Hinweis auf den oder die Täter. Er musste sie stoppen, bevor ein weiterer Mensch sein Leben verlor und mit Frostschutzmittel getötet wurde. Er hatte Himmel und Hölle in Bewegung gesetzt, um Mario Reuschel und Emil Kutschkow ausfindig zu machen. Die Fahndung lief auf Hochtouren. Die Polizei kontrollierte die Ein- und Ausfahrtsstraßen in Neuss und Dormagen. Vor den Wohnhäusern der beiden Verdächtigen warteten Streifenpolizisten. Sie hatten Fotos der Männer veröffentlicht und unter anderem an sämtliche Tankstellen verteilt. Nur den Durchsuchungsbefehl hatten sie beim zuständigen Richter nicht durchbekommen. Es lag wie so häufig am Fehlen handfester Beweise. Dabei wollten sie diese doch gerade in den Wohnungen der Verdächtigen sicherstellen. Oliver ärgerte sich maßlos darüber, aber es war nicht zu ändern. Am liebsten würde er ohne Unterbrechung durcharbeiten. Klaus hatte ihn nach Hause geschickt und hockte jetzt selbst über einem Teil der Akten. Sie hatten bisher die Identität der Toten nicht ermitteln können. Die Obduktion war für morgen angesetzt. Ihre Hoffnung ruhte darauf, dass dieses Mal vielleicht DNS-Spuren des Täters festgestellt werden konnten.

»Darf ich dir Hatano Takayuki vorstellen? Er ist ein

sehr bekannter japanischer Architekt«, sagte Anna, die ihn unvermittelt aus seinen Gedanken riss.

»Guten Abend, wir kennen uns bereits«, erwiderte Oliver perplex und reichte dem Japaner die Hand. Er hatte wirklich mit allem gerechnet, nur nicht mit dem Architekten des Zonser Kreisarchivs. Der Japaner grüßte ihn mit unbewegter Miene.

»Hat alles geklappt? Also ich meine die Sache mit Ihrer Delegation?«, fragte Oliver ein wenig hilflos.

Hatano Takayuki nickte. »Die Delegation war sehr angetan. Vielen Dank, dass die Polizei das Gebäude doch noch so schnell freigegeben hat. Meine japanischen Kollegen halten den Gebäudekomplex für gesegnet.« Dieses Mal zeichnete sich ein schwaches Lächeln auf den Lippen des Architekten ab. Er verbeugte sich knapp und verschwand wieder in der Menschenmenge, die das Bankgebäude fast bis auf den letzten Quadratmeter ausfüllte. Anna hatte Emily und ihn zur Ausstellungseröffnung »Moderne Architektur im Einklang mit der Natur« eingeladen. Hunderte Menschen schwirrten durch die Räumlichkeiten von Annas Arbeitgeber und schauten sich Miniaturmodelle bekannter Architekten an. Natürlich hatte die Düsseldorfer Bank mit Sicherheit ein erhebliches Eigeninteresse an dieser Veranstaltung. Große Immobilienprojekte bedeuteten nach wie vor eine nicht unerhebliche Marge.

Oliver seufzte und hätte sich am liebsten an seinen Schreibtisch gebeamt. Da draußen lief ein Serientäter herum, der jeden Moment erneut zuschlagen konnte, und er spazierte in einem viel zu steifen Anzug mit einem Sektglas in der Hand durch die High Society. Schlimmer hätte es nicht kommen können. Doch Emily abzusagen wäre ebenso wenig möglich gewesen. Er hatte schon ihren letzten freien Tag ruiniert, da konnte er ihr nicht auch noch den Besuch einer Veranstaltung abschlagen, die ihr so am Herzen lag. Ein Kellner kam vorbei und füllte ungefragt sein Glas auf. Oliver blickte sich um und entdeckte Maximilian, der unentwegt in eine bestimmte Richtung starrte. Oliver folgte seinem Blick und sah Anna und Emily, die in der Nähe eines Fensters miteinander tuschelten. Sie schienen völlig in eine andere Welt versunken zu sein. Was die beiden in letzter Zeit nur hatten? Er schaute wieder zu Maximilian, den offenbar die gleichen Fragen umtrieben. Oliver bewegte sich unauffällig zu ihm hinüber.

»Hi, Maximilian. Wie geht es dir?«, fragte er und deutete mit einer Kopfbewegung auf Anna und Emily. »Unsere Frauen scheinen sich momentan ja außergewöhnlich viel zu erzählen.«

Maximilian warf ihm einen vielsagenden Blick zu. »Siehst du das auch so? Da bin ich wirklich froh. Ich habe schon befürchtet, dass Anna jemand anderen kennengelernt hat. Aber mein Bauchgefühl sagt mir, dass ich falschliege. Ich habe nur keine Ahnung, was da los ist.«

»Geht mir genauso«, stimmte Oliver zu und hob sein Glas. »Frauen sind ein unergründliches Geheimnis, und Männer sind dazu da, ständig in ihre Fettnäpfchen zu treten.«

Maximilian grinste. »Prost«, sagte er und leerte wie Oliver das Glas in einem Zug.

»Anna ist in letzter Zeit total reizbar. Ich erkenne sie kaum wieder«, erklärte er und verzog das Gesicht. »Ich habe mir vorgenommen, sie nicht mehr aus den Augen zu lassen, bis ich herausgefunden habe, was da läuft.« Plötzlich hob Maximilian die Hand und zeigte auf Anna. »Hast du das gesehen?«

Oliver sah zu den beiden Frauen und schüttelte den Kopf.

»Nein, was denn?«, wollte er wissen, doch Maximilan antwortete nicht. Er hatte sich bereits abgewandt und drängelte sich durch die Menschenmassen in Richtung Ausgang. Oliver blickte ihm verblüfft hinterher. Er hatte keine Ahnung, was Maximilian gerade aufgefallen war. Er beobachtete Anna und Emily noch geschlagene zehn Minuten lang, bis sich der Landrat des Kreises Neuss mit dem Zonser Pfarrer im Schlepptau näherte und ihn überschwänglich begrüßte.

»Welch eine Ehre am heutigen Abend«, säuselte der Landrat und prostete Oliver zu. »Sagen Sie uns doch, wie die Ermittlungen so laufen«, bat er und deutete auf den Pfarrer. »Wir machen uns große Sorgen um die Gemeinde. Das ist so eine schreckliche Geschichte. Die Leute werden langsam unruhig. Sie verstehen schon. Ein Serientäter, der immer wieder mordet, das schlägt aufs Gemüt.«

»Wir bemühen uns täglich«, erwiderte Oliver freundlich. »Details darf ich Ihnen aus ermittlungstechnischen Gründen nicht nennen. Aber wir verfolgen eine heiße Spur.«

»Das ist gut«, entgegnete der Pfarrer. »Wissen Sie, es geht ja nicht bloß um die Zonser Gemeinde, sondern auch um all die Besucher, die auf keinen Fall verschreckt werden sollen. Außerdem hat das Erzbistum Köln große Pläne mit unserem Städtchen. Sie erinnern sich bestimmt an Albert Reininger. Er stammt aus Zons und ist jetzt Domkapitular. Aufgrund der engen Verbindung zu seiner Heimatstadt möchte er in Zons eine regelmäßige Veranstaltungsreihe mit hohen Vertretern des Erzbistums ins Leben rufen. Das funktioniert selbstverständlich nur, wenn die Menschen bei uns sicher sind.«

»Das verstehe ich natürlich, und wie gesagt, wir geben jeden Tag unser Bestes«, versicherte Oliver.

Plötzlich erhob sich ein Raunen um sie herum. Er blickte zum Podium und sah einen Sprecher, der den Beginn der Vorträge ankündigte. Die Besucher begannen daraufhin, sich Sitzplätze vor der riesigen Bühne zu suchen.

»Alles klar?«, fragte Oliver, als Emily sich neben ihn auf einen Stuhl fallen ließ.

»Die Veranstaltung ist toll, nicht wahr?« Emily strahlte ihn an. Sie saß zwischen ihm und Anna. Auch Maximilian hatte sich wieder zu ihnen gesellt. Er hatte an Annas freier Seite Platz genommen. Oliver würde ihn später ansprechen und fragen, was er vorhin eigentlich gesehen hatte.

»Guten Abend, Herr Kriminalkommissar«, sagte

unvermittelt Dietmar Kunz zu seiner Linken und gab ihm die Hand, bevor er sich in den Stuhl neben ihm plumpsen ließ. »Ich bin ja auf den Vortrag von Hatano Takayuki gespannt. Bestimmt verkauft er unser Kreisarchiv als sein Meisterwerk. Dabei ist der Bau alles andere als glattgelaufen.«

»Guten Abend, Herr Kunz«, grüßte Oliver den stellvertretenden Leiter des Kreisarchivs, den Lothar Neidhardt mit seiner Aussage auf die Liste der Verdächtigen katapultiert hatte. Dietmar Kunz besaß für keinen der Tatzeitpunkte ein Alibi, sodass er theoretisch als Täter infrage kam. Allerdings dürfte der in die Jahre gekommene Mann mit seinem Bauchumfang und seiner Kurzatmigkeit eher nicht die Ausdauer besitzen, um einen männlichen Leichnam auf den Deich zu schaffen und dort zu vergraben. Oliver bemerkte das Programmheft in seiner Hand, in dem die einzelnen Vorträge des Abends aufgeführt waren.

»Darf ich da mal reinschauen?«, bat er und überflog hastig die Überschriften der Vorträge. Wie so oft hatte er sich vorab überhaupt nicht damit beschäftigt. Er war einfach Emily zuliebe hierhergekommen. Doch inzwischen waren etliche ihm bekannte Gesichter aufgetaucht. Nicht nur der Architekt, der Landrat und der Pfarrer aus Zons, auch der Dormagener Bürgermeister und der Bauleiter nahmen an der Veranstaltung teil. Es war eine gute Gelegenheit, noch nicht gestellte Fragen loszuwerden.

»Was ist denn aus Ihrer Sicht alles schiefgelaufen

beim neuen Kreisarchiv, Herr Kunz? Gab es Auffäl-
ligkeiten?«

Dietmar Kunz sah ihn wissend an und deutete auf
Hatano Takayuki, der eben die Bühne bestieg und zum
Rednerpult ging.

»Das Erste, was mich irritiert hat – und ich bin wirklich nicht skeptisch gegenüber Menschen aus anderen
Ländern –, war dieser japanische Architekt. Ich meine,
wir leben in Zons. Einem Örtchen, das vom Mittelalter
geprägt ist. Von Burgen und Stadtmauern. Von verwin-
kelten Gassen. Von kleinen krummen Häuschen. Wie
soll da ein japanisches Bauwerk hineinpassen? Ein von
Klarheit und geraden Linien dominiertes Konzept mit
einer riesigen Glasfront, die im drastischen Kontrast zu
den uralten Ziegelsteinen der umliegenden Stadtmauer
steht?« Dietmar Kunz geriet sichtlich in Rage. »Tut mir
leid. Aber ich war von Anfang an dagegen.«

Oliver musterte Kunz und fragte sich, ob er die körper-
lichen Fähigkeiten des Mannes etwa unterschätzte. Hatte
Kunz den Bau sabotiert, indem er die Geschwister in die
Säulen des Kreisarchivs einbetoniert hatte? Oliver konnte
es sich nicht vorstellen, auch weil die anderen beiden
Leichen nicht so recht zu einem solchen Motiv passten.

»Ich habe einige Kritiken zu den Planungen gelesen«, merkte er an. »Es ist sicherlich ein ungewöhnli-
cher Entwurf. So wie ich es verstanden habe, sollen
damit auch internationale Besucher angezogen
werden.«

Kunz schnaufte. »Jaja, international wollen wir

werden. Jedes Jahr überrennen dreihunderttausend Leute die Stadt. Zons platzt jetzt schon aus allen Nähten. Es gibt kaum Parkplätze und die Anwohner beschweren sich über den ständigen Lärm. Wer braucht denn überhaupt so viele Besucher?«

Oliver erwiderte nichts. Er wollte sich keinesfalls mit Kunz streiten.

»Sie haben doch einen Schlüssel zum Kreisarchiv, richtig?«, wechselte er deshalb das Thema und hörte gleichzeitig mit halbem Ohr dem Vortrag von Hatano Takayuki zu.

»Hören Sie auf. Ich weiß, was da im Hintergrund läuft«, erklärte Kunz, dessen Wangen inzwischen dunkelrot glühten. »Lothar Neidhardt kann mich nicht ausstehen. Konnte er noch nie. Er hält gegen mich, wann immer er kann.« Die Röte in Kunz' Gesicht verschwand urplötzlich. »Wissen Sie, ich kannte Benjamin und Annalena. Ich habe ihrer Mutter bei der Gestaltung ihres Gartens geholfen. Das ist mein großes Hobby. Ich habe sozusagen einen grünen Daumen. Es tut mir so fürchterlich leid. Ich hoffe, Sie schnappen ihren Mörder ganz schnell. Wer vergeht sich denn an zwei unschuldigen Teenagern?« Er zog ein Taschentuch aus der Hosentasche und schnäuzte kräftig hinein. »Wie auch immer. Ich weiß, dass Neidhardt mich verdächtigt. Ich habe ihn reden gehört, mit dem Bauleiter. Die spinnen sich ständig neue Ungeheuerlichkeiten zurecht. Natürlich habe ich den Bau nicht blockiert, auch wenn mir der Entwurf dieses Japaners nicht gefällt. Ich war sogar manchmal vor Ort und habe mir den Baufortschritt angeschaut. Und meinen Schlüssel hab ich dem Maurer überlassen. Der stand neulich vor der Tür und hatte ihn vergessen. Ich brauche ihn ja zurzeit nicht.«

Oliver wurde hellhörig. »Und der Maurer hat den Schlüssel immer noch?«

»Kann ich nicht genau sagen. Er wollte ihn am nächsten Tag bei der Empfangsdame in der Dormagener Stadtverwaltung abgeben. Vermutlich liegt er seitdem am Anmeldetresen. Hab mich nicht drum gekümmert. Wie gesagt, ich benötige den Schlüssel momentan nicht.«

»Und wie lautet der Name dieses Maurers?«

Dietmar Kunz zog die Stirn in Falten. »Liebe Güte, ich habe glatt vergessen, wie der Mann hieß.«

»Wissen Sie was, ich gebe Ihnen morgen eine Liste mit Namen. Vielleicht erinnern Sie sich dann.«

»Gute Idee«, sagte Dietmar Kunz. »Ein Foto wäre noch besser. Der Mann hatte eine Narbe quer übers ganze Gesicht.« Kunz führte den Zeigefinger mit einem schnellen Ruck von der Augenbraue über die Nase bis zur Wange. »Muss ein schlimmer Unfall gewesen sein.«

Oliver gab Dietmar Kunz das Programm zurück und lauschte dem Vortrag von Hatano Takayuki. Der Architekt referierte über die Kontraste von Alt und Neu und zeigte anhand von diversen Fotografien, dass er mit dem Kreisarchiv eine Brücke durch die Jahrhunderte hinweg bauen wollte. Die Transparenz zwischen den Zeiten sollte sich in der üppigen Glasfassade spiegeln. Die Säulen im Inneren des Bauwerks stellten Stärke dar. Der helle, von vielen Seiten kritisierte Putz symbolisierte das

Moderne. Ziegelsteine, so wie sie in der Stadtmauer verwendet wurden, hatte Takayuki genau aus diesem Grund weggelassen. Die Erklärungen des Architekten leuchteten Oliver ein.

Der Japaner zeigte einige Ansichten des neuen Kreisarchivs und schließlich eine Grafik mit altertümlichen Symbolen, die in früheren Zeiten häufig genutzt wurden. Darunter das Schöffensiegel von Zons und ein Kreis. Oliver griff geistesgegenwärtig zu seinem Handy und fotografierte die Darstellung von seinem Platz aus.

Hatano Takayuki erläuterte, dass das japanische Wort für das Symbol des Kreises Ensō heißt. Das Kreissymbol steht für Ästhetik, Erleuchtung, Stärke und Eleganz. Es kann sowohl das Universum als auch Leere versinnbildlichen. Oliver fragte sich, was der Kreis auf dem Schöffensiegel der Opfer bedeutete. Stärke oder Leere? Er starrte den Architekten an. Erst erklärte er ihm, was das Mordmotiv sein könnte, und jetzt präsentierte er genau die Symbole, mit denen der Täter seine Opfer markierte. Hatte er diesen zierlichen Mann vielleicht unterschätzt?

XVII

VOR FÜNFHUNDERT JAHREN

» **W** as soll das heißen, ihr konntet ihn nicht finden? Er kann sich doch nicht in Luft aufgelöst haben.« Bastian raufte sich die Haare. Im Augenblick lief alles schief. Der Steinmetz war immer noch bewusstlos. Bastian hatte den Arzt Josef Hesemann gebeten, nach ihm zu sehen, und seitdem kühlten sie den Kopf des Mannes. Josef meinte, der Schock wäre ihm ins Hirn gestiegen und das Blut würde nun zu stark in seinem Schädel pulsieren. Josef ging nicht davon aus, dass Gerhard Wolters vor Anbruch des nächsten Tages wieder aufwachte. Und als wäre das nicht genug, hatte niemand den Händler Karl Peffgen aufspüren können. Dabei hatte er insgesamt sechs seiner Männer losgeschickt, die ganz Zons nach ihm abgesucht hatten.

»Tut uns leid«, sagte Hugo und zog die Schultern hoch. »Wir haben wirklich alles durchkämmt. Er muss die Stadt verlassen haben.«

»Aber die Wachen an den Stadttoren haben ihn auch nicht gesehen«, warf Wernhart ein. »Er ist noch hier, da bin ich sicher.«

»Was ist mit der alten Kräuterfrau? Habt ihr ihren Namen herausgefunden?«

Dieses Mal schüttelte Peter den Kopf. »Niemand kennt sie«, erklärte er und blickte missmutig drein. »Wir haben wirklich den gesamten Tag Ausschau nach den beiden gehalten.«

»Schon gut«, stöhnte Bastian und rieb sich die Stirn. Er musste sich etwas einfallen lassen. Was sollte er Gertrudes Söhnen sagen? Ihre Mutter war spurlos verschwunden, und er fand nicht mehr als einen ihrer Schuhe. Die drei verschollenen Bettelweiber mussten irgendwo stecken. Er ging die Sache einfach falsch an. Zu dumm, dass der Steinmetz ohnmächtig war. Vielleicht sollte er noch einmal mit dessen Sohn sprechen. Oder selbst nach Peffgen suchen. Er stieß einen lauten Fluch aus und ließ seine Männer verdattert stehen.

Kaspar schrie und trat dem Mann, der ihn von hinten umklammerte, mit aller Kraft auf den Fuß. Doch er konnte sich nicht losreißen. Das Messer drückte so fest gegen seine Kehle, dass es schmerzte. Er spürte, wie Blut an seinem Hals hinunterlief und auf die Brust tropfte. Er würde hier sterben. Heute Nacht. Noch vor seiner geliebten Mutter. Und ohne seinen hart verdienten Lohn.

»Lasst mich gehen!«, krächzte er.

Prompt schnitt die Klinge tiefer in sein Fleisch. Der Mann riss seinen Kopf zurück und flüsterte ihm ins Ohr: »Lass dein Tuch fallen, Bursche, oder ich schlitze dir die Kehle auf.«

»Das würde ich mir gut überlegen«, ertönte plötzlich eine Stimme, und Kaspar merkte, wie sich der Angreifer hinter ihm versteifte. Der Druck des Messers ließ ein wenig nach. Hastig holte Kaspar Luft und versuchte erneut, sich aus dem eisernen Griff zu winden. Dieses Mal gelang es. Er drehte sich um und ballte die Fäuste, das Leinentuch mit den Schillingen immer noch in der Hand.

»Matthias?«, fragte er überrascht. Sein Freund stand hinter dem Fremden und hatte ihm eine Schlinge um den Hals gelegt.

»Wo treibst du dich nur wieder herum?« Matthias grinste und zog die Schlinge fester zu.

»Wer seid Ihr? Und wagt ja nicht zu lügen!«

»Karl Peffgen«, brachte der Mann mühsam hervor und ging auf die Knie. Sein Gesicht war dunkelrot angelaufen. »Lasst mich gehen«, bat er und fuchtelte mit den Armen.

»Er bekommt keine Luft mehr«, sagte Kaspar. »Du bringst ihn um.«

Matthias' Lippen verzogen sich zu einem teuflischen Grinsen, das Kaspar gar nicht gefiel. Er zog noch mehr an der Schlinge, sodass Peffgen zu würgen begann.

»Er hat es nicht besser verdient.«

Kaspar sah, wie die Augen des Mannes hervor-
quollen.

»Halt«, rief er und riss an der Schlinge, um sie zu
lockern. »Willst du vor dem Scharfrichter landen?« Er
blickte sich ängstlich um. »Wir sind hier mitten im
Hafen. Wer weiß, wie viele Augen uns in diesem
Moment beobachten. Ich habe eine Idee. Wir bringen
diesen Dreckskerl zur Stadtwache. Sollen die über ihn
richten und ihn in den Juddeturm werfen.«

Matthias ließ seufzend von Peffgen ab. »Ich hätte ihn
gerne gemeuchelt«, gab er zu. »Mit dir hätte er übrigens
dasselbe getan. Wäre ich nicht rechtzeitig zur Stelle
gewesen, lägest du jetzt mit durchtrennter Kehle auf
dem Boden.«

»Ich danke dir, mein Freund«, entgegnete Kaspar.
»Ich will dich nur nicht in einem dunklen Verlies
wähnen. Das ist dieser Gauner nicht wert.«

»Ich gebe Euch Geld, wenn Ihr mich gehen lasst.
Viel Geld«, lockte Peffgen nun mit schneidender
Stimme.

»Ach ja?« Matthias baute sich vor dem schmierigen
Mann auf und durchsuchte seine Taschen. »Ihr habt
nicht eine Münze bei Euch. Wollt Ihr uns zum Narren
halten? Ihr kommt mit, und hütet Eure Zunge, sonst
reiße ich sie Euch heraus.«

Matthias zerrte Peffgen mit sich. Kaspar lief hinterher. Er dachte über das Geld nach, das Peffgen ihnen
angeboten hatte. Die Versuchung war groß, dem Mann
Gehör zu schenken. Doch er musste vernünftig sein.

Peffgen besaß vermutlich nicht einen Schilling. Er war ein elender Betrüger. Also verscheuchte Kaspar die gierigen Stimmen aus seinem Kopf und trieb den Mann von hinten an, damit sie ihn schneller der Stadtwache übergeben konnten.

* * *

Bastian erblickte das merkwürdige Gespann schon von Weitem. Der Mond schien hell am wolkenlosen Nachthimmel. Ein dürrer Mann wurde von einem kräftigen Burschen am Kragen über die Straße gezerrt. Dahinter folgte eine schmächtige Gestalt, die den schimpfenden Mann anschob.

»Lasst mich los«, kreischte der Kerl, und Bastian erkannte Karl Peffgens Stimme sofort. Er zog auf der Stelle sein Schwert und stellte sich den Männern in den Weg.

»Wohin zu so später Stunde?«, knurrte er, als die drei näher kamen.

»Dieser Kerl hat mich überfallen. Er wollte mich bestehlen und mir die Kehle durchschneiden. Wir bringen ihn zu Euch, damit Ihr ihn in den Juddeturm werft, Bastian Mühlenberg.«

Erst jetzt erkannte Bastian den Windenknecht. Er deutete mit dem Schwert auf den kräftigen Burschen, der einen Strick festhielt, welcher in einer engen Schlinge um Peffgens Hals lag.

»Wer ist das?«

»Ich bin Matthias und schleppe Steine auf der Baustelle. Ich habe meinen Freund vor dem sicheren Tod bewahrt.«

Bastian zögerte einen Moment, weil er sein Glück kaum fassen konnte. Sechs seiner Männer waren nicht in der Lage gewesen, Karl Peffgen zu schnappen, und jetzt lief er ihm einfach so in die Arme.

»Wo habt ihr Peffgen aufgegriffen?«

»Am Hafen. Ich habe mich dort auf einen Stein gesetzt und wollte meinen Lohn nachzählen. Da stieg er plötzlich aus dem Rumpf eines Schiffes und stürzte sich mit einem Messer auf mich«, erklärte Kaspar aufgeregt. »Ich dachte, es geht zu Ende mit mir, als er mir die Klinge an die Kehle hielt.«

»Kommt mit«, befahl Bastian. »Wir bringen ihn in den Juddeturm. Ich habe eine Menge Fragen.« Er hob drohend die Faust und sah dem Händler fest in die Augen. »Gnade Euch Gott, wenn Ihr lügt, Karl Peffgen!«

»Ich habe nichts getan«, jammerte der Händler, kam jedoch widerstandslos mit. »Ich wollte doch nur schauen, was der Knabe in seinem Leinentuch versteckt hat.«

»Ach, und dafür habt Ihr ihn mit einem Messer bedroht?« Bastian packte Peffgen am Ohr und schleifte ihn mit sich. Als sie am Juddeturm ankamen, schob er ihn die Stufen zur Folterkammer hinauf. Der Steinmetz lag nach wie vor bewusstlos auf dem Boden, mehrere nasse Leinentücher um den Kopf. Balthasar, der die Tücher regelmäßig wechselte, sprang erschrocken auf.

»Hol Wernhart«, sagte Bastian und beförderte

Peffgen auf den Schemel und band ihn fest. Kaspar und der kräftige Steineschlepper blieben im Türrahmen stehen.

»Ihr rückt jetzt sofort mit der Sprache raus«, herrschte er Peffgen an. »Habt Ihr Gertrude und die anderen Bettelweiber auf dem Gewissen?«

Karl Peffgen schüttelte entsetzt den Kopf. »Nein, das hab ich doch schon gesagt. Ich habe ihnen kein einziges Haar gekrümmt.«

»Wo steckt die Kräuterfrau, der Ihr die Fische verkauft habt?«

»Was?«, fragte Peffgen verdattert. »Ihr meint die Alte aus dem Wald?«

Bastian trat zur Seite und machte Platz für Wernhart, der zur Tür hereingestürmt kam.

»Ihr habt schon richtig verstanden«, erklärte Wernhart mit eisiger Stimme und deutete zuerst auf die Daumenschrauben, die noch auf dem Tisch lagen, und schließlich auf den ohnmächtigen Steinmetz. »Wenn Ihr nicht so enden wollt wie der da, dann sprecht jetzt gefälligst!«

»Woher soll ich das wissen? Ich kenne sie doch kaum«, jammerte Peffgen und verbarg die Hände hinterm Rücken.

Wernhart nahm die Daumenschrauben und packte Peffgens rechten Arm.

»Schon gut, schon gut. Ich sage es Euch«, wimmerte der Händler. »Sie hat ihr Lager bei der alten Eiche aufgeschlagen.«

»Bei welcher Eiche und in welchem Wald?«, knurrte

Wernhart und warf das Folterwerkzeug zurück auf den Tisch.

»Vor den Toren von Zons, am Anfang des Waldes, der an das Kloster Knechtsteden grenzt. Es ist die wuchtige Eiche, die letztes Jahr vom Blitz getroffen wurde.«

* * *

Kaspar vernahm Peffgens Worte und fasste einen Beschluss. Er musste die Alte finden, bevor die Stadtwache es tat. Es war vielleicht die letzte Gelegenheit, um an die fünfzehn Schillinge zu kommen.

»Ich bin müde«, murmelte er und ließ Matthias im Eingang zur Folterkammer zurück. Es würde noch Stunden dauern, bis die Stadtsoldaten alles aus Peffgen herausgepresst hatten. Der Mann war stur und eigensinnig. Er dachte nur an seinen Vorteil und außerdem ging er über Leichen.

Kaspar rannte zu ihrem Verschlag und stopfte die Decke auf seinem Lager mit Stroh aus, bis es so aussah, als ob er darunter schliefe. Dann huschte er wieder hinaus in die dunkle Nacht. Er beschloss, das Feldtor im Westen der Stadt zu nehmen. Doch ein Wachsoldat hielt ihn auf.

»Wohin des Weges?«, fragte er und blinzelte Kaspar müde an.

»Ich muss bis Sonnenaufgang in Neuss sein«, log er und nannte seinen Namen. Der Wachsoldat öffnete eine kleine Tür, die innerhalb des großen Torflügels eingebaut war, und ließ ihn passieren. Kaum hatte Kaspar

Zons hinter sich gelassen, begann er zu laufen. Obwohl seine Fußsohlen immer noch schmerzten und auch der Schnitt an seiner Kehle bei jedem Schritt pulsierte, gönnte Kaspar sich keine Pause. Er rannte durch die Nacht, als hinge sein eigenes Leben davon ab. Unablässig dachte er an die Schillinge und an seine Mutter. Er würde ihr helfen. Das hatte er sich geschworen. Er wusste genau, vor welcher Eiche die Alte ihr neues Lager aufgeschlagen hatte. Dieses Mal würde er sie nicht mehr aus den Augen verlieren und sich auch nicht abwimmeln lassen, bis er erfuhr, wofür sie das Geld bekam. Das Herz raste in seiner Brust. Er war völlig außer Atem, als er endlich an der vom Blitz getroffenen Eiche ankam. Zu seiner Verwunderung brannte ein schwaches Feuer vor der Hütte und die Alte kauerte daneben.

»Seid gegrüßt«, hob Kaspar an und trat in den Feuerschein.

Die Alte öffnete die Augen und musterte ihn eingehend.

»Was treibt einen so jungen Burschen des Nachts durch den Wald? Wollt Ihr von Räubern überfallen werden, oder ist es der Hunger, der Euch auf die Jagd schickt?«

Kaspar setzte sich ans Feuer und schüttelte den Kopf.

»Es ist etwas anderes, gute Frau, und besser, Ihr sagt es mir sofort. Denn die Häscher der Stadtwache sind auf dem Weg hierher, um Euch zu holen.«

»Mich?« Die Alte stieß ein grässliches Lachen aus.

»Was sollten die schon von einem alten Weib wie mir wollen?«

»Sie wollen wissen, was Ihr mit den Bettelweibern angestellt habt«, erklärte Kaspar und sah die Alte zusammenzucken. »Ihr werdet wohl im Juddeturm enden, wenn Ihr nicht sofort von hier verschwindet. Sie werden Euch genauso schnell finden, wie ich es getan habe.«

Die Alte spuckte ins Feuer. Funken stoben auf. Sie betrachtete Kaspar eine Weile und kniff listig die Augen zusammen.

»Ihr seid also gekommen, um mich zu warnen, und im Gegenzug soll ich Euch etwas verraten.«

Kaspar nickte.

»Und wenn ich überhaupt nichts zu verraten habe oder mir Eure Warnung völlig einerlei ist?«, kreischte sie plötzlich und riss einen Knüppel in die Höhe. »So ein Bursche wie Ihr treibt hoffentlich kein falsches Spiel mit mir! Ich könnte einfach weglaufen.«

Sie wollte auf die Füße kommen, doch Kaspar zog ein langes Messer unter seinem Hemd hervor.

»Das solltet Ihr lieber nicht tun«, sagte er ruhig und drehte die Klinge, sodass das blanke Metall den Feuerschein reflektierte. »Ihr erzählt mir, was ich wissen möchte, und ich lasse Euch gehen.«

Die Alte nickte. »Also gut, Junge. Was wollt Ihr von mir?«

»Womit verdient Ihr Euch die dreißig Schillinge?«, fragte Kaspar geradeheraus.

Die Alte stieß ein heiseres Lachen aus und schlug sich belustigt mit den Händen auf die Oberschenkel. »Hätte ich so viel Geld, würde ich dann im Wald hausen?«

Kaspar verließ für einen Moment der Mut. Hatte er sich geirrt? Er umklammerte das Messer fester.

»Haltet mich nicht zum Narren!« Er sprang auf und hielt der Alten das Messer vor die Nase. »Ich meine es ernst. Wofür bekommt Ihr so viel Geld und wer ist Euer Auftraggeber?«

Die Miene des Weibes verfinsterte sich. »Ihr seid ein junger Bursche. Anscheinend gesund. Wollt Ihr Euch mit den dunklen Mächten einlassen?«

Kaspar trat erschrocken einen Schritt zurück und nickte. »Ich brauche das Geld.«

»Setzt Euch wieder, Junge.«

Er ließ sich abermals am Feuer nieder, während die Alte in einem Sack kramte, den sie hinter ihrem Rücken hervorgeholt hatte. Sie zog eine Kelle und eine Schüssel heraus und füllte Suppe aus dem dampfenden Kessel über dem Feuer ein.

»Stärkt Euch erst einmal«, sagte sie und lächelte ihm freundlich zu. »Es gibt da einen Mann in Zons, der mich ab und an mit Aufträgen versorgt.« Sie verstummte und reichte Kaspar die Schüssel und einen Holzlöffel.

»Dieser Mann ist reich. Sehr reich, und ihm machen ein paar Gulden mehr oder weniger nichts aus.«

Kaspar lauschte der Alten gebannt. Gulden. Er wäre schon mit ein paar Schillingen zufrieden. Ein einziger

Goldgulden, und er wäre für alle Zeiten aus dem Schneider. Gedankenverloren löffelte er die Suppe, die nach deftigen Kräutern roch. Er wusste selbst nicht, warum er auf einmal so hungrig war.

»Eines Tages«, fuhr die Alte fort, »traf ich diesen Mann, ohne jedoch von seinem Reichtum zu wissen. Er hatte sich einen Holzsplitter in die Fußsohle eingetreten und humpelte fürchterlich. Als ich mir die Stelle besah, sah ich sofort den Eiter. Er quoll fast schon aus der Wunde heraus. ›Wenn ich Euch nicht behandle, werdet Ihr sterben‹, erklärte ich ihm und zeigte auf das schwarze Fleisch, das sich bereits rund um die Wunde ausbreitete ...«

Die Alte redete und redete, und Kaspar wartete darauf, dass sie endlich zum Wesentlichen kam. Ungeduldig rührte er in seiner Suppe herum. Und während er so dasaß und in das runzlige Gesicht starrte, spürte er, wie ihn mehr und mehr eine bleierne Müdigkeit überkam.

»Wofür bekommt Ihr denn nun das Geld?«, fragte er und bemerkte, dass er lallte. Seine Zunge gehorchte ihm nicht länger. Die Schüssel rutschte ihm aus der Hand und die Lider fielen ihm zu. Er blinzelte ein paarmal und bemühte sich, wach zu bleiben, doch dann kippte er einfach um. Sobald er auf dem Boden lag, war die Alte über ihm.

»Du dummer Einfaltspinsel«, krächzte sie und nahm ihm das Messer weg. »Du kommst mir gerade recht. Ich bin auf der Suche nach einem jungen Burschen. Die Bettelweiber haben nichts getaugt.«

* * *

Bastian hatte ein paar Männer losgeschickt, um die Kräuterfrau aus dem Wald zu holen. Er würde sie so lange befragen, bis sie ihm verriet, was mit Gertrude und den anderen Bettelweibern passiert war. Karl Peffgen hatte er ins Verlies gesperrt. Der schmierige Händler würde schon noch sehen, was er von seinen Lügen hatte. Inzwischen glaubte Bastian ihm kein Wort mehr. Peffgen griff nach allem, was nicht niet- und nagelfest war. Selbst vor einem Überfall auf den schmächtigen Windenknecht machte er nicht halt. Für vier Schillinge musste man niemanden mit einer Klinge bedrohen.

»Warum bloß redet er nicht über die Bettelweiber?«, fragte Bastian an Wernhart gerichtet, der auf dem Schemel saß und mit gequältem Gesichtsausdruck zum bewusstlosen Steinmetz auf dem Boden schaute.

»Du hast doch stets gesagt, wir hätten nicht genügend Beweise für Peffgens Schuld. Womöglich liegst du damit richtig. Er hat schlicht nichts mit dem Verschwinden der Bettelfrauen zu tun. Er hat sie belogen, betrogen und bestohlen, aber inzwischen glaube ich auch, dass dieser niederträchtige Gauner sie nicht umgebracht hat. Und weißt du, warum?«

Bastian blickte Wernhart fragend an und sein Freund begann zu grinsen.

»Er hat kein Motiv. Alles, was Karl Peffgen interessiert, lässt sich zu barer Münze machen. Deshalb hat er den jungen Burschen am Hafen überfallen. Doch was sollte er den Bettlerinnen schon stehlen? Und dann Gertrudes Amulett. Wäre Peffgen in die Sache verwickelt, hätte er es nicht einfach auf dem Marktplatz liegen lassen.«

Bastian hob beeindruckt die Augenbrauen. »Besser hätte ich es nicht zusammenfassen können.«

Plötzlich vernahm er ein leises Stöhnen. Die Lider des Steinmetzen begannen zu flattern.

»Er kommt zu sich«, sagte Bastian aufgeregt und sprang zu dem Mann am Boden.

»Gerhard Wolter, könnt Ihr mich hören?«, flüsterte Bastian und benetzte die Wangen und die Stirn des Mannes mit ein wenig Wasser.

Der Steinmetz öffnete langsam die Augen. Sofort schlich sich ein flehender Ausdruck in seinen Blick.

»Ich habe die Bettelweiber nicht getötet«, hauchte er schwach.

Bastian hielt ihm die zwei Teile des Schöffensiegels vor die Nase.

»Woher habt Ihr dann dieses Siegel? Es lag bei der ermordeten Rosalinde.«

Gerhard Wolter verdrehte die Augen, und Bastian befürchtete schon, er könnte erneut ohnmächtig werden.

»Ich habe es vom Baumeister gestohlen«, raunte er Bastian zu. »Es war ja nur ein Stück, ein Viertel des Siegels fehlte. Ich dachte, ich könnte es trotzdem zu Geld machen.« Sein Körper erschlaffte unvermittelt. Gerhard Wolter hatte abermals das Bewusstsein verloren.

Bastian brauchte eine Weile, bis er das Gesagte verarbeitet hatte. Der Baumeister Eduard Ambrosius besaß mit Sicherheit ein Schöffensiegel. Schließlich war er offiziell damit betraut, die Kirche in Ordnung zu bringen. Bestimmt hatte er hierüber ein Dokument erhalten. Doch wenn ihm der abgebrochene Teil des Siegels gehörte und der andere im Wald bei der toten Rosalinde lag, dann gab es fast nur eine Erklärung dafür. Oder etwa nicht?

»Wir gehen zum Baumeister«, beschloss Bastian und zog Wernhart mit sich. Balthasar konnte sich weiter um den Steinmetzen kümmern.

Sie stürmten durch die Nacht. Vom Juddeturm bis zur Kirche brauchten sie nicht länger als eine Minute. Der Baumeister wohnte in einem Haus hinter der Kirche. Aufgrund seiner Stellung wurde es ihm nicht zugemutet, in einem Holzverschlag zu übernachten. Gerade als sie an der Kirche vorbeiliefen, nahm Bastian im Augenwinkel eine Bewegung wahr. Vor der zerstörten Mauer hob sich ein schwarzer Schatten ab. Bastian blieb stehen und starrte in die Dunkelheit.

»Lass uns nachsehen, was dort vor sich geht«, flüsterte er Wernhart zu und schlich mit ihm an der Kirchenmauer entlang. Als sie näher kamen, sah er, dass es sich um zwei Gestalten handelte. Eine große und eine kleinere. Sie schoben etwas Schweres zum Loch an der Kirchenmauer. Bastian hörte, wie es in die Tiefe plumpste. Bastian gab Wernhart ein Zeichen und sprang mit einem mächtigen Satz aus dem Schutz der Mauer. Er stürzte sich auf den größeren Mann und riss ihn zu Boden, während Wernhart sich um die kleinere Person kümmerte.

»Was tut Ihr hier?«, fragte Bastian und erkannte im selben Augenblick, dass er den Baumeister umgerissen hatte.

»Eduard Ambrosius?«, stieß er aus. »Was um Himmels willen treibt Ihr hier mitten in der Nacht?«

»Schert Euch herunter von mir«, dröhnte der Baumeister. »Ich will diese Kirche vor dem Untergang bewahren, und wie ich das tue, geht Euch nichts an.«

»Ich habe die Kräuterfrau«, rief Wernhart und rang die widerspenstige Alte zu Boden.

Bastian fesselte den Baumeister an den Händen und band ihn am nächsten Baum fest. Dann entzündete er eine Fackel und hielt sie in das Loch. Das Herz blieb ihm beinahe stehen, als er eine schmale Hand erblickte, die unter einem Stück Stoff herausragte.

»Wernhart, hilf mir«, bat er und wartete, bis sein Freund das Kräuterweib ebenfalls an einem Baum festgebunden hatte. Dann übergab er ihm die Fackel und kletterte in das mannshohe Loch. Ein widerlicher Gestank schlug ihm entgegen.

»Rührt den Burschen nicht an«, brüllte Eduard Ambrosius ungehalten. »Ihr zerstört mein Werk. Eine kräftige, junge und vor allem lebendige Seele wird die Mauer stabilisieren. Er ist ein Opfer, das wir erbringen müssen, wenn die Kirche in neuem Glanz erstrahlen soll. Die Mauer ist verflucht. Sie wird ohne eine Opfergabe immer wieder einstürzen.«

Bastian ließ sich von den Worten des Baumeisters

nicht beirren. Er fasste die Hand und hievte einen jungen Mann aus dem Loch.

»Kaspar«, rief er und rüttelte ihn an den Oberarmen. »Komm zu dir!«

Der Windenknecht würgte. Ein übler fischiger Geruch stieg Bastian in die Nase. Dann öffnete Kaspar mühsam die Augen und blickte ihn verwirrt an.

»Wo bin ich?«, fragte er benommen.

»In Sicherheit. Bleib einen Moment hier liegen«, erwiderte Bastian und holte eine Spitzhacke, die an der Kirchenmauer lehnte. Er kletterte noch einmal nach unten und löste vorsichtig Mörtel und Steine, mit denen das Loch gefüllt worden war. Im Licht der Fackel bemerkte er ein weiteres Leinentuch, das er nach und nach freilegte. Als er es zur Seite nahm, musste er sich kurz abwenden. Ein Frauenkörper kam darunter zum Vorschein.

»Gertrude«, flüsterte Bastian erstickt und zog sie behutsam hoch. Ihr verwesender Körper stank erbärmlich. Doch Bastian ließ sich Zeit. Er hatte so lange gebraucht, sie zu finden, dass er ihr auf keinen Fall noch die Knochen im Leib brechen wollte. Als Nächstes beförderte er Bertha herauf und zuletzt eine jüngere Frau, vermutlich die verschollene Judith.

Als Bastian fertig war, ging er wütend auf Eduard Ambrosius los.

»Dafür wird Euch der Henker den Kopf abschlagen«, brüllte er, wobei ihm gleichzeitig die Tränen über das Gesicht liefen.

* * *

Ein paar Tage später

Die Kirchenglocken erklangen hell und geleiteten die in den Särgen liegenden Bettelweiber auf ihre letzte Reise. Sie hatten noch eine weitere tote Frau im Wald gefunden, genau an der Stelle, wo Rosalindes lebloser Körper gelegen hatte. Bastian wusste nicht einmal, wie sie hieß. Pfarrer Johannes hatte ihr für ihren letzten Weg den Namen Maria gegeben. Obwohl der Steinmetz den Hohlraum unter der Kirchenmauer zunächst neu ausgehoben und anschließend mit großen Felsbrocken aufgefüllt hatte, war die Mauer abermals eingestürzt.

»Wir werden zwei Baumeister aus Köln zurate ziehen«, sagte Pfarrer Johannes, während sie hinter den Särgen hergingen. »Ich hoffe, dass sie eine Idee haben, wie das Kirchenfundament stabilisiert werden kann. Bis dahin muss ich wohl oder übel in der Klosterkirche predigen und auch unseren großzügigen Abt Theodor von Grünwald zu unserer Gemeinde sprechen lassen. Es bricht mir das Herz. Andererseits bringt uns die Erfahrung womöglich auch näher zusammen. Gottes Liebe ist groß genug für uns alle. Wir sollten nicht um seine Gunst streiten.«

Bastian erinnerte sich an Balthasars Worte. »Im Kloster hat man wohl erzählt, der Abt habe den Steinmetzen bestochen, damit die Mauer einstürze und die Kirche nicht mehr besucht werden könne.«

Pfarrer Johannes lachte. »Davon hörte ich bereits und ich habe Theodor von Grünwald sofort zur Rede gestellt. Er hatte nach ein paar Bechern Rotwein tatsächlich eine solche Idee ausgebrütet. Er hat sich bei mir entschuldigt und mir versichert, dass er aber nichts dergleichen unternommen hätte. Nein, den stetigen Einsturz der Mauer haben wir einzig und allein dem Hochwasser zu verdanken.«

»Ich bin nicht sicher, was den Abt angeht«, entgegnete Bastian zweifelnd.

»Ich schon, mein lieber Bastian. Theodor von Grünwald mag ein Schlitzohr sein, aber sogar er würde nicht so weit gehen und einem Gotteshaus Schaden zufügen.« Pfarrer Johannes blieb stehen und trat zur Seite. »Fragen wir ihn doch selbst.« Er winkte den Abt heran, der ein paar Schritte hinter ihnen lief.

»Erklärt meinem jungen Freund, dass an den Gerüchten nichts dran ist, Hochwürden«, begann Pfarrer Johannes und nickte dem Abt wohlwollend zu. »Auch zu ihm ist inzwischen vorgedrungen, dass das Kloster den Steinmetz dazu gedrängt habe, die Mauer nicht stabil zu errichten. Ich sollte in Eurer Klosterkirche predigen, sodass Ihr schalten und walten könnt, wie Ihr mögt.«

Der Abt warf Bastian einen langen Blick zu. »Ich weiß selbst, dass die Wände in meinem Kloster Ohren haben. In der Tat habe ich bereits vor längerer Zeit den Wunsch laut ausgesprochen, dass auch ich für die Gemeinde predigen möchte. Und in meiner Verzweiflung habe ich bei vernebeltem Verstand über solche

Möglichkeiten nachgedacht. Es wäre mir allerdings nie im Leben eingefallen, etwas derart Frevelhaftes in die Tat umzusetzen.« Der Abt machte ein zerknirschtes Gesicht und schüttelte den Kopf. »Wenn die Brüder meinen Predigten nur halb so gut zuhören würden wie den Dingen, die ich im Rausch von mir gegeben habe, wäre die Welt eine bessere. Nehmt mich beim Wort, Bastian Mühlenberg. Ich überlasse Pfarrer Johannes die Klosterkirche so lange, bis die Pfarrkirche wieder sicher ist. Und ich werde ihn nicht vom Altar drängen.«

Bastian nickte. Er glaubte dem Abt. Wenigstens war diese Sache nun aufgeklärt. Er würde ein Auge darauf haben. Gertrudes Amulett kam ihm in den Sinn. Bastian hatte es auf dem Marktplatz gefunden, und bis heute konnte er sich nicht erklären, wie es dorthin gekommen war. Vielleicht hatte sie es tatsächlich unbemerkt verloren oder womöglich war es ein Zeichen von ihr gewesen. Ohne das Amulett hätte sich Bastian nicht auf die Suche nach dem Bettelweib begeben. Es wäre niemals herausgekommen, dass der Baumeister die Kräuterfrau beauftragt hatte, Bettelweiber in eine Falle zu locken, damit ihm niemand so schnell auf die Schliche kam. Die Alte hatte die Weiber zuerst aus der Stadt gelockt, dann vergiftet und anschließend im Wald vor den Toren von Zons abgelegt. Eduard Ambrosius hatte die toten Körper von dort abgeholt und in das Loch an der Kirche geworfen. Als die Mauer trotzdem zum wiederholten Male einstürzte, hielten sie nach einem männlichen Opfer Ausschau. Sie dachten, dass ein solches Opfer eine größere Wirkung entfalten könnte, insbesondere, wenn es noch lebte. Der Windenknecht Kaspar kam ihnen da gerade recht. Nur gut, dass er jung und gesund war. Er hatte lediglich einen Tag gebraucht, um wieder zu Kräften zu kommen.

Der Trauerzug blieb vor den frisch ausgehobenen Gräbern stehen. Josef Hesemann gesellte sich zu ihm und winkte Kaspar herbei.

»Der Bursche hilft in Zukunft bei mir aus«, erklärte Josef und lächelte. »Im Gegenzug habe ich eine wirksame Heilsalbe für seine Mutter angefertigt. Ich bin sicher, es wird ihr bald besser gehen. Morgen reiten wir nach Neuss und statten ihr einen Besuch ab.«

Kaspar strahlte über das ganze Gesicht. »Ich danke Euch für alles«, sagte er zu Bastian. »Ohne Euch wäre meine Mutter jetzt völlig alleine und hätte vermutlich nie erfahren, was mir zugestoßen ist.«

»Ich bin froh, dass wir dich rechtzeitig aus der Grube geholt haben«, erwiderte Bastian und sah nachdenklich mit an, wie Kaspar an der Seite des Arztes weiter in Richtung der Gräber schritt. Er hörte, wie Pfarrer Johannes Gertrudes Namen nannte. Ihre beiden Söhne standen kreidebleich vor ihrem Sarg. Johannes hatte ihnen einen Platz im Kloster verschafft. So waren sie zumindest in den nächsten Monaten versorgt und vielleicht fanden sie in dieser Zeit zu Gott. Falls nicht, würde er eine andere Möglichkeit für sie finden. Das war er Gertrude schuldig.

Bastian blinzelte in die Sonne und ließ seine

Gedanken schweifen. Plötzlich musste er an Anna denken. Vergangene Nacht hatte er von ihr geträumt. Sie hatte schöner denn je gestrahlt, genauso wie Marie, sobald sie froher Hoffnung war. Er seufzte sehnsüchtig. Er würde diese unbekannte Frau für immer lieben, auch wenn es nur in seinen Träumen war.

XVIII

GEGENWART

Oliver betrat sein Büro und musste unwillkürlich grinsen. Klaus war über den Akten eingeschlafen. Er hatte den Kopf mitten auf einen Stapel Papiere gebettet und atmete tief und gleichmäßig. In der Hand hielt er noch einen Stift. Daneben lag ein Zettel, auf dem er eine Reihe von Namen notiert hatte. Offensichtlich hatte er versucht, die Identität des vierten Opfers herauszufinden.

»Wach auf«, flüsterte Oliver und stupste Klaus an.

Sein Partner fuhr hoch und blinzelte überrascht.

»Was machst du denn hier?«, fragte er und gähnte. »Bist du nicht mit Emily auf der Veranstaltung in Düsseldorf?«

Oliver deutete auf die Uhr über der Tür. »Die ist vorbei. Wir haben ein Uhr nachts. Wolltest du hier bis morgen früh schlafen?«

»Nein. Und warum bist du nicht nach Hause gefahren? Was machst du hier?« Klaus streckte sich und trank einen Schluck Wasser. »Ich habe in der Zwischenzeit die Vermisstendatei rauf und runter studiert. Ein Teenagermädchen mit dunkelblonden Haaren ist nicht dabei. Auch keines mit gefärbten Haaren oder eines, das auch nur annähernd mit unserem Opfer übereinstimmen könnte. Ich habe die Suche sogar auf die Nachbarländer ausgeweitet. Nichts. Anschließend habe ich die Liste der Pfadfinder überprüft und bin die Schulklassen von Benjamin und Annalena durchgegangen. Ich habe mir Fotos aller Schülerinnen aus den sozialen Medien gezogen. Pustekuchen. Ein Mädchen hätte optisch gepasst. Aber ihre Mutter hat mir am Telefon versichert, dass sie zu Hause ist und schläft. Ich weiß echt nicht mehr weiter.« Klaus hob die Schultern und rieb sich müde die Augen.

»Ich glaube, wir müssen den Architekten des Kreisarchivs genauer unter die Lupe nehmen«, verkündete Oliver und erzählte Klaus von dem Vortrag des Japaners.

»Das ist in der Tat merkwürdig«, brummte Klaus und begann in seinen Akten zu wühlen. Er öffnete einen Ordner und tippte auf die Mitte des obersten Blattes. »Hatano Takayuki hat für den Zeitpunkt der Morde an den Geschwistern ein starkes Alibi. Er hat mit dem Landrat zu Abend gegessen. Ob sich die Kollegen mit den Daten vertan haben?«

Oliver rieb sich nachdenklich das Kinn. Der Japaner kannte beide Symbole, die der Täter benutzt hatte. Das Siegel, den Kreis und außerdem hatte er ein überzeugendes Tatmotiv abgeliefert: menschliche Säulen.

Benjamin und Annalena Küsters waren in die Säulen des Kreisarchivs einbetoniert worden. Henry Schilling wurde im Deich vergraben und das unbekannte Mädchen auf dem Burggelände von Zons. Waren all diese Toten Opfer, um die bedeutenden Gebäude und Anlagen von Zons zu schützen? Nach Takayukis Vortrag erschien Oliver dieses Motiv überhaupt nicht mehr abwegig. Allerdings fragte er sich, was der Japaner mit Zons zu tun hatte. Bauwerke in seiner Heimat mussten auf den Architekten eine weitaus größere Anziehungskraft ausüben.

»Wie steht es um die Fahndung nach Mario Reuschel und Emil Kutschkow?«, erkundigte er sich und betrachtete die Fotos, die er während der Veranstaltung gemacht hatte.

»Die sind nach wie vor abgetaucht«, erwiderte Klaus. »Wenn du mich fragst, dann könnten sie es gewesen sein. Warum sonst sind sie verschwunden? Wir sollten eine Möglichkeit finden, doch einen Durchsuchungsbeschluss zu erlangen. Ein anderer Richter entscheidet sich vielleicht zu unseren Gunsten.«

»Ich rede mit Steuermark, sobald er im Revier erscheint.« Oliver vergrößerte eine der Aufnahmen von der Präsentation des japanischen Architekten. Als er das Schöffensiegel inspizierte, fiel ihm darunter plötzlich etwas auf. Er kniff die Augen zusammen, um die unscharfe Schrift zu entziffern.

»Das ist eine Quellenangabe«, murmelte er und fuhr seinen Computer hoch. Dann tippte er den Titel des

Buches in die Suchmaschine ein und musterte grübelnd das Buchcover, das auf dem Bildschirm erschien.

»Sag mal, hat Henry Schilling nicht am Gymnasium Religionsunterricht gegeben?«

»Ja, als Aushilfslehrer.«

»Hast du eine Liste aller Schüler von Benjamins und Annalenas Schule?«

»Bitte schön.« Klaus schob ihm einen Aktenordner hinüber. »Gleich obenauf. Es sind vierhundert Kinder. Dahinter klemmen die Unterrichtspläne mit den Namen der Lehrer. Schilling steht auch drauf. Wonach suchst du?«

Oliver antwortete nicht. Er hatte bereits den Ordner aufgeschlagen und fuhr mit dem Zeigefinger über eine Reihe von Namen.

* * *

Nele hatte sich in einer Ecke zusammengekauert und starrte in die Dunkelheit. Ab und an tastete sie nach dem Teller, den er ihr dagelassen hatte, und aß ein wenig Brot. Es war hart und schmeckte alt und trocken, doch sie musste bei Kräften bleiben. Sie zitterte, es war so kalt hier. Ihre einzige Chance bestand darin, den Typen zu überrumpeln und wegzulaufen. Die letzten Stunden hatte sie damit zugebracht, jede denkbare Option durchzuspielen. Aus dem Raum kam sie nicht heraus. Sie hatte die Wände, den Boden und die Tür gründlich abgetastet. Die Tür ging nicht auf, auch wenn sie mit aller Kraft dagegen trat. Eine andere Möglichkeit wäre, nett zu dem Fremden zu sein und ihn anzuflehen, ihr nichts zu tun. Allerdings erschien ihr diese Variante zu unsicher. Außerdem wirkte er fest entschlossen. Er würde sie nicht einfach laufen lassen. Er hatte etwas mit ihr vor, das spürte sie ganz tief in ihrem Innersten. Sie ahnte, was es sein könnte. Nur bei dem Gedanken daran überlief es sie eiskalt. Er würde sie erst vergewaltigen und anschließend umbringen. Das sah man doch in jedem dritten Horrorfilm. Verflucht! Was sollte sie bloß tun?

Nele unterdrückte ihre Tränen. Weinen half ihr nicht weiter. Wenn sie nicht so enden wollte wie Benjamin und Annalena, musste sie kämpfen. Es war im Grunde genommen nicht anders als beim Tennis. Fokussieren und zuschlagen. Den Ball hart treffen und auf keinen Fall aufgeben. Sie hatte zwar weder einen Schläger noch einen Knüppel oder Ähnliches, aber sie trug Schuhe. Wenn sie damit richtig traf, konnte sie den Kerl k. o. hauen. Es war wirklich genau wie beim Tennis. Ein Unentschieden würde es nicht geben, nur einen Verlierer und einen Gewinner. Wie auf Kommando drehte sich der Schlüssel im Schloss. Nele konzentrierte sich auf ihren Aufschlag. Unter keinen Umständen durfte sie es vermasseln. Mit erhobenem Arm und ihrem Sneaker in der Hand stand sie da und lauerte.

Die Tür öffnete sich.

Nele spannte all ihre Muskeln an.

Ein Schatten trat ein.

Nele hielt den Atem an und wartete auf den richtigen Moment.

Das Licht ging an.

Nele blinzelte irritiert.

Ein Mann kam auf sie zu.

Nele erstarrte. Sie brauchte mehrere Sekunden, bis ihr Hirn das Bild vor ihren Augen zuordnen konnte. Es war nicht der Mann, der sie hierhergebracht hatte. Es war jemand, den sie kannte. Erstaunt ließ sie den Arm sinken.

Das war ein großer Fehler.

* * *

»Frau Blumenthal, es ist wirklich sehr freundlich von Ihnen, dass Sie uns mitten in der Nacht und trotz der Ferien hereinlassen.«

Die ältere Dame zog ihren Mantel enger zusammen und stocherte eine Weile mit dem Schlüssel im Türschloss, bis sie endlich hineinkonnten.

»Sie hatten Glück, dass ich vergessen habe, mein Telefon auszuschalten. Normalerweise mache ich das immer, bevor ich zu Bett gehe.«

Oliver war vor allem froh, dass ihre Nummer überhaupt im örtlichen Telefonbuch stand. Sie hatten zuvor versucht, die Küsters, die Eltern der ermordeten Geschwister, zu erreichen, und auch die Eltern von Robin Förster, doch niemand war ans Telefon gegangen. Dann war er mit Klaus über die Homepage der Schule auf Marion Blumenthal, die Sekretärin des Schuldirektors, gestoßen. Schon nach dem dritten Klingeln hatte sie abgehoben und sich sogar bereit erklärt, sie mitten

in der Nacht ins Schulgebäude zu lassen. Sie hatten
Frau Blumenthal mit dem Dienstwagen abgeholt und
waren mit ihr durch die menschenleeren Straßen gefahren. Die Feuchtigkeit der kühlen Nacht hatte Nebel-
schwaden heraufbeschworen, die über dem Boden
waberten und die Welt in einen nächtlichen Albtraum
verwandelten. Genau so empfand es Oliver.

Er war im Büro die Schülerlisten durchgegangen,
die Klaus organisiert hatte. Die Hauptfächer waren
aufgelistet, sodass er sehen konnte, welcher Schüler sich
für das jeweilige Fach eingetragen hatte. Die Übersicht
für den Religionsunterricht hingegen hatte gefehlt. Da
Henry Schilling Aushilfslehrer für Religion war, wollten
sie herausfinden, welche Schüler er unterrichtet hatte.
Oliver hoffte – sofern es einen Zusammenhang gab –,
die Identität des vierten Opfers herauszufinden. Inzwischen war ihm klar, dass sie nur so an den oder die
Täter herankamen. Er wählte seine Opfer nach einem
ganz bestimmten Schema aus, so wie es beinahe jeder
Serientäter tat. Bisher hatten sie sich einfach zu sehr an
der Pfadfindergruppe und an Tom Kretschmar festge-
bissen. Die Veranstaltung mit dem japanischen Architekten hatte Oliver die Augen geöffnet, insbesondere die
Quellenangabe, die er am unteren Rand einer Darstellung entdeckt hatte. Hatano Takayuki hatte sich die
Symbole, die er mit der Stadt Zons verband, nicht
ausgedacht, sondern sorgfältig recherchiert. Das Buch,
das er benutzt hatte, stammte aus der erzbischöflichen
Dombibliothek. Verschiedene geistige Würdenträger
hatten sich darin intensiv mit religiösen Symbolen und

auch Bauopfern auseinandergesetzt. Die Namen kamen Oliver in Teilen bekannt vor. Doch viel wichtiger war, dass er durch dieses Buch den Bogen in Richtung Religion geschlagen hatte. Henry Schilling half als Religionslehrer aus. Was, wenn neben Benjamin und Annalena Küsters auch das tote Mädchen zu seinen Schülern zählte? Wählte der Täter seine Opfer aus diesem Umfeld aus?

Klaus gab Frau Blumenthal ein Foto der unbekannten Toten, das sie unmittelbar vor dem Abtransport in die Rechtsmedizin zeigte.

»Kommt Ihnen dieses Mädchen bekannt vor? Entschuldigen Sie das Foto. Ich weiß, es sieht schlimm aus. Die Rechtsmediziner hatten noch keine Zeit, den Leichnam für Polizeifotos herzurichten.«

Frau Blumenthal schlug die Hände vors Gesicht. »Himmel. Wie entsetzlich. Was ist denn mit ihr passiert? Sie wirkt so schmutzig, als ob sie unter der Erde gewesen wäre.«

Klaus' Mundwinkel zuckten ein wenig und Frau Blumenthal öffnete entsetzt den Mund.

»O nein. Schrecklich. Tut mir leid. Ich erkenne sie nicht. Vielleicht liegt das ja an der vielen Erde auf ihren Wangen.« Sie stolperte die breite Treppe hinauf und bog in der ersten Etage links ab. »Kommen Sie, am Ende des Ganges befindet sich das Büro des Schuldirektors. Dort bewahren wir auch alle Stundenpläne auf.«

Frau Blumenthal tippelte so schnell den langen grauen Flur entlang, als wollte sie vor ihnen davonlaufen. Vor dem Büro hielt sie an, schnappte erst mal nach

Luft und schloss schließlich die Tür auf. Sie hastete ins Vorzimmer, um einen Schreibtisch herum und zu einem Aktenschrank, der ebenfalls verschlossen war.

»Das haben wir gleich«, murmelte sie und rieb sich eine Träne aus dem Augenwinkel. »Es ist schrecklich. Erst die beiden Geschwister, dann Herr Schilling und nun noch dieses Mädchen. Ich kann das einfach nicht glauben.«

Sie holte einen dicken Ordner aus dem zum Bersten gefüllten Schrank und blätterte darin.

»Hier ist die Religionsklasse von Benjamin und hier die von Annalena. Ich hoffe, das hilft Ihnen weiter.«

Oliver nahm ihr die beiden Blätter aus der Hand und ging die Namen durch. Er notierte sich die der Mädchen.

»Gibt es Klassenfotos?«, fragte Klaus und wartete, bis Frau Blumenthal diese herausgesucht hatte.

Er schaute sich die Klasse von Annalena an und schüttelte den Kopf.

»Hier ist das Mädchen nicht drauf«, murmelte er und griff zum nächsten Bild.

»Wie heißt der reguläre Religionslehrer und unterrichtet er noch andere Klassen?«

»Natürlich«, erwiderte Frau Blumenthal mit einem Anflug von Stolz in der Stimme. »Wir haben das große Glück, dass der Domkapitular Albert Reininger persönlich einen Teil des Religionsunterrichts an unserer Schule übernimmt. Er ist ein wirklich gesegneter Mann und äußerst beliebt bei unseren Schülern. Es macht einen gewaltigen Unterschied, ob ein staatlich geprüfter

Religionslehrer oder ein echter Mann Gottes die jungen Menschen anleitet.« Sie lächelte und drückte Oliver drei weitere Blätter in die Hand. »Er unterrichtet auch noch diese Klassen. Warten Sie, ich suche die Fotos heraus, dann können Sie sich die Kinder ansehen.«

Während Oliver hastig die Mädchennamen notierte, holte Frau Blumenthal die Klassenfotos und legte sie vor ihn auf den Tisch. Oliver brauchte keine zwanzig Sekunden, um die Tote vom Burggelände zu identifizieren.

»Wer ist das?«, fragte er alarmiert.

»Die Namen stehen auf der Rückseite.«

Er verglich die Mädchennamen mit seinen Notizen.

»Fiona Mehrens«, stellte er fest.

»Das hätte ich nicht gedacht.« Klaus stand neben ihm und überprüfte die Angaben kritisch. »Alle wurden von Albert Reininger unterrichtet.«

»Und Henry Schilling hat ihn vertreten, wenn er andere Aufgaben wahrnehmen musste«, fügte Oliver hinzu und holte sein Handy hervor. Er öffnete noch einmal das Foto, das er während des Vortrages von Hatano Takayuki gemacht hatte. Er studierte abermals die Quellenangabe und plötzlich fiel es ihm ein.

»Der Name kam mir gleich bekannt vor«, rief er und winkte Klaus mit sich. »Ich kenne Albert Reininger. Er war mit dem Pfarrer an der Baustelle. Erinnerst du dich? Er unterrichtet nicht nur Religion. Er hat auch das Buch mitverfasst, aus dem der japanische Architekt zitiert hat.«

»Vielen lieben Dank, Frau Blumenthal«, sagte Klaus

hastig und sammelte die Unterlagen ein. »Wir nehmen das mit und geben es Ihnen morgen wieder. Ich rufe eine Streife, die Sie schnell nach Hause bringen wird.«

»Aber was hat denn unser Albert Reininger jetzt mit all dem zu tun? Warten Sie!«, rief Frau Blumenthal ihnen entgeistert hinterher. »Er ist ein Mann Gottes!«

»Eben drum«, flüsterte Oliver und drehte sich nicht mehr um. Sie hatten bereits die Treppe erreicht und eilten hinunter zum Ausgang.

* * *

»Findest du nicht, dass der Kerl ein bisschen zu alt ist, um vier Menschen umzubringen?«, fragte Klaus, als sie im Dienstwagen saßen und zu Reiningers Privatadresse in Köln fuhren. »Ich erinnere mich jetzt wieder an den Geistlichen, der den Pfarrer in Zons begleitet hat. Der ging doch bestimmt schon auf die sechzig zu.«

»Mag sein. Ich will nur sichergehen, dass wir keine Spur außer Acht lassen. Fest steht jedenfalls, dass alle Opfer eine Verbindung zu ihm haben. Genau das, was bisher gefehlt hat. Fiona Mehrens war nicht wie die anderen bei den Pfadfindern. Es ist natürlich möglich, dass Mario Reuschel und Emil Kutschkow sie trotzdem kannten.« Oliver spielte mit dem Gedanken, über eine rote Ampel zu fahren, hielt jedoch im letzten Augenblick an. Wahrscheinlich öffnete Reininger ihnen nicht mal die Tür. Vernünftiger wäre es, ins Bett zu gehen und am Morgen mit frischen Kräften die neuen Erkenntnisse aufzuarbeiten. Hatano Takayuki ging ihm schließlich auch nicht aus dem Kopf. Offenbar war ihm der Bau des Kreisarchivs für seine Karriere sehr wichtig. Wer wusste schon, was der Japaner hinter verschlossenen Türen trieb und was in seinem Kopf vorging. Den meisten Serientätern sah man ihre Grausamkeit nicht an. Wäre es anders, würden ihnen bei Weitem weniger Opfer ins Netz gehen.

Gerade als er in die Straße einbog, in der Albert Reininger wohnte, klingelte sein Handy.

»Bergmann«, meldete er sich und drosselte das Tempo.

»Eine Streife hat Mario Reuschel und Emil Kutschkow in der Nähe von München auf ihren Motorrädern aufgegriffen«, verkündete der Anrufer mit bayerischem Akzent. »Was sollen wir mit ihnen machen?«

Oliver trat auf die Bremse. Klaus sah ihn halb fragend und halb vorwurfsvoll an.

»Sie haben Reuschel und Kutschkow bei München geschnappt«, zischte Oliver ihm zu.

»Bringen Sie sie hierher nach Neuss. So schnell wie möglich.« Oliver legte auf. »Wir haben sie«, murmelte er und war für einen Moment unschlüssig, ob er den Domkapitular tatsächlich mitten in der Nacht aus dem Bett holen sollte.

»Bei dem brennt Licht«, stellte Klaus fest und stieg aus, bevor Oliver seine Zweifel äußern konnte.

Er verließ den Wagen ebenfalls und folgte Klaus zu einem Einfamilienhaus, in dem in der oberen Etage durch mehrere Fenster Licht schien. Klaus stand bereits an der Eingangstür und klingelte. Sie warteten ein paar

Minuten, aber nichts rührte sich. Klaus drückte erneut auf den Klingelknopf, der sofort einen hellen Glockenton im Inneren des Hauses auslöste und nicht zu überhören war.

»Merkwürdig«, murmelte Klaus nach einer Weile und betätigte die Klingel noch einmal. »Er muss doch da sein. Hoffentlich ist ihm nichts passiert. Herzinfarkt oder so.«

»Lass uns ums Haus gehen«, schlug Oliver vor und spähte durch ein Fenster an der Vorderfront. Er hielt seine Taschenlampe an die Scheibe, damit er im Innern etwas sehen konnte. Das Erdgeschoss lag vollkommen im Dunkeln. Der Lichtstrahl strich über einen schmalen Esstisch, einen Kühlschrank, den Herd und ein paar Hängeschränke. Oliver schlich zum nächsten Fenster. Klaus war bereits weiter vorausgegangen. Er lugte abermals ins Haus und sah das Wohnzimmer. Er leuchtete den Teppich und die Couch ab. Der Raum war leer. Klaus kam wieder zurück.

»Im Untergeschoss ist niemand«, verkündete er und rüttelte an der Terrassentür. »Wir sollten nachsehen, ich habe ein merkwürdiges Geräusch gehört. Wenn du mich fragst, haben wir hier Gefahr im Verzug.«

Oliver stimmte ihm zu und holte mit der Taschenlampe aus, um ein Loch in die Scheibe neben dem Türgriff zu schlagen. Es klirrte. Er griff hindurch und öffnete die Tür. Ein Gemisch aus abgestandener Luft und Zigarrenqualm schlug ihnen entgegen.

»Hallo«, rief Oliver. »Ist hier jemand?«

Sie bekamen keine Antwort. Klaus ging voraus und

schaltete das Licht ein. Sie sahen sich noch einmal in allen Räumen um, bevor sie die Treppe nach oben nahmen. Bisher wirkte das Haus völlig normal. Vermutlich schlief der Domkapitular und hatte einfach vergessen, das Licht auszuknipsen. Doch plötzlich hörten sie ein Poltern. Oliver zog sofort seine Waffe. Klaus tat es ihm nach. Sie verharrten kurz auf dem Treppenabsatz und teilten sich dann auf. Klaus sicherte die linke Seite des Flures und Oliver die rechte. Anschließend liefen sie mit vorgehaltenen Pistolen links entlang. Bereits nach ein paar Schritten gelangten sie zur ersten Tür. Klaus drückte langsam die Klinke herunter, während Oliver mit der Dienstwaffe auf das Türblatt zielte. Sein Partner stieß die Tür auf. Ein Badezimmer lag vor ihnen. Geradeaus die Toilette. Rechts die Badewanne. Ein Spiegelschrank. Handtücher. Sonst nichts.

Sie huschten weiter. Die nächste Tür stand offen. Oliver sah ein breites Bett. Eine mit goldenen Ornamenten bestickte Decke lag glatt gestrichen darüber. Hier hatte heute niemand geschlafen. Sie blickten sich im Schlafzimmer um. Klaus durchforstete den Schlafzimmerschrank, während Oliver den Nachttisch inspizierte. Bücher stapelten sich darauf. Eines älter als das andere, doch das war es nicht, was Olivers Aufmerksamkeit erregte.

»Schau dir das an«, zischte er und winkte Klaus zu sich. Vorsichtig nahm er ein dunkelgrünes Wachssiegel mit dem Abbild des heiligen Martin in die Hand und drehte es um. Ihm blieb fast das Herz stehen, als er den

Kreis auf der Rückseite erblickte. Sie hatten ihn! Dieser verdammte Mistkerl würde ihnen nicht entkommen.

»Ich rufe Verstärkung«, flüsterte Klaus alarmiert und telefonierte leise.

Oliver durchsuchte die Schubladen. In der untersten stieß er auf zwei Siegelstempel. Eines mit dem heiligen Martin für die Vorderseite und das andere mit dem Kreis für die Rückseite. Er blickte sich noch einmal um und ging dann an Klaus vorbei zum letzten Zimmer auf dieser Seite des Korridors. Er öffnete die Tür und fand eine Bibliothek samt einem kleinen Altar an der Stirnseite. Von Reininger jedoch weiterhin keine Spur.

Oliver wandte sich der anderen Seite des Korridors zu. Klaus folgte ihm. Zwei Räume lagen vor ihnen. Sie teilten sich auf. Oliver nahm die erste Tür und Klaus schlich weiter zur letzten. Er drückte die Klinke herunter und erstarrte für eine Sekunde. Da war wieder das Geräusch, das sie eben schon einmal gehört hatten. Metall schleifte über den Boden. Ein Mann blickte ihn mit aufgerissenen Augen an. Er hockte zusammengekrümmt und mit nacktem Oberkörper auf dem Dielenboden. Seine Füße waren in Ketten gelegt und die Hände gefesselt. Auf seinem Mund klebte ein breites Stück Klebeband. Eine wulstige Narbe verlief quer über sein Gesicht, beginnend von der linken Augenbraue über die Nase bis zur rechten Wange.

Der Maurer, schoss es Oliver durch den Kopf. Dem hatte Dietmar Kunz den Schlüssel zum Kreisarchiv gegeben. Er richtete die Waffe auf den Mann und näherte sich vorsichtig.

»Bleiben Sie ruhig sitzen und nehmen Sie Hände hoch«, befahl er und riss ihm das Klebeband vom Mund.

»Helfen Sie ihr«, krächzte der Kerl und zerrte an seinen Fesseln. »Helfen Sie ihr. Sie müssen sich beeilen!«

»Wem soll ich helfen?«, fragte Oliver und zuckte innerlich zusammen, als er die blutigen Striemen auf dem Rücken des Mannes bemerkte. »Was ist mit Ihnen passiert?«

Klaus stürmte ins Zimmer und hielt einen Behälter mit dunkelblauer Flüssigkeit und ein paar Spritzen in der Hand. »Ich habe Frostschutzmittel und Beruhigungsmedikamente gefunden.«

Von draußen fiel plötzlich flackerndes Blaulicht durchs Fenster. Die Verstärkung war da. Schon trampelten Stiefel die Treppe herauf. Zwei schwer bewaffnete Polizisten kamen herein und zielten einen Moment lang auf den gefesselten Mann. Dann nahmen sie ihre Gewehre herunter. Ein dritter Mann betrat das Zimmer.

»Obergeschoss gesichert«, meldete er über das Headset an seinem Helm. »Drei Personen aufgefunden. Alle unverletzt. Ein Mann in Gewahrsam.«

»Durchsucht den Garten«, brüllte eine Stimme im Erdgeschoss. »Haus gesichert.«

Oliver schob seine Waffe zurück in das Halfter.

»Wer hat Ihnen das angetan?«, wiederholte er und versuchte, die Kette an den Füßen des Mannes zu lösen, doch er fand den Schlüssel nicht.

»Er trägt die Schlüssel um den Hals«, erklärte der

Mann, ohne auf Olivers Frage einzugehen, und nahm die Arme herunter. »Bitte, Sie müssen das Mädchen retten. Er wird sie umbringen.«

»Welches Mädchen?«, fragte Oliver und spürte ein dumpfes Pochen in der Magengegend. Noch ein Opfer.

»Nele.«

In Olivers Kopf ratterte es. »Nele Schneider?« Diesen Namen hatte er in der Schule notiert. Sie wurde auch von Albert Reininger unterrichtet.

Der Mann nickte. »Er will sie an der Kirche von Zons begraben. Ich wollte ihn abhalten, aber er hört nicht auf mich.«

Oliver dachte nicht lange nach.

»Halten Sie den Mann fest und nehmen Sie seine Personalien auf«, bat er einen Beamten. Vielleicht hatten sie es ja mit zwei Tätern zu tun. Er rannte mit Klaus zum Dienstwagen und sprang hinein. Von unterwegs forderte er weitere Verstärkung an.

Sie brauchten beinahe zwanzig Minuten. Mit quietschenden Reifen kamen sie vor der Kirche in Zons zum Stehen. Eine schwarze Limousine parkte vor dem Eingang. Der Kofferraum stand offen.

Oliver riss die schwere Holztür auf und brüllte: »Albert Reininger, geben Sie auf!« Im Inneren der Kirche sahen sie den Lichtstrahl einer Taschenlampe.

»Halt! Polizei!«, rief er. »Nehmen Sie die Hände hoch!« Er stürzte vorwärts zum Altar.

Ein Mann hockte auf dem Boden. Vor ihm lag jemand. Die Taschenlampe war auf einmal aus, sodass Oliver kaum etwas erkennen konnte. Klaus schaltete seine Lampe ein. Der Lichtstrahl streifte den Mann, der kniend die Arme nach oben streckte. Albert Reininger. In der rechten Hand hielt er eine Spritze. Mit Entsetzen stelle Oliver fest, dass sie leer und der Kolben bis zum Anschlag heruntergedrückt war. Sein Blick fiel auf das Mädchen, das zu Reiningers Füßen lag. Ihr Gesicht bleich wie eine Kalkwand. Oliver hatte sie auf einem der Klassenfotos gesehen.

»Was haben Sie getan?«, schrie Oliver und warf sich auf den Geistlichen, um ihm Handschellen anzulegen. »Klaus, ruf einen Krankenwagen. Sag denen, dass eine Vergiftung mit Frostschutzmittel vorliegt.«

Die Handschellen klickten. Oliver wuchtete den Mann hoch und setzte ihn auf eine Kirchenbank. Dann schaute er nach dem Mädchen.

»Was haben Sie mit ihr angestellt?«, fragte er und ertastete einen schwachen Puls.

Albert Reininger lächelte kalt. »Das haben Sie Ihrem Partner doch gerade mitgeteilt. Wenn sie schnell genug eine Infusion mit Ethanol erhält, wird sie vielleicht überleben.«

»Ich verhafte Sie wegen Mordes an Benjamin und Annalena Küsters, an Henry Schilling, Fiona Mehrens und wegen versuchten Mordes an Nele Schneider.« Oliver klärte den Geistlichen über seine Rechte auf, während Klaus seinen Mantel über dem bewusstlosen Mädchen ausbreitete.

Die Verstärkung traf ein und sicherte die Kirche.

»Wo bleibt der Krankenwagen?«, rief Oliver.

Im gleichen Augenblick vernahm er in der Ferne das Martinshorn.

»Los, schafft sie nach draußen. Sie muss sofort ins Krankenhaus«, befahl Oliver.

Zwei Männer der Einsatztruppe trugen Nele Schneider vorsichtig hinaus. Klaus begleitete sie, während Oliver in der Kirche blieb und sich vor Albert Reininger aufbaute.

»Warum haben Sie das getan?«, fragte er fassungslos. »Sie haben diese Kinder unterrichtet und Henry Schilling hat Ihnen ausgeholfen.«

Albert Reininger erhob sich von der Kirchenbank und richtete den Blick nach oben.

»Mein nutzloser Sohn hat alles ruiniert«, erklärte er nüchtern und schüttelte den Kopf. »Ich hätte ihm die Sache niemals überlassen dürfen.«

Oliver wusste im ersten Moment nicht, worüber der Domkapitular sprach.

»Ist der Mann im Obergeschoss Ihres Hauses etwa Ihr Sohn?«, wunderte sich Oliver, denn seiner Kenntnis nach war Albert Reininger an das Zölibat gebunden.

Reininger starrte ihn mit wissendem Blick an. »Wir sind alle nicht unfehlbar. Auch ich nicht. Paul ist das Ergebnis meiner Sünde. Es war von Anfang an ein Fehler. Ich wollte seine Geburt verhindern. Aber Sie kennen die Frauen. Sobald sie Gottes Leben in ihrem Leib tragen, fühlen sie sich auserwählt. Also hat sie das Kind behalten. Leider ist sie bei der Geburt gestorben. Ich habe Paul in einem Nonnenkloster aufwachsen lassen. Unglücklicherweise war er nur ein mittelmäßig intelligenter Junge, ohne die Fähigkeit zu geistiger Arbeit. Doch handwerklich schien er begabt. Ich gab ihm Geld, bezahlte die Ausbildung, ließ ihn in meiner Nähe wohnen und ab und an arbeitete er für mich.«

»Paul und weiter?«

»Paul Üdke. Er trägt den Namen seiner Mutter.«

»Aber warum all diese Morde?«

Abermals richtete Albert Reininger seinen Blick in die Höhe. »Weil es Gottes Wille ist. Wir müssen ihm Opfer darbieten. Das tun wir seit Tausenden von Jahren. Viele Menschen haben das allerdings vergessen. Wir sind die heimlichen Hüter, die dafür sorgen, dass der Herr uns wohlgesonnen bleibt. Es ist eine Ehre für jeden, der dadurch Einlass ins Himmelreich erhält. Ich wollte die wichtigen Bauwerke in Zons segnen und das Archiv mit all seinen historischen Aufzeichnungen gehört nun einmal dazu. Es sind Zeitzeugnisse von unschätzbarem Wert. Bedeutsam ist aber auch der Deich. Er soll uns vor dem nächsten Hochwasser schützen, aber seine Bausubstanz ist porös und durchweicht. Es musste endlich etwas geschehen. Ein Hochwasser bringt immense Schäden mit sich. Ein Bauopfer kann da Wunder wirken. Zons ist eine gesegnete Stadt und ich wollte ihr zu neuem Ruhm verhelfen. Pilger aus der ganzen Welt sollten kommen, um hier Gottes Schönheit zu erfahren.«

Oliver starrte den alten Mann an. Er war völlig verrückt.

»Und warum haben Sie ausgerechnet Ihre eigenen Schüler ausgewählt? Taten sie Ihnen denn kein bisschen leid?« Oliver warf Klaus einen Blick zu, der gerade zurückkehrte und ihm mit einer knappen Geste bedeutete, dass es nicht gut um Nele Schneider stand.

»Weshalb also?«, fragte Oliver mit mehr Nachdruck.

»Ich habe Gottes Schäfchen nach ihren Stärken erwählt. Der Herr möchte keine willkürlichen Opfer oder solche, die uns nicht am Herzen liegen. Ein Opfer erfordert Schmerz, und deshalb opfert man jene, die man liebt. Gott hat mir ihre Namen im Schlaf genannt. Benjamin und Annalena waren ausgezeichnete Schüler, perfekt für das Archiv. Der Aushilfslehrer besaß eine immense körperliche Kraft. Er war genau der Richtige für den Deich. Die schöne Fiona Mehrens wollte der Herr für unsere uneinnehmbare Burg und die schüchterne Nele war als Jungfrau für unsere Kirche gedacht.«

Klaus machte große Augen. »Sie haben diese Menschen umgebracht, um Gott Opfer darzubringen?« Er schüttelte den Kopf. »Und ich dachte immer, dass Gottes Vertreter auf Erden ihre Schäfchen beschützen.«

»Sie sind allesamt in Gottes Reich und schauen auf uns herunter«, säuselte Albert Reininger mit dünner Stimme. »Ich hingegen werde zur Hölle fahren. Ich habe einen Sohn gezeugt und Gott damit betrogen, und ich habe es nicht geschafft, ihm alle sieben Opfer zu erbringen.«

»Sieben?«

Oliver und Klaus sahen sich bestürzt an.

»Nun, die Welt wurde in sieben Tagen erschaffen. Die Sieben ist der Schlüssel zur Vollkommenheit. Genau wie das Siegel mit dem Kreis. Das Symbol für

Gott und Himmel.« Der Geistliche strich sich eine Träne aus dem Augenwinkel. »Doch ich habe versagt.« Er sah Oliver mit merkwürdig entrücktem Blick an. Plötzlich verdrehte Reininger die Augen und sackte zusammen. Oliver fing ihn gerade so auf. Reininger röchelte nur noch. Oliver fragte sich verwirrt, was der Mann auf einmal hatte. Dann bemerkte er einen winzigen Einstich neben seiner Halsschlagader.

»Verdammt. Er hat sich das Frostschutzmittel selbst gespritzt«, stieß er aus, und Klaus rief sofort einen zweiten Krankenwagen.

Der Mann in Handschellen vergoss bittere Tränen, als er hinter dem schwarz lackierten Sarg herging. Er hielt den Kopf gesenkt und die Hände vor der Brust gefaltet. Vor ihm im Sarg lag sein letzter Verwandter oder vielmehr der einzige, den er je gekannt hatte. Sein Vater. Oliver hatte Paul Üdkes schwierigen Lebenslauf intensiv studiert. Aus Üdke war ein eiskalter Serienkillers geworden. Mit einer Ausnahme. Er hatte Nele Schneider zwar entführt, dann aber am Leben gelassen.

Der Domkapitular war wenige Stunden nach seiner Einlieferung ins Krankenhaus verstorben. Oliver und Klaus hatten seinen Sohn Paul Üdke verhört. Der Maurer hatte sofort alle Taten gestanden. Er beging die Morde aus Liebe zu seinem Vater, der ihm eine Liste mit den sieben Namen gegeben und ihn zu den Taten angetrieben hatte. In Üdkes Wohnung hatten sie weitere Siegel gefunden und die Liste. Üdke hatte seine Opfer wochenlang beobachtet und dann in einem günstigen Augenblick entführt. Mit den Morden an seinen ersten vier Opfern hatte er kein Problem gehabt. Nur Nele Schneider konnte er nicht töten. Deshalb hatte sein Vater, der Domkapitular, das Mädchen eigenhändig aus dem Gartenschuppen in die Kirche geschleppt.

Obwohl Paul Üdke ohne emotionale Nähe in einem Schweigekloster aufgewachsen war und mehr ein Monster als ein Mensch zu sein schien, hatte er in seinem Leben doch zwei Menschen geliebt. Seinen Vater, Domkapitular Albert Reininger, und Nele Schneider, die er sogar trotz der Gelegenheit nicht angerührt hatte. Er hatte das Mädchen mit Essen und Trinken versorgt, während er mit seinen anderen Opfern kein Mitleid gekannt hatte. Ein psychiatrisches Gutachten würde in den nächsten Wochen feststellen, ob Üdke voll schuldfähig war. Oliver und Klaus gingen nicht davon aus. Vermutlich würde der Mann in einer psychiatrischen Klinik für Straftäter landen.

Dennoch fiel es Oliver schwer, Verständnis für ihn aufzubringen. Natürlich wurde jeder Mensch durch seine Umwelt und durch das Erlebte geformt. Doch nicht jeder, der eine schlimme Kindheit durchlebte, wuchs automatisch zum Serientäter heran. Jeder von uns hat die Wahl. Wir können gute oder schlechte Entscheidungen treffen. Paul Üdke hatte sich für Letzteres entschieden, und als er seinen Fehler erkannte, war es bereits zu spät. Er hatte vier Menschenleben auf Geheiß seines Vaters ausgelöscht in dem festen Glauben, etwas Gutes zu tun. Nele Schneider hatte überlebt.

In ihrem Blut wurde kein Frostschutzmittel gefunden. Albert Reininger hatte sie mit einem Narkosemittel ruhiggestellt. Trotzdem, wären Oliver und Klaus auch nur ein paar Minuten später gekommen, hätte er ihr vermutlich die giftige Flüssigkeit verabreicht und sie irgendwo neben der Kirche vergraben. In Reiningers Wohnhaus wurden noch zwei dunkelgrüne Siegel entdeckt. Der Domkapitular hatte exakt Tagebuch geführt. Nach Nele Schneider hätten noch zwei weitere Schüler ihr Leben gelassen. Sie wären am Rheinturm und am Mühlenturm vergraben worden.

Oliver seufzte und wandte sich ab. Er konnte die Tränen von Paul Üdke nicht länger ertragen, denn der Mann hatte selbst zu viel Leid verursacht. Oliver wollte noch etwas anderes erledigen. Eine Sache, die sich nicht aufschieben ließ. Er hatte in letzter Zeit etliche private Dinge schleifen lassen und sich zur Krönung mit Emily gestritten. Heute würde er es wiedergutmachen und sie zum Essen einladen. Er hatte ein Geheimnis erfahren, das ihn eigentlich nichts anging. Trotzdem fand er es absolut aufregend, auch wenn er es vorerst für sich behalten musste. Er war froh, dass Emily es ihm erzählt hatte. Es bedeutete, dass sie sich nicht von ihm distanziert hatte, sondern einfach für eine Freundin da gewesen war. Er lächelte, als er an seinem Wagen ankam und ihr Gesicht durch die Fensterscheibe sah. Sie lächelte zurück, und Oliver spürte, wie sein Herz vor Freude hüpfte.

* * *

Anna dachte darüber nach, einen Rückzieher zu machen. Aber sie hatte Emily versprochen, Maximilian endlich reinen Wein einzuschenken. Nervös knetete sie die Finger, denn sie hatte keine Ahnung, wie er auf ihre Schwangerschaft reagieren würde. Nur eines stand für sie felsenfest. Sie würde dieses Kind bekommen. Sie rührte in der Soße herum, die sie zum Braten gemacht hatte, und spürte, wie ihr bei dem Gedanken an Fleisch übel wurde. Überhaupt war sie viel zu früh dran. Sie hatte Maximilian zu sich nach Hause zum Essen eingeladen, doch er würde frühestens in zehn Minuten da sein. Vermutlich eher später. Sie hatte es selten erlebt, dass er pünktlich war. Unwillkürlich musste sie lächeln. Es war eines der Dinge, die sich an ihm wohl nie ändern würden. Immer kam irgendein Notfall oder ein Patient dazwischen. Anna konnte es verstehen. Maximilian war schließlich Kinderarzt und wer ließ einen kleinen Patienten schon so einfach zurück? Sie wünschte sich so sehr, dass er sich über das Baby freute. Abwesend rührte sie in der Soße, die im Topf köchelte und längst fertig war. Sie stellte den Herd aus und lehnte sich an den Schrank. Wenigstens hatte sie einen Plan. Sobald Maximilian seinen Braten gegessen hätte, würde sie das Ultraschallbild unter der Tischdecke hervorholen und ihm zeigen. Und dann? Sie wusste es nicht mehr. Und das, obwohl sie mit Emily ihre Worte Hunderte Male durchgegangen war. Was genau wollte sie zu dem Bild sagen? In ihrem Kopf herrschte plötzlich gähnende Leere. Sie holte hastig das Handy aus der Handtasche und wollte Emilys

Nummer wählen, als es an der Wohnungstür klingelte. Vor Schreck ließ sie das Telefon fallen. Sie hatte doch noch fünf Minuten Zeit. Vielleicht war das gar nicht Maximilian. Sie blickte durch den Türspion und schluckte. Er war pünktlich. Nein, er war zu früh. Ausgerechnet heute und gerade jetzt, wo sie sich partout nicht mehr daran erinnerte, wie sie ihm die Sache mit dem Baby beibringen wollte.

Nervös öffnete sie die Tür.

Maximilian zog sie an sich und drückte ihr einen Kuss auf den Mund.

»Hier riecht es ja gut«, erklärte er und schlüpfte aus seinem Mantel.

Anna brachte kein einziges Wort heraus. Sie nickte stumm und sah zu, wie er den Mantel an einen Haken hängte. Maximilian wirkte angespannt. Hoffentlich musste er nicht während des Essens zu einem Notfall. Oder vielleicht wäre das sogar ihre Rettung, dann müsste sie es ihm nicht sagen. Sie biss sich nervös auf die Unterlippe und folgte ihm in die Küche. Er setzte sich nicht, sondern ging zum Fenster und schaute nach draußen. Eine unheimliche Stille legte sich über sie.

Auf einmal drehte sich Maximilian mit versteinerter Miene zu ihr um. Er will sich von mir trennen, schoss es Anna durch den Kopf. Ihr wurde ganz mulmig zumute, doch ehe sie sich's versah, sank er vor ihr auf die Knie.

Er öffnete den Mund, und in ihren Ohren begann es zu quietschen, sodass sie Angst bekam, ihn nicht zu verstehen.

»Willst du mich heiraten?«, fragte er und hielt ihr ein

Kästchen mit einem goldenen Ring, den ein kleiner Diamant zierte, hin.

Anna starrte auf den Ring und anschließend in Maximilians Gesicht. Am liebsten hätte sie losgeheult.

»Ich muss dir erst etwas sagen«, flüsterte sie heiser.

Aber Maximilian schüttelte den Kopf und drückte ihre Hand.

»Das musst du nicht«, sagte er und in seinen Augen leuchtete es. »Willst du?«, fragte er abermals und strich mit dem Finger sanft über ihren Bauch.

»Du weißt es?«, wisperte Anna überrascht. Tränen flossen ihre Wangen herunter. »Aber woher?«

Maximilian lächelte. »Stimmungsschwankungen. Erst konnte ich es mir nicht erklären, doch als du an dem Abend auf der Architekturveranstaltung den Sekt abgelehnt hast, da ist es mir wie Schuppen von den Augen gefallen. Und vergiss nicht, ich bin Kinderarzt.« Er hob sie hoch und wirbelte sie herum.

»Sag Ja«, flüsterte er und setzte sie wieder ab.

»Ja«, hauchte sie und zog das Bild unter der Tischdecke hervor.

Ende

NACHWORT DER AUTORIN

Liebe Leserin, lieber Leser,

ich möchte mich bei Ihnen dafür bedanken, dass Sie meinen Roman gekauft und gelesen haben. Ich hoffe, Ihnen hat die Lektüre gefallen und Sie hatten ein spannendes Leseerlebnis. An dieser Stelle habe ich insbesondere für die historisch interessierten Leserinnen und Leser noch folgende Anmerkungen:

Die meisten Orte, die im Thriller beschrieben werden, existieren tatsächlich. Die handgezeichnete Karte, die Sie ganz vorne im Buch finden, stellt den historischen Stadtkern von Zons dar. Genauso werden Sie die Stadt vorfinden, wenn Sie ihr einen Besuch abstatten. Schauen Sie doch dann einmal in der Tourist-Information gegenüber dem Kreismuseum an der Schloßstraße vorbei. Sie werden dort einen ähnlichen Plan erhalten.

Die Geschichte der Menschenopfer reicht weit in die Vergangenheit zurück. Es gab sie fast überall auf der Welt und in vielen Kulturen. Auch in Japan, wo man glaubte, mit der Opferung von Menschen Bauwerke segnen zu können. Die im Thriller beschriebene Legende um die Burg Maruoka ist genau so überliefert worden. Es gibt zahlreiche Beispiele, in denen Hitobashira zum Einsatz kamen. Hitobashira bedeutet übersetzt »menschliche Säulen«. Gemeint sind damit Menschenopfer, die in den zu errichtenden Bauwerken selbst oder in der Umgebung vergraben wurden. So sagt man über den japanischen Kaiser Nintoku (Regierungszeit ca. 313-399 n. Chr.), dass er in seinen Träumen eine göttliche Offenbarung hatte. Wenn er die Menschen vor den Überflutungen durch die beiden Flüsse Kitakawa und Mamuta schützen wolle, müsse er jedem Fluss ein Menschenopfer darbringen. Der Kaiser ließ zwei Menschen in die Fluten werfen und anschließend große Dämme errichten. Doch nicht nur Burgen, Schlösser und Dämme, sondern auch Brücken wurden mit menschlichen Säulen versehen. Die Matsue-Ohashi-Brücke, die im 16. Jahrhundert erbaut wurde, stürzte immer wieder ein. Der Untergrund im Flussbett war einfach zu schlammig. Obwohl Tonnen von Steinen hineingeworfen wurden, gingen die errichteten Pfeiler jedes Mal in den Fluten unter. Der Bauherr versuchte, daraufhin die Flussgeister mit einem Menschenopfer zu besänftigen, und ließ einen Mann lebendig im Flussbett unter dem mittleren Brückenpfeiler begraben. Danach blieb die Brücke dreihundert Jahre lang stehen.

Die alte katholische Pfarrkirche St. Martinus in Zons wurde im Laufe der Jahrhunderte mehrfach durch schwere Stadtbrände (1547 und 1620), aber auch durch Hochwasser beschädigt. Der Küster Johannes Peter Schwieren berichtet, dass er im November 1735 mit dem Fuß durch das Gewölbe getreten sei. Durch Hochwasser senkten sich Teile des Mauerwerks und des Bodens ab, sodass die Stellen wieder aufgefüllt und die Mauern nachgebessert werden mussten. Der Zustand der Kirche blieb desolat. Trotz etlicher Reparaturmaßnahmen in den darauffolgenden hundert Jahren, die das Mauerwerk, den Boden und das Dach betrafen, musste die Kirche Ende des neunzehnten Jahrhunderts abgerissen werden. An ihrer Stelle steht heute ein großer neogotischer Neubau mit drei Schiffen nach Plänen von Vincenz Statz und August Carl Lange.

Auch die im Buch geschilderten Schwierigkeiten mit dem Boden des neuen Kreisarchivs in Zons entsprechen der Realität. Tatsächlich ist das neue Archiv wegen der gerichtlichen Auseinandersetzung um den gesprungenen Terrazzoboden bis zum Zeitpunkt der Veröffentlichung dieses Buchs noch nicht eröffnet worden. Ursprünglich war die Eröffnung für 2017 angedacht. Anzumerken sei allerdings, dass das neue Archiv nicht von einem japanischen Architekten geplant wurde.

Der erwähnte Schlossturm heißt eigentlich Torturm, wird jedoch im Volksmund so genannt. Ich habe diese Bezeichnung übernommen.

Der Vollständigkeit halber sei noch einmal erwähnt, dass das Franziskanerkloster in Zons erst Mitte des siebzehnten Jahrhunderts auf dem Platz neben dem Juddeturm gegründet wurde. 1967 wurde das Kloster wieder abgerissen. Nur das Kreuz der ehemaligen Franziskanerkirche blieb erhalten und befindet sich noch heute auf dem Kirchplatz.

Die Figuren im Buch sind frei erfunden. Ich möchte dennoch nicht ausschließen, dass der eine oder andere Charakter Ähnlichkeiten mit heute lebenden Personen aufweist. Dies ist jedoch keinesfalls beabsichtigt.

Wenn Sie an Neuigkeiten über anstehende Buchprojekte, Veranstaltungen und Gewinnspielen interessiert sind, dann tragen Sie sich in meinen klassischen E-Mail-Newsletter oder auf meiner WhatsApp-Liste ein:

- **Newsletter: www.catherine-shepherd.com**
- **WhatsApp: 0152 0580 0860** (bitte das Wort *Start* an diese Nummer senden)

Sie können mir auch gerne bei Facebook, Instagram und Twitter folgen:

- **www.facebook.com/Puzzlemoerder**
- **www.twitter.com/shepherd_tweets**
- **Instagram: autorin_catherine_shepherd**

Natürlich freue ich mich ebenso über Ihr Feedback zum Buch an meine E-Mail-Adresse:

kontakt@catherine-shepherd.com

Zum Abschluss habe ich noch eine persönliche Bitte. Wenn Ihnen dieses Buch gefallen hat, würde ich mich über eine kurze Rezension freuen. Keine Sorge, Sie brauchen keine ›Romane‹ zu schreiben. Einige wenige Sätze reichen völlig aus. Falls außerdem andere Rezensionen zu meinen Büchern Ihren Zuspruch finden, dann dürfen Sie den Rezensenten gerne loben, indem Sie unter der Bewertung auf *Nützlich* klicken.

Sollten Sie bei *Leserkanone*, *LovelyBooks* oder *Goodreads* aktiv sein, ist natürlich auch dort ein kleines Feedback sehr willkommen. Ich bedanke mich recht herzlich und hoffe, dass Sie auch meine anderen Romane lesen werden.

Ihre Catherine Shepherd

WEITERE TITEL VON CATHERINE SHEPHERD

Zons-Thriller Band 1 bis 4

Zons-Thriller Band 5 bis 8

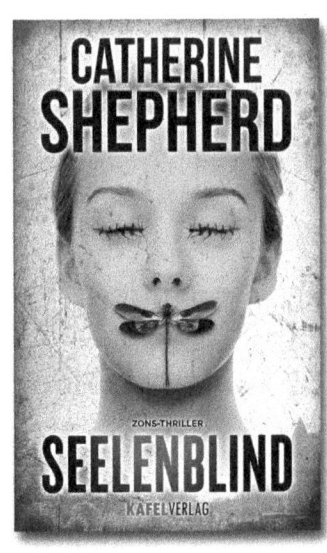

Zons-Thriller Band 9 und 10

Laura Kern-Thriller Band 1 bis 4

Laura Kern-Thriller Band 5

Julia Schwarz-Thriller

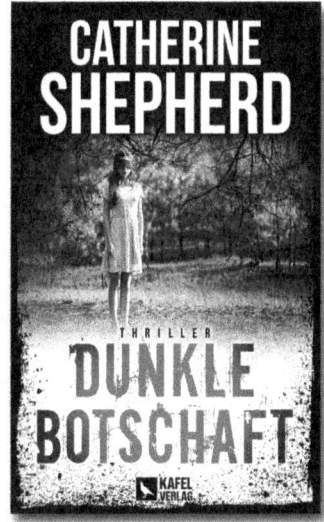

Julia Schwarz-Thriller Band 5

STADT ZONS AM RHEIN

Die kleine Stadt Zons – ehemals Zollfeste Zons genannt – liegt am Niederrhein direkt bei Dormagen im Rhein-Kreis Neuss, fast genau in der Mitte zwischen Düsseldorf und Köln. Auf der anderen Seite des Rheins liegt Düsseldorf-Urdenbach. Beide Orte sind durch eine Fährverbindung über den Rhein miteinander verbunden. Zons ist eine der am besten bewahrten mittelalterlichen Städte mit einer im ganzen Rheinland einzigartigen, gut erhaltenen Befestigungsanlage aus dem 14. Jahrhundert, sozusagen das Rothenburg des Rheinlands.

Die kleine Stadt Zons blickt auf eine lange und bewegte Geschichte zurück:

Ebenso wie in das heutige Gebiet der Stadt Köln und der benachbarten Stadt Neuss kamen die Römer auch in die Nähe von Zons. Dies hat man jedenfalls bei Ausgrabungen festgestellt, nach denen es bei Zons einen römischen Friedhof und ein Militärlager der Römer gegeben hat.

Gesichert ist ebenfalls die Erkenntnis, dass Zons im Jahr 1373 das Stadtrecht erhalten hat. Der Kölner Erzbischof Friedrich von Saarwerden hatte zuvor im Jahr 1372 den Rheinzoll vom Gebiet des heutigen Neuss nach Zons verlagert. Zons wurde daraufhin durch Mauern und Gräben befestigt. Im Zentrum der befestigten Ortschaft befanden sich wohl etwa einhundertzwanzig Häuser. Im 15. Jahrhundert war der seinerzeitige Ausbau von Zons abgeschlossen. Die Bevölkerung war im Wesentlichen im Ackerbau, der Viehzucht und in den Bereichen Bier-, Wein- und Getreidehandel tätig. Daneben existierten Handwerksbetriebe, Ziegeleien sowie Woll- und Leinenwebereien. Zwischen dem 15. und dem 17. Jahrhundert gab es offenbar einen moderaten Wohlstand in der Stadt.

Das 17. Jahrhundert war keine gute Zeit für Zons. 1620 gab es erneut einen schweren Brand in der Stadt, von dem der Überlieferung nach nur wenige Häuser verschont blieben. Auch der Dreißigjährige Krieg hat durch entsprechenden Beschuss in Zons schwere Spuren der Zerstörung hinterlassen. Die Pest schwächte das Städtchen in mehreren Wellen, z. B. 1623 und 1666. Im Jahr 1794 eroberten die Franzosen Zons. Es gehörte nunmehr zu Frankreich und war bis 1814 im Kanton Dormagen des Arrondissements Köln beheimatet.

1815 ging Zons an die Preußen über und wurde dem Kreis Neuss sowie 1822 dem Regierungsbezirk Düsseldorf zugeordnet. Bereits seit 1900 ist Zons ein beliebtes

Ausflugsziel. 1975 wurde Zons Teil von Dormagen. Zons nannte sich daher ab diesem Zeitpunkt Feste Zons. Seit 1992 darf Zons sich wieder Stadt nennen, allerdings handelt es sich hierbei nicht um eine eigenständige Gemeinde im Rechtssinn, sondern um einen Titel, den man Zons aufgrund der hohen historischen Bedeutung gewährt hat. Heute hat Zons über 5.000 Einwohner und gehört als Stadtteil von Dormagen zum Rhein-Kreis Neuss.

Weitere Informationen über Zons finden Sie auf: www.zons-am-rhein.info oder auf der Facebook-Seite www.facebook.com/zonsamrhein. Vielleicht schauen Sie sich das schöne Zons einmal persönlich an. Einige der Plätze, die in diesem Buch eine Rolle spielen, sind auch heute noch gut erhalten.

Die Autorin Catherine Shepherd (Künstlername) lebt mit ihrer Familie in Zons und wurde 1972 geboren. Nach Abschluss des Abiturs begann sie ein wirtschaftswissenschaftliches Studium und im Anschluss hieran arbeitete sie jahrelang bei einer großen deutschen Bank. Bereits in der Grundschule fing sie an, eigene Texte zu verfassen, und hat sich nun wieder auf ihre Leidenschaft besonnen.

Ihren ersten Bestseller-Thriller veröffentlichte sie im April 2012. Als E-Book erreichte »Der Puzzlemörder von Zons« schon nach kurzer Zeit die Nr. 1 der deutschen Amazon-Bestsellerliste. Es folgten weitere Kriminalromane, die alle Top-Platzierungen erzielten. Ihr drittes Buch mit dem Titel »Kalter Zwilling« gewann sogar

Platz Nr. 2 des Indie-Autoren-Preises 2014 auf der Leipziger Buchmesse. Seitdem hat Catherine Shepherd die Zons-Thriller-Reihe fortgesetzt und zudem zwei weitere Reihen veröffentlicht.

Im November 2015 begann sie mit dem Titel »Krähenmutter« eine neue Reihe um die Berliner Spezialermittlerin Laura Kern (mittlerweile Piper Verlag) und ein Jahr später veröffentlichte sie »Mooresschwärze«, der Auftakt zur dritten Thriller-Reihe mit der Rechtsmedizinerin Julia Schwarz.

Mehr Informationen über Catherine Shepherd und ihre Romane finden sich auf ihrer Website:

www.catherine-shepherd.com